دھرتی کا بوجھ

(افسانے)

انور عظیم

© Anwar Azeem

Dharti ka bojh *(Short Stories)*

by: Anwar Azeem

Edition: January '2025

Publisher :

Taemeer Publications LLC (Michigan, USA / Hyderabad, India)

ISBN 978-93-6908-708-2

© انور عظیم

کتاب	:	**دھرتی کا بوجھ** (افسانے)
مصنف	:	**انور عظیم**
صنف	:	فکشن
ناشر	:	تعمیر پبلی کیشنز (حیدرآباد، انڈیا)
سالِ اشاعت	:	۲۰۲۵ء
صفحات	:	۱۳۸
سرورق ڈیزائن	:	تعمیر ویب ڈیزائن

فہرست

پیش لفظ

میرے افسانوں کا تازہ انتخاب اِس وقت آپ کے
ہاتھ میں ہے۔ بیس سال پہلے میرے افسانوں کا پہلا انتخاب "قصہ رات کا" شائع ہوا تھا جو چند مہینے میں نایاب ہوگیا۔ اس کے بعد نئے انتخاب کو چھپ جانا چاہیے تھا۔ اِس بیس سال کی تاخیر کا سبب میں خود ہوں۔ چاہے آپ اِسے بے نیازی کہیں یا بوہیمین اِزم یا لاابالی پن، اس تاخیر کا ذمے دار میں ہوں۔ اگر کوئی سخی مجھے داد دینا چاہے تو صرف اِس بات کی دے سکتا ہے کہ معاملہ نافہم اور ٹالو ہو تو ایسا۔ میری خود آگہی نے، جو عالم شناسی کا آئینہ خانہ ہے، اپنے آپ سے گریز کی تحریک کا کام کیا۔ کیا کسی تخلیق کار کو، جس نے اپنی زندگی کے کوئی پچاس

سال ۔ ۱۹۴۶ء سے ۱۹۹۴ء تک ۔ صرف لکھنے لکھانے میں کاٹ دیے ہوں ۔ اپنی طرف اس قسم کی سفاکی کا رویہ اختیار کرنے کا حق ہے ؟ حق ہو یا نہ ہو، ایسا تو میں نے کر دکھایا ہے۔ اب اس کا انجام جو بھی ہو !

شاید میں یہ سلسلہ جاری رکھتا اگر اندھیرے اُجالے، ریزے ریزے کی تنہائیوں میں، کسی تعاقب کرنے والے کے قدموں کی آہٹ اپنے قدموں کی چاپ کے ساتھ سُنائی نہ دیتی۔ یہ آہٹ سنتا ہوں جو میرے کانوں میں کہتی ہے: " دیکھتے ہو شام کتنی سُرمئی ہو گئی ہے۔ اب تو افق پر نارنجی روشنی بھی کجلانے لگی ہے۔ دُکھ، درد، فکر و تردد کے لمحے بُجھا چاہتے ہیں۔ کرلو جو کچھ کرنا ہے۔ پھر یہ زندگی ہاتھ نہیں آئے گی۔" میں اپنے تشنۂ تعبیر خوابوں سے خوفزدہ نہیں ہوں۔

ہاں کبھی کبھی مجھے اپنے آپ سے شکایت ہوتی ہے۔ اور مایوسی بھی۔ کتنے لوگوں کو اتنی لمبی تخلیقی عمر ملتی ہے جتنی مجھے ملی۔ کتنے لوگ ہیں جنھوں نے وقت کی آنکھوں میں آنکھیں ڈال کر بات کرنے کا امتیاز حاصل کیا ہو اور پھر بھی خاموش رہے ہوں۔ یہ احتساب کا وقت ہے۔ یہ اپنے وقت کی آنکھوں میں آنکھیں ڈال کر پوچھنے کا وقت ہے: تم نے اپنی عمرِ عزیز کا کیا کیا ؟ یہی بس یہی افسانے، ڈرامے اور ناول ؟ اور کرسی پر بیٹھ کر کاغذ، قلم اور ٹائپ رائٹر کا کھیل کھیلتے رہے ۔۔ اور وہ سب ؟ وہ سب کیا تھا ۔ طلسمات کے لمحے، جنھوں نے میرے ساتھ جینے اور مرنے سے انکار کر دیا۔ اپنے آپ سے غیریت کے دن اور اپنے وجود میں جذب ہو جانے کا طلسماتی تجربہ۔ یہی تو ہے جو میرے وجود کی توسیع کرتا ہے اور میرے کام میں جی اُٹھتا ہے یا مرجاتا ہے۔ اس کے سوا اور کوئی جواز نہیں اپنی بنائی ہوئی طلسمات کی دُنیا کو یوں اوراق پر بکھیر دینے کا۔

آخر میں کیا ثابت کرنے کی کوشش کر رہا ہوں ؟

بات سیدھی اور دوٹوک یہ ہے کہ میرے پاس اپنے وجود کا بھی کوئی جواز نہیں۔ اسی لیے میرے اس " وجود" کے سنائے ہوئے افسانوں، ڈراموں اور ناولوں کو یوں آپ کے سامنے پیش کرنے کا بھی کوئی جواز نہیں۔ بات صرف اتنی ہے کہ زندگی کے دن، ایک خاص معاشرے میں بتائے ہوئے ایام، روزمرہ کی زندگی اور بڑے بڑے واقعات، سب میری یادوں کی اندھیری گپھاؤں میں پتھروں کی طرح ٹکرا رہے ہیں اور ان کی ٹکر سے چنگاریاں اُڑ رہی ہیں۔ یہی چنگاریاں

میرے افسانے ہیں۔ میرے تجربے۔ ان تجربوں میں انسانی رشتے ہیں اور ان رشتوں کے تضادات ہیں، جن میں گھلاوٹ بھی ہے اور تیزابی جلن بھی۔ ہر تجربے کی اپنی خصوصیت ہے۔ یہ کردار میں اور آپ ہی تو ہیں۔ یہ شہر اور گاؤں، شاہراہیں اور پگڈنڈیاں، قتل اور خودکشیاں، ایذا رسانیاں اور اپنے آپ سے کبھی لطیف کبھی کرخت گریز، کوئی پچاس سال، کوئی نصف صدی کا تحریری نچوڑ، ـــــ آخر ان "فن پاروں" میں وقت کا کتنا لہو ٹپکا ہے، کتنا جما ہے، کتنا بہہ گیا ہے۔

یہ پیش لفظ، جو معذرت خواہی کا پروانہ نہیں، لکھتے لکھتے، مجھے یکایک بجلی کا شاک سا لگتا ہے: آخر تم یہ سب کیوں کر رہے ہو ـــ سیدھے سیدھے اپنے افسانے ان کے سامنے رکھ دو جو تمھارے متوقع قاری ہیں۔ پھر سب کچھ بھول جاؤ۔ جو پارکھ ہیں، وہ خود ہی سب پرکھ لیں گے۔ تب تمھاری لن ترانی بیکار جائے گی۔ ان سب کو معلوم ہے۔ اُن پر خود ستائی کا جادو نہیں چلے گا۔ یہ وقت اپنے آپ کو بازار میں بیچنے کا ہے۔ اور بیچنا بھی ایک فن ہے۔ اگر آج تک بازار میں اپنے آپ کو بیچنے کا فن نہیں آیا تو مر چپ چاپ سِسک سِسک کر۔ اس کے سوا ضمیر کا اور کوئی پیغام نہیں ہے تمھارے لیے۔

میرے پچاسوں افسانوں میں میری زندگی کے وہ لمحات بکھرے ہوئے ہیں جن کو میں جینے کا تجربہ کہہ سکتا ہوں۔ جینے کا تجربہ اوڑھی ہوئی تنہائی سے الگ آویزش ہے۔ یہ درد و کرب، نارسائی، مقدر ناشناسی، بے بصیرتی کا تجربہ نہیں ہے۔ یہ جینا ایک موہوم سی خودشناسی کا تجربہ ہے، جو کبھی بااختیار ہے اور کبھی بے اختیار۔ میرے زیادہ تر افسانوں کا ماحصل، زندگی کے تجربوں کو دوبارہ جینے کی کاوش اور اندرونی جدلیاتی رمز و کنایے کا اظہار ہے۔ ایک خاص سماجی سیچوئیشن، جانے انجانے کردار، ان کا ٹکراؤ اور اس ٹکراؤ کے دوران ان کی سرشت میں تبدیلیاں، جن کے اظہار کے لیے لکھنے والے کے پاس قلم اور زبان کا سرمایہ ہے، جو کھوٹا بھی ہو سکتا ہے اور کھرا بھی۔ اس "سرمایہ کاری" کے بغیر افسانہ نگار یا کوئی تخلیقی نثر نگار اپنا بنیادی مشن پورا نہیں کر سکتا۔ یہ اظہار ایک طرف خودی اور انفرادیت کی شرط ہے اور دوسری طرف "غیروں" سے ارتباط اور باہم تصادم کا چشمۂ فیضان۔ اس کے بغیر افسانہ نگار اپنی "افسانویت" کو جلا نہیں بخش سکتا۔ یہ ایک جاندار، دھڑکتا ہوا، آتش گیر مرحلہ ہے جو مٹی کے برتنوں کو کمہار کے چاک پر

سے اتار کر آدے میں پکانے کے مرحلے سے مختلف ہے۔ یہیں سے انسانی حسیت کی عصری معجزہ کاری شروع ہوتی ہے۔ یہ معجزہ کاری اپنے امکانات میں بے کنار ہے۔

میرے کردار خود اختیار ہیں لیکن ان کے اجزائے ترکیبی خود اختیار نہیں۔ اور میرا کام ان کو اپنے ماحول، اجزائے ترکیبی کے تصادم، کشیدگی، انجذاب باہم، عناد، تغیر اور کششِ باہم میں دریافت کرنا اور ان کی خود آرائی اور تخریب کے عمل میں اُن کا انکشاف کرنا ہے۔ اسی میں اُن کی افسانویت اور اس کے اظہار کا راز چھپا ہوا ہے۔

کچھ تو ہوگا کہ '' درد کا ساحل'' پڑھ کر اور بہت سے لوگوں کے علاوہ احمد ندیم قاسمی نے لکھا: '' (یہ) ایک ایسی کہانی ہے جس کے بارے میں شاید یہی کہنا کافی ہے کہ کاش یہ کہانی میں لکھتا۔ یقین جانیے اسے پڑھتے ہوئے مجھے رشک محسوس ہوا۔ ایک کردار کا اور پھر اس کی زندگی اور اس کے ذہن و جذبات کا اتنا گہرا اور حسین مطالعہ کم ہی نظر سے گزرا ہے۔ آپ ان معدودے چند اردو افسانہ نگاروں میں ہیں جنھوں نے معیاری اردو افسانے کی روایت کو نہ صرف قائم رکھا ہے بلکہ کئی پہلوؤں سے اسے ترقی دی ہے۔ یہ میں اپنے دل کی بات کہہ رہا ہوں۔''

اس افسانے میں کیا ہے؟ ''پت جھڑ کی شام کی طرح اُداس موسیقی (جو) کمرے میں گھُل رہی ہے۔'' لیکن اس ماحول کی فنی مشیت کاری اس کردار میں ہے جس کا نام ہے سلمیٰ جلیس۔ یا مونیکا۔ یا انجلی۔ یہ سب سرخوشی اور وصال کے انتظار میں ہیں ورنہ جلیس یہ کیوں کہتی ؟: '' میں انتظار کرتی رہی اور پینتالیس سال گزر گئے۔ مجھ سے کبھی کسی مرد نے عشق نہیں کیا ـــــ ایک مرد نے مجھے چوما اور وہ بھی کس طرح؟ بھاگتی گاڑی سے اترتے ہوئے۔ اور پھر وہ نہ ملا۔ نہ جانے کون تھا۔ مجھے یاد بھی نہیں۔ وہ تھی پہلی اور آخری ملاقات۔ میرے اندر چھپی ہوئی عورت کی کسی مرد سے ملاقات ـــــ''

یہ افسانہ ہو یا '' آزردہ ستاروں کا ہجوم'' یا '' دلوں کی رات'' یا '' سات منزلہ بھوت'' یا '' بلیک میلر'' یا '' اجنبی فاصلے'' یا '' گورستان سے پرے'' یا '' مردہ گھوڑے کی آنکھیں'' یا '' آنگن کی دھوپ'' یا '' ڈھلان'' یا '' زنگ'' یا '' لومڑی'' یا '' دن ڈھلے'' یا '' بنیان'' ـــــ اور ایسے بیسیوں افسانے، یہی میری پہچان بھی ہیں اور میری تشنگی کا چشمہ بھی جو آنسوؤں کی طرح خشک ہے۔

افسانے جھوٹے نہیں ہوتے۔ افسانہ نگار جھوٹا ہو سکتا ہے۔ اس لیے کہ وہ اپنی نارسائی کو اپنے مسخ تصورات اور فلسفوں میں چھپاتا ہے۔ زندگی کے تجربے ہی سب سے معجزہ کار افسانہ نگار ہیں۔ اب سوال یہ ہے کہ یہ تجربے کیسے ہیں؟ کتنا اس میں آئینے کا عکس ہے، کتنا اس میں پہاڑوں اور دیواروں سے ٹکرانے والی آوازوں کی گونج۔ ہر آپ بیتی جگ بیتی ہے۔ افسانہ نگاری جگ بیتی کو آپ بیتی بناتی ہے۔ اس لیے ہر کردار، جس میں افسانویت کا مرکب ہے یا سرخوشی کی گہرائی ہے، جس میں اپنے جیسے انسان کے دُکھ درد کی پہچان اور اس سے وابستگی کا جذبہ ہے — اب میری نصف صدی کی پیکر تراشی کے بعد، مجھ سے دیر دیر تک طرح طرح کے سوال کرتا ہے اور میں سمجھ نہیں پاتا کہ یہ سارے لوگ، اپنے ماحول سمیت، جو میرے قلم سے وجود میں آتے ہیں، واقعی میری لغزشوں اور خود پرستی کا نتیجہ ہیں یا ان کا وجود پہلے سے تھا اور میں نے ان کو صرف یکجا کر لیا ہے۔ لیکن کیا میں نے ایسا کرتے ہوئے اُن سے اُن کی انفرادیت نہیں چھینی؟ غالباً میرے ہر افسانے میں اس سوال کی گونج سنائی دیتی ہے اور میں اپنے آپ کو ایک گونگا گنہگار محسوس کرتا ہوں۔ اور آپ؟

انور عظیم

گورستان سے پرے

ابھی قبر کا منہ کھلا ہوا تھا۔

مٹی کے ساتھ شام کا سرمئی رنگ بھی قبر کے کھلے منہ میں اتر رہا تھا۔

سرد ہوا سرسرا رہی تھی اور بھیگی مٹی بھی۔

جھکے ہوئے لوگوں کے ہاتھ، دیوقامت سیاہ کیکڑوں کے پیروں کی طرح، مٹی کو قبر میں دھکیل رہے تھے۔ تھوڑی دیر میں مٹی کوہان کی طرح اوپر اٹھنے لگی۔ گورکنوں نے کدالیں پھینک دیں اور پانی کا چھڑکاؤ کیا۔ مٹی کی خوشبو ہوا میں بکھر گئی۔ ہزار پایہ سائے نیچے ہٹنے لگے۔ درختوں کے جھنڈ میں نارنجی روشنی کے جال لرز کر بجھ گئے اور گورستان کی فصیل کے باہر قدموں کی آہٹ ہوا کو شہر کی طرف لے چلی۔ ہوا کے ساتھ کافور، لوبان اور اگربتی کی خوشبو بھی سفر کر رہی تھی اور کفن کی سفیدی بھی۔

شہر کی روشنیاں جھلملانے لگیں ۔
ہوا دور تھی ۔
روشنیاں دور، تھیں ۔
آہٹیں دور، تھیں ۔
اب سب کچھ دور، تھا ۔

وہ فصیل کے پاس بڑے سے کائی زدہ پتھر پر بیٹھ گیا۔ اس نے جوتے ہوا میں اُچھال دیے ۔ اس کی کالی جرسی، کالی کھانسی کی طرح، بدن سے چپکی ہوئی تھی ۔ جیکٹ وہ پہلے ہی کہیں اُتار کر پھینک چکا تھا۔ اس نے جیب سے سگریٹ نکالی جو ماں کے پرس سے چرائی گئی تھی ۔ پہلے کش کے بعد وہ رُکا ہی نہیں ۔ دھواں پیتا چلا گیا ۔ جب جلد ہی، سگریٹ جل گئی اور اس کی انگلیوں میں ایک چھوٹی سی چنگاری دم توڑنے لگی تو اس نے نچلا ہونٹ دانتوں میں دبا کر سگریٹ کی چنگاری کو بھی ہوا میں اُچھال دیا ۔ شیشے کیطرح شفاف سیاہی کی وسعتوں میں چنگاری تیرتی چلی گئی ۔

تاریکی کا پگھلا پگھلا شیشہ ہوا کے ساتھ بہہ رہا تھا ۔
ہوا کے سیاہ ہاتھ اس کے چہرے کو چھو رہے تھے ۔
اُسے اُبکائی آ رہی تھی ۔
اس کا سر جھک گیا ۔
جھکا رہا ۔

وہ صدیوں بعد، آہستہ آہستہ اُٹھا اور پتھر پر کھڑا ہو گیا۔ اُس نے مُڑ کر فصیل کے اس پار دیکھا۔ قبریں اُبھر اُبھر کر درخت بن گئی تھیں جن میں ہوا پھڑ پھڑا رہی تھی ۔ سیاہ درخت آسمان کیطرف اُڑ رہے تھے ۔ اور ان کے پتوں اور شاخوں کے اُس پار ستارے جھلملا رہے تھے ۔

سب کچھ دور تھا ۔

آدھا چاند بھی تارے بھی ۔

صرف قدموں کے نشان چمک رہے تھے ۔ یہ جنازہ لانے والوں کے قدموں کے نشان تھے ۔ جب وہ آئے تھے تو ان کے کندھوں پر بوجھ تھا ۔ اور جب واپس گئے تو ان کے ہاتھ خالی تھے ۔ کندھوں پر ہوا کے سوا اور کسی چیز کا بوجھ نہیں تھا ۔

دھوپ تیز ہوگئی تو موسم ہی بدل گیا ۔
اس کے قدم تیز ہو گئے ۔
شہر اب بھی دور تھا ۔
البتہ گھر نظر آ رہا تھا ۔

بڑا سا پھاٹک کھلا ہوا تھا اور سوگ منانے والے ، جو دوسرے شہروں اور قصبوں سے آئے تھے ، رخصت ہو رہے تھے ۔ وہ ان کے پاس سے گزر گیا ۔ اس نے کسی کو نہیں پہچانا ۔ کسی نے اس کو دیکھا بھی نہیں ۔

خدا حافظ !
خدا حافظ !
صدائیں کہیں کھو گئیں ۔

وہ باہر والے برآمدے میں کھڑا تھا ۔ وہ جلتی آنکھوں سے ڈرائنگ روم کے آدھے کھلے ہوئے دروازے کے اندر دھوپ ، چھاؤں میں لحافوں کی دُھند کو پھیلتے اور ہٹتے دیکھ رہا تھا ۔

یکایک دروازہ پورا کھل گیا۔ دروازے میں ماں کھڑی تھی۔ اس کے خضاب سے رنگے ہوئے سیاہ چمکتے بال سڈول شانوں پر جھول رہے تھے۔ وہ مسکرائی اور اس کی آنکھوں سے روشنی چھلک پڑی۔

"اچھا تو تم جاگ گئے! اتنا سویرے؟"

ماں کتنی خوب صورت ہے!

اس کی آنکھوں میں چنگاریاں تڑپیں۔ ہونٹ آہستہ آہستہ پھیلے۔ پپڑیاں پھٹ گئیں اور زبان پر نمک کا مزا مری ہوئی چیونٹیوں کی طرح چپک کر رہ گیا۔

کسی نامعلوم گنہگار نے پاس سے گزرتے ہوئے اس کے سر پر ہاتھ رکھا اور کچھ پھنکارنے کے انداز میں کہا "باپ مرجاتا ہے۔ بیٹا زندہ رہتا ہے۔ یہی ہوتا آیا ہے"

ماں نے جانے والے کو بڑی شکرگزار نظر سے دیکھا اور مسکرائی۔ اس کی آنکھیں اب بھی روشن تھیں۔ "کبھی کبھی لگتا ہے کہ زندگی یہاں ختم ہو گئی۔ لیکن زندگی جہاں ختم ہوتی ہے وہاں ختم نہیں ہوتی۔ اس سے آگے جاتی ہے"

ماں نے اس کے گال پر ہاتھ پھیرا اور کہا "اوپر جاؤ ــ جاکر شیو کرلو"

وہ اوپر گیا اور اپنے باپ کے سیفٹی ریزر سے، جو ہفتوں سے استعمال نہیں ہوا تھا، اور جس پر پرانا بلیڈ چڑھا ہوا تھا، ہفتوں کی داڑھی کو کھرچنا شروع کر دیا۔

"میرا باپ خدا کا بیٹا تھا۔ میں خدا کا پوتا ہوں"

اس کے ہونٹ پھیل گئے۔ پپڑیوں سے رِستا ہوا خون شیونگ کریم کے خوشبودار جھاگ میں گھلنے لگا۔

• • • •

ماں نہا کر باتھ روم سے نکلی تو نیلا ٹرکش باتھ اس کے بھیگے ہوئے جسم سے چپکا ہوا تھا۔ وہ پنجوں کے بل چلتی ہوئی کمرے کے دروازے تک گئی۔ دروازہ بند کرنے سے پہلے چند لمحے کو رُکی۔ دور کے کمرے سے گٹار کی گونج اور پھنسا پھنسا مدہوش لحن سنائی دے رہا تھا۔ اس نے ہونٹ بھینچ لیے اور دروازہ بند کر دیا۔ سنگار میز کے سامنے تولیہ اس کے شانوں سے سرک گیا۔ وہ تھوڑی دیر آئینے کے سامنے ششدر کھڑی رہی۔ وہ بار بار نظر کو چہرے پر جمانا چاہتی اور بار بار اس کی نظر

پھسل کر اپنی ناف کے نیچے جھریوں سے منڈھے ہوئے ڈھیلے ابھار پر جم جاتی ہے۔ کبھی یہ لڑکا اس چھوٹے سے جال میں بند تھا۔ مگر اب دیکھو۔ اس نے جھک کر ولائتی برش اٹھایا اور بھیگے ہوئے لمبے بالوں کو سر کیا۔ ولائتی خوشبو کے چھڑکاؤ سے جسم کے نازک گوشوں کو مہکایا۔ جب اس نے کپڑے پہنے تو گدے دار نکیلے بریسیز کا گہرا گلابی رنگ ہلکے گلابی بلاؤز سے چھن رہا تھا۔ چہرے پر ولائتی پاوڈر کی تہیں جب گہری ہوگئیں تو آنکھوں کے گرد سیاہ حلقے بھی غائب ہوگئے اور بے نیند آنکھوں کی تھکن بھی۔ ہونٹوں پر سرخی پھیر کر اس نے کئی بار ہونٹ چپکائے اور کھولے اور ایڑیوں سے ساری کے کنارے کو دبا کر کئی بار آئینے میں دیکھا۔ مسکرائی۔ چہرہ دمک اٹھا۔ نچلا ہونٹ دانتوں میں دباتے ہی اس کی عمر کوئی پندرہ سال کم ہوگئی، اور وہ یہ جانتی تھی۔ جلدی جلدی عینک اٹھائی، دو تین کاپیاں سمیٹیں اور زینے سے ہوا کی طرح اتری۔ کار میں بیٹھتے ہوئے اس نے ایکبار دور کے کمرے کی طرف دیکھا۔ جہاں سے گٹار کی دھن سنائی دے رہی تھی۔

"جانے یہ بدکا ہوا گھوڑا کب قابو میں آئے گا!"

کار کی دور جاتی ہوئی غراہٹ کے ساتھ ساتھ ٹیٹوں کی نسوں کا تناؤ کم ہونے لگا۔ اس نے اپنے آپ سے کہا "چلو چھٹی!" اور گٹار ایک طرف رکھ دیا۔ اس کے ننگے جسم پر پسینا چیونٹیوں کی طرح دوڑ رہا تھا۔ میلے لمبے ناخنوں سے اس نے میلی ناک کو کریدا اور اٹھ کھڑا ہوا۔ لمبے لمبے قدم سے کھڑکی کے پاس پہنچا، آہستہ سے کھڑکی کا پٹ کھولا۔ نیم وا آنکھوں کو چھوتی ہوئی دھوپ کی لہر کھڑکی سے باہر پھسلنے لگی۔ دھندلکے میں دیوار پر اس کے ہاتھ کے ابھارے ہوئے نقوش کچھ گڈمڈ سے ہونے لگے۔ اس کے جسم کا پسینا فرش پر اس کے قدموں کے نشان چھوڑتا ہوا پھیل رہا تھا۔

دیواریں طرح طرح کے نقوش اور خاکوں سے جُتی ہوئی تھیں۔ جیسے جیسے کمرے میں دن کی روشنی بڑھنے لگی، ویسے ویسے اُن میں جان پڑنے لگی۔

رنگو ــــ تم بھی رنگو ــــ دھوپ بھی رنگتی ہے ــــ تُو بھی۔

مونالیزا کی بچی!

وہ آہستہ آہستہ انگلیوں کو مسلتا ہے۔ رانوں کو سہلاتا ہے اور ناچتا ہے۔ جیسے اس کے پاؤں زمین پر نہ ہوں۔ خود اس کے ہاتھوں کے کھینچے ہوئے نقوش بھی ناچتے ہیں چہرے

ٹانگیں، پھیلی ہوئی، گتھی ہوئی، اکڑی ہوئی، مڑی ہوئی.. چہرے جن پر کیکٹس کے کانٹے اُگے ہوئے ہیں۔ پھیلی ہوئی ٹانگوں کے درمیان ایٹم بم طلوع ہو رہا ہے۔ پستانوں پر تیل چٹے پتنگوں کی طرح اڑ رہے ہیں۔ کتا ایک ٹانگ اٹھائے ہوئے ہے اور زمین پر کیڑوں کے چاٹے ہوئے پھول جھڑ رہے ہیں۔

مونا لیزا کی بچی!

اس کی آنکھوں میں خون اُتر آیا۔ وہ رانوں کو سہلاتا ہے اور آہستہ آہستہ جھکتا ہے۔ جھکتا ہے۔ بھیگے ہوئے درخت کی شاخ کی طرح، ہتھیلیوں پر تھوکتا ہے اور ناف کے نیچے گُدگُداتا ہے۔ اس کا جسم جلنے لگتا ہے۔ وہ ماں کے چھوٹے سے گیجٹ میں ایک کیسٹ ڈالتا ہے اور بٹن دباتا ہے۔ ٹھنڈی سانسوں کے آہنگ میں پاگل بنا دینے والا اضطراب ہے۔ وہ ناچ رہا ہے اور اس کی باہنوں میں کوئی لچک رہا ہے۔

آ

جا

ے

دے

لے

ہائے

بس

بس

بس

وہ افریقہ کی جنگلی دُھن پر ناچ رہا ہے۔ اس کا تپتا چہرہ سرخ ہو رہا ہے۔ اس کے جسم میں بے رحم جارحیت پیدا ہو رہی ہے۔ تناؤ ــــ لعاب سے بھیگی ہوئی مٹھی اسی دُھن پر گدگدی کا میٹھا زہر نچوڑ رہی ہے ایک ایک، روش سے۔ آنکھیں بند ہوتی جا رہی ہیں۔ جسم کی حرکتوں کا آہنگ سورج کی طرح اُڑ رہا ہے۔ اپنے جلتے پروں سے۔ اور سورج مٹھی میں بند ہے۔ وجود کی ساری آگ اُگلنے کو بے قرار۔ کوئی اس کے جسم سے چپک رہا ہے۔ اس کا دوسرا ہاتھ ہونٹ کھولتا ہے اور آگ کے ہیڑ کو چومتا

ہے۔ یہاں، یہاں، یہاں۔ مونا لیزا کی بچی! وہ آگ کی پیٹوں کو باہنوں میں سمیٹتے ہوئے فرش پر گر جاتا ہے۔ نڈھال — خاموش۔ وہ اب بھی ایک جسم کو سہلا رہا ہے جو فرش کی طرح ٹھنڈا ہے۔ اس کی ہتھیلیاں بھی ٹھنڈی ہیں جو ایک ٹھنڈی کمر کو سہلا رہی ہیں۔ بازو بھی ٹھنڈے ہیں جو ٹھنڈی ہڈیوں کو توڑ رہے ہیں۔ رفتہ رفتہ ہر چیز ٹھنڈک میں لپٹ کر سو جاتی ہے۔

جانے کب سے میں اسی طرح سو رہا ہوں۔ آنکھیں کھلی ہوئی ہیں اور میں سو رہا ہوں۔ دیواریں مجھ پر اپنا ٹھنڈا دباؤ ڈال رہی ہیں۔ دیواریں اور دیواروں پر میرے ہاتھوں کے ابھارے ہوئے پیکر۔ سب مجھے کاٹ رہے ہیں۔ ٹھنڈے ٹھنڈے ڈنک، ٹھنڈی ٹھنڈی سرسراہٹ، ٹھنڈی ٹھنڈی رگیں، ٹھنڈی ٹھنڈی خاموشی، ٹھنڈی ٹھنڈی روشنی، ٹھنڈے ٹھنڈے سائے، ٹھنڈی کاٹ، ٹھنڈی ٹیس سب کچھ ٹھنڈا، سب کچھ مرا ہوا ہے۔ میں یہ سب محسوس کر سکتا ہوں اور وہ؟ جس کی ٹھنڈک نے مجھے جینے پر مجبور کیا۔ وہ ہزاروں من مٹی کے نیچے کیا کر رہا ہے؟ وقت کے کیڑوں نے کچھ چھوڑا ہے۔ بے ہنگم لحیم شحیم ہڈیوں کے سوا؟ لو یہ ہڈیاں ہیں۔ ٹیڑھی میڑھی میلی ہتی کھائی ہوئی۔ ٹوٹی پھوٹی۔ چاہو تو تم ان ہڈیوں کو اپنے سوٹ کیس میں رکھ کر دنیا کے سفر پر نکل سکتے ہو۔ میرے باپ نے یہ سوٹ کیس اپنی ہڈیوں کے لیے نہیں دیا تھا۔ جانتا ہوں۔ میں تو ایک بات کہہ رہا ہوں۔ سوٹ کیس خالی ہے۔ میں بھی۔ اور سوٹ کیس کو یا اپنے آپ کو ہڈیوں سے بھرنے سے فائدہ؟ اٹھنا چاہیے۔ دیکھنا چاہیے کیا سب کچھ ویسا ہی ہے جیسا تھا، یا کچھ بدلا بھی ہے۔ کتنی عجیب بات ہے، سب کچھ میں، میں بھی شامل ہوں۔ جیسے میں کوئی کمبل ہوں، کوئی جوتا، کوئی ٹوتھ پیسٹ، کوئی درخت، کوئی ہوا کا جھونکا۔ یا کوئی تھوکا ہوا بلغم۔ او گاڈ! اٹھنا ہے۔ کھڑا ہونا ہے۔ باہر نکلنا ہے۔

اس نے پھر شیو نہیں کیا۔ وہ پھر نہیں نہایا۔ نیکر پہنا اور کندھے پر تولیہ رکھا، لیکن اس سے آگے جانے کی ہمت نہیں ہوئی۔ ماں کے کمرے کے باہر مستطیل برآمدے میں، جس کا رخ کھلی ہوئی چھت کی طرف تھا، چھوٹی سی میز پر اس کا ناشتا روز کی طرح رکھا ہوا تھا۔ دودھ کے ٹھنڈے گلاس کے کنارے پر مکھیاں لوٹ رہی تھیں۔ توس پر مکھن پھیل کر گھی کی طرح چکنا ہو گیا تھا۔ ایسی ہی چکناہٹ اسے اپنی ماں کے میک اپ کیے ہوئے چہرے پر نظر آتی رہتی۔ توس اور ماں کا

چہرہ! وہ دبے پانو فریج کے پاس گیا۔ اِدھر اُدھر دیکھا۔ کوئی اور نہیں تھا گھر میں ـــــ دور سے جھاڑو کی آواز یوں سنائی دے رہی تھی جیسے کوئی سسکیاں بھر رہا ہو۔ اس نے فریج سے پانی کی ٹھنڈی بوتل نکالی اور کھڑا کھڑا پی گیا۔ جیسے جیسے اس کی پیاس بجھ رہی تھی اس کی گردن کی رگیں پھولتی جا رہی تھی۔ وہ میز کے پاس کرسی پر بیٹھ گیا۔ ٹانگیں اٹھا کر اس نے میز پر رکھ لیں۔ اس کے کالے میلے ناخنوں کی قربت سے مکھیاں اڑ گئیں۔ اس کا لمبا ہاتھ اور لمبا ہو گیا اور وہ بغیر منہ دھوئے دودھ پینے لگا۔ توس کو اس نے چھوا بھی نہیں۔ اسے بالکل اندازہ نہیں تھا کہ وہ بہت دیر سے توسوں پر مکھیوں کو اترتے اور پھر لمبے ناخنوں کی جنبش سے اڑتے ہوئے دیکھ رہا تھا۔ اس کی آنکھیں جل رہی تھیں اور گلا خشک ہوا جا رہا تھا۔ دور، بڑے بڑے درختوں کو ہوا جھنجھوڑ رہی تھی۔ جھاڑو کی آواز دوپہر کے سناٹے میں کھو چکی تھی۔

کب تک میں پیچھے کے زینے سے آتا جاتا رہوں گا۔ اس نے اپنے آپ سے پوچھا۔

"ٹیپو آؤ میرے پاس آؤ، ـ مجھے دیکھو۔ میں کہیں نہیں گیا۔ میں یہیں ہوں۔"

بھاری آواز سے دوپہر کا گھر بھر گیا۔ اسے لگا کہ اس کے سینے میں کوئی بڑی سی چٹان چٹخ گئی۔ وہ کھڑا ہوا تو کانپ رہا تھا۔ گلاس لڑھکتا ہوا گلدان سے ٹکرایا۔ مکھیاں بے خبر رہیں۔ اس کا پورا جسم کانپ رہا تھا۔

نہیں یہ سب ـــــ نہیں میں اس آواز کو پہچانتا ہوں۔

اس کا پورا جسم پسینے میں شرابور تھا۔

بھری دوپہر کو اس کا گھر رات کے اندھیرے میں ڈوب گیا۔ سائے سایوں میں ڈوب رہے تھے۔ ہوا اتنی تیز تھی کہ دیواریں دیواروں سے ٹکرا رہی تھیں۔

وہ کھڑا ہو گیا اور راستہ ڈھونڈنے لگا۔

کدھر جاؤں۔ کہاں جاؤں۔

سایوں میں ایک سیاہ ہیولا ذرا خم کھائے ہوئے زینے کے نیچے کھڑا تھا اور اس کو اشارے سے بلا رہا تھا۔

ڈرا کولا!

ماں نے کہا تھا ڈراکولا اُس کا پیچھا کر رہا ہے۔ وہ بھاگتی ہے اور یہ سیاہ ہیولا ہاتھ بڑھا کر اسے دبوچ لیتا ہے، اور اپنے دانت اس کی گردن میں پیوست کر دیتا ہے۔ ماں اس کے دانت کہاں ہیں یہی تو بات ہے اس کے دانت دکھائی نہیں دیتے۔ لیکن میں جانتی ہوں یہ دانت کتنے لمبے اور کتنے تیز ہیں، اور جتنی بار یہ دانت میری گردن میں ڈوبتے ہیں کھولتے ہوئے زہر کی زبانیں خون میں لپکتی ہیں۔ یہ ڈراکولا مجھے کھا گیا۔ ماں ــــ موم، مجھے یاد ہے جب میں بہت چھوٹا تھا تو میں نے اس لحیم شحیم ڈراکولا کو تمہارے بستر میں دیکھا تھا۔ وہ سو رہا تھا۔ چھت پر دھوپ چمک رہی تھی اور تم اسے چاٹ رہی تھیں۔ اور وہ سو رہا تھا۔ ننگا ــــ اور تمہارے دو دانت اس کی گردن میں چبھے ہوئے تھے۔ تم ہنس رہی تھیں اور وہ مزے میں سو رہا تھا ــــ میں بھاگ کھڑا ہوا۔

آواز بہت قریب آ گئی تھی۔ وہ تھرتھراتی ہوئی ٹانگوں سے اترا۔ وہ اتر رہا تھا اور زینہ بڑھتا جا رہا تھا۔ اور جہاں زینہ ختم ہوتا تھا وہیں وہ کھڑا تھا۔ اس کا ایک ہاتھ زینے کی ریلنگ پر تھا اور دوسرا عینک کی کمانی پر۔

آؤ ــــ آؤ ــــ بیٹے آؤ ــــ مجھے پہچانو۔

میں تیزی سے اترنے لگتا ہوں۔ میں زینے کا فاصلہ کم کرنا چاہتا ہوں۔ مہینوں بعد اس زینے سے اتر رہا ہوں جو گھر کے اندر اترتا ہے، اس کمرے کے پاس جو موت کا کمرہ ہے۔ جب بھی کوئی مرنے لگتا ہے اسی کمرے میں ڈال دیا جاتا ہے۔ ڈراکولا کو بھی اسی کمرے میں ڈال دیا گیا تھا۔ لیکن اب مجھے کچھ یاد نہیں۔ دوپہر کا سناٹا رینگ رہا ہے۔ سراسرا رہا ہے۔ اور اب میں نیچے آ گیا ہوں۔ میرا مہینوں کا پالا ہوا خوف میرے سینے میں کُتے کی طرح بھونک رہا ہے۔ یکایک ریلنگ پر سے ہاتھ ہٹا، عینک ناک پر سے پھسلی اور ہیولا، سیدھا، پشت کی طرف اُلٹا مڑا اور ہوا میں تیرتا ہوا موت کے کمرے میں غائب ہو گیا۔ میں کمرے کے اندر دیکھ رہا ہوں قبر کا منہ کھلا ہوا ہے۔ اور وہ چت لیٹا ہوا ہے۔ کمرے میں روشنی بھی ہے اور اندھیرا بھی۔ دونوں ایک دوسرے کو چاٹ رہے ہیں۔ روزن بند ہے۔ ہوا بند ہے۔ اس کا گنجا سر چمک رہا ہے جس پر پسینے کی بوندیں تیر رہی ہیں۔ اس کا پورا جسم بے حرکت ہے لیکن خون اس کے منہ سے اُبلتا ہے اور اس کی گردن پر پڑی ہوئی چادر کو بھگو دیتا ہے۔ وہ آنکھ کھولے بنا مجھے دیکھتا ہے

ہونٹ جمے ہوئے خون سے چپک گئے ہیں۔ مگر وہ ہونٹوں کو کھولے بنا مسکراتا ہے۔ ماں ڈرائنگ روم میں بیئر پی رہی ہے اور کہہ رہی ہے۔ میں ایک ایسے آدمی پر سب کچھ لٹا دوں جو مر رہا ہے؟ اسے تو مرنا ہے۔ ان کا کیا ہوگا جو زندہ ہیں اور زندہ رہیں گے۔ I'm not a sentimental fool!۔ اور ہیولا، جواب ہڈیوں پر پیٹی ہوئی بے رنگ کھال کے سوا کچھ نہیں، آنکھیں کھول دیتا ہے۔ وہ مجھے دیکھتا ہے۔ اس کے دیدے کن گہرائیوں میں غرق ہیں۔ اُن میں چنگاریاں جھلملاتی ہیں۔ پھر منہ خون سے بھر جاتا ہے اور تھکے ہوئے ہونٹ چنگاریوں کو بجھا دیتے ہیں۔ گھر میں اطمینان کی لہر سی دوڑ جاتی ہے۔ عذاب کٹا۔

ٹیپو —— تم کہاں ہو؟ ماں پکار رہی ہے۔ بہت دور سے آواز دے رہی ہے۔ شاید کسی جنگل میں کھو گئی ہے اور اب ڈر رہی ہے۔ اسے راستہ نہیں مل رہا ہے۔ بڑی موسلا دھار بارش ہو رہی ہے۔ درخت پانی کے بوجھ سے زمین پر گر پڑے ہیں۔

ٹیپو —— تم کہاں ہو؟

میں کہیں نہیں ہوں۔ میں بھاگتا ہوں۔ اور گھر کے سارے دروازے بند کر دیتا ہوں اور بھاگ کر زینے کے پاس لوٹ آتا ہوں اور موت کے کمرے کی طرف دیکھتا ہوں۔ ڈرائنگ روم سے شراب کی بو قہقہوں کی گونج کے ساتھ آ رہی ہے۔ زندگی کب کسی کا غم کھاتی ہے۔ کوئی خون تھوکتا ہے۔ کوئی وہسکی پیتا ہے۔

ہیولا وہیں کھڑا ہے۔ عینک کی کمانی کہاں غائب ہو گئی ہے۔

اس کی گردن موٹی ہی نہیں ربڑ کی بنی ہوئی ہے۔ بہت سارے ربڑ کی اور وہ اس پر ٹائی باندھتا ہے۔

ڈراکولا کا منہ کھلتا ہے مگر دانت دکھائی نہیں دیتے۔ وہ آہستہ آہستہ کالر کو سہلاتا ہے اور ٹائی کی موٹی گرہ کو ٹٹولتا ہے۔

"میں تم سے کچھ کہنا چاہتا ہوں۔"

میں سہم جاتا ہوں۔

میں مُردہ بادشاہ کا بھوت نہیں ہوں۔ اور تم ہیملٹ نہیں ہو۔ پھر بھی مجھے تم سے کچھ

کہنا ہے ۔ میرا گلا خشک ہو جاتا ہے اور میں چیختا ہوں ۔ بچاؤ ! بچاؤ ! اس کا ہاتھ بڑھتا ہے اور میرے پاؤں زمین میں گڑ جاتے ہیں ۔

یہ کس قسم کا ڈراکولا ہے ۔ بھاری بھرکم ہیولا ، نرم ہاتھ ، بے مزا مسکراہٹ ، بڑا سا چہرہ ، بڑا سا سر ___ میں جا رہا ہوں ۔ میرا کچھ نہیں ہے ۔ نہ وہ عورت ، نہ یہ گھر ، نہ وہ کار ، نہ وہ باغ ، جہاں کیاریوں کے پاس جھومتی ہوئی شاخوں پر چڑیاں چہچہا رہی ہیں ۔ نہ وہ گملے ، میں جن میں پانی ڈالتا رہا ہوں ، نہ یہ پکھیں جن کو میں گرمیوں میں گرا دیتا تھا اور جاڑوں میں اٹھا لیتا تھا ، نہ یہ ڈرائنگ روم جہاں تمہاری ماں کے دوست وہسکی پی رہے ہیں اور اپنے اپنے کیریر کو نکھارنے کے لئے اپنے حریفوں کے خلاف زہر اگل رہے ہیں ، مجھ پر جملے چست کر رہے ہیں اور تمہاری ماں کی آنکھوں میں اپنا عکس دیکھ رہے ہیں ! بڑے اچھے لوگ ہیں ، جو یہاں سے نکلتے ہی اپنی یا کسی اور کی بیوی کی کمر میں ہاتھ ڈالیں گے اور رکشا میں چپک کر بیٹھیں گے اور کہیں گے "کیا مردمار عورت ہے ___ مجھے تو اس آدمی پر بڑا ترس آتا ہے ، جس میں اتنی سی خودداری نہیں ، میں ہوتا اس کی جگہ . . . . . ." یہی تو بات ہے کہ تم سب کم بخت اس کی جگہ ہونا چاہتے ہو حالانکہ وہ کم بخت خود اپنی جگہ پر نہیں ہے ۔ وہ سالی عورت ہی کچھ ایسی ہے ۔ چھلکتی ہوئی ۔ چھوٹے سے گلاس میں شراب بہت زیادہ انڈیل دی گئی ہے ۔ نہ وہ توتے جو کب کا پنجرہ کھول کر کھلی ہوئی ہواؤں میں اڑ گئے ، نہ وہ بلیاں جو ہر وقت جمائیاں لیتی رہتی ہیں ، اور نہ وہ کتے جو میری طرح مر رہے ہیں ۔ ان کے کیڑے بھی دکھائی دیتے ہیں اور زخم بھی ۔ میرے نہیں دکھائی دیتے ۔ یہی تو فرق ہے ۔ ویسے یہ کوئی خاص فرق نہیں ہے ۔ چائے کی وہ ٹرے بھی نہیں جو میں ہر صبح نماز کے بعد اوپر لے جاتا ہوں ، جہاں وہ عورت اپنی لسبین دوست کی آغوش میں دبی دبائی پڑی رہتی ہے ، ریشمیں نائٹی میں نہ وہ میٹھی تھکن جو میں اس کی کچھ سوتی کچھ جاگتی آنکھوں میں دیکھتا ہوں نہ وہ سڑک جس کے آخر میں ایک پھاٹک ہے اور جسے میں روز صبح کھولتا ہوں اور رات کو بند کر دیتا ہوں تاکہ صبح کو اس عورت کی کار گرداتی ہوئی نکل جائے ، اور رات کو کوئی چور نہ آنے پائے ۔ حالانکہ کار پھاٹک سے نکلنے سے پہلے پھر بھی غراتی ہے اور چور پھر بھی آتے ہیں ۔ یہ کتے ۔ مجھے کچھ عجیب نظروں سے دیکھ رہے ہیں ، جیسے انہیں معلوم ہو گیا ہو کہ میں اب کے جاؤں گا تو لوٹ

کر نہیں آؤں گا۔ ان کے سوا کسی کو بھی میرے سفر کا احساس نہیں ہے۔ یہی وجہ ہے کہ میرا سفر اتنا آسان ہو گیا ہے۔ رات بھیانک ہے اور کتے رو رہے ہیں۔ وفاداری کتوں کو رُلاتی ہے۔ مجھے غم اس کا ہے کہ تم سب مجھے قبر میں ڈالتے ہی بھول جاؤ گے۔ لیکن یہ کتے مجھے یاد کریں گے اور رو رو کر مر جائیں گے۔ They're such sentimental fools!.. تمہاری آنکھیں پھیل رہی ہیں۔ تم پہلی بار مجھے پہچان رہے ہو۔ میں سو نہیں رہا ہوں۔ اور تم چرس کے نشے میں نہیں ہو۔ اس کو موت کے کمرے میں پڑے پڑے بہت دیر ہو چکی ہے۔ اس کی لاش سر سے پاؤں تک سفید چادر سے ڈھکی ہوئی ہے۔ آنگن میں میت کو نہلانے کا انتظام ہو رہا ہے۔ خدا ترس لوگ بہت مصروف ہیں۔ اتنے سارے لوگ کہاں سے آ گئے ہیں۔ پورا لان بھر گیا ہے۔ وہ تو بڑا گمنام سا شخص تھا۔ لوگ تو اس کو محض اس عورت کے دُم چھلے یا غلام کی حیثیت سے جانتے تھے۔ پھر بھی کچھ لوگ رو رہے ہیں۔ کتنی عجیب بات ہے۔ خود عورت کتنی حیرت زدہ ہے۔ سب ایک دوسرے کے کان میں منہ ڈال کر کچھ کہہ رہے ہیں۔ مُردہ یہ سب کچھ دیکھ اور سن رہا ہے اور ہونہار، خشک، ٹھنڈے ہونٹوں سے مسکرا رہا ہے۔ اب اس کی مسکراہٹ پر کسی قسم کا بوجھ نہیں ہے۔ مردہ اٹھتا ہے اور سب کی نظر بچا کر پورے گھر کے چکر لگاتا ہے۔ ویسے جب وہ زندہ تھا تب بھی سب کی نظر بچا کر ہی جیتا تھا۔ مگر وہ اب ان سب کمروں میں جا رہا تھا جہاں وہ برسوں سے نہیں گیا تھا۔ اوپر سنگار میز پر کنگھے میں اُلجھے ہوئے بالوں کو دیکھ کر حیران رہ گیا۔ آئینے میں اس نے اپنا عکس دیکھنا چاہا۔ لیکن اس کا کوئی عکس نہیں تھا۔ پہلی بار اُسے اس تبدیلی کا احساس ہوا۔ اس کا وجود اب زندگی کے ہر آئینے سے اپنا عکس چھوڑے بنا چھن رہا تھا ساری کتابیں سجی ہوئی تھیں۔ بہت سی ان میں ایسی تھیں جو کبھی کھلی ہی نہیں تھیں مگر تھیں۔ اسکاچ کی ایک خالی بوتل سنگار میز کے پاس کونے میں رکھی تھی۔ وہ دیر تک اس بوتل کو دیکھتا رہا۔ جیسے اپنے آپ کو دیکھ رہا ہو۔ ماضی سے ایک قہقہہ اڑتا ہوا آیا اور اس پر پھٹ پڑا۔ یہ ماں کا قہقہہ تھا۔ ڈرائنگ روم سے اُڑ کر آیا تھا۔ جب اسکاچ سامنے ہو تو بھڑا کون پیئے؟" اس نے سرخ ڈوروں بھری سوجی ہوئی آنکھوں سے ڈرا کولا کی طرف دیکھا تھا۔ اس شخص میں اتنا سا 'سینس آف ہیومر' نہیں ہے۔ بے عرق، پچڑا ہوا نیبو۔ جب دیکھو جب وہی کمزور مثانے کی بات،

جب دیکھو جب وہی چھوٹی چھوٹی حکایتوں کا قصہ جو اس نے بچوں کی ہدایت کے لیے کبھی لکھی تھیں۔ یا یہ ذکر کہ خانصاحب کے بیٹے کی شادی میں قورمہ مغلئی شان کا تھا اور زردے میں خوشبو واجد علی شاہی شان کی تھی۔ آم تو اصلی رام پور میں ہوتے ہیں۔ گٹھلیاں برائے نام اور مزہ ثمرِ بہشت کا جب دیکھو جب دوسروں کے یہاں عقیقہ یا ختنہ کا انتظام کیا جا رہا ہے۔ یہ جوش اپنی شادی میں نظر نہیں آیا۔ ساری سرگرمی خلوت میں۔ سارا خون پسینہ بستر پر۔ باہر وہی جا نماز، وہی تسبیح۔ وہی وظیفہ خوانی۔ آدمی ہے یا گھن چکر۔ اور میں زندگی سے ایک ایک بوند نچوڑ لینا چاہتی ہوں۔ میں تمام روایتوں کو توڑ کر زندہ رہنا چاہتی ہوں اور یہ شخص ایک بھاری چٹان کیطرح میری گردن میں بندھا ہوا ہے۔ اگر میں چٹان ہوں تو مجھے پھینک دو اپنے وجود کی حدوں سے باہر۔ حرامزادے پھینک تو دوں اپنی پرانی سینڈل کی طرح، مگر میرے کیریر کا کیا ہوگا۔ بدنام ہو جاؤں گی۔ چلو تمہاری یہ بزدلی تمہیں سوٹ کرتی ہے۔ اس چٹان کو گردن سے نکلنے دو۔ میں تیل چٹے کی طرح رات کے اندھیرے میں تمہارے وجود کے اردگرد رینگتا رہوں گا۔ میرے لیے یہی بہت ہے۔ اور تم یوں بوکھلائے کیوں کھڑے ہو بیٹے۔ تم جانتے ہو۔ یا شاید نہیں جانتے۔ میں جانتا ہوں۔ اکیلے تم ہو جس کو چھوڑنے کا مجھے غم ہے۔ تم میں کوئی ایسی بات ہے جو مجھے جینے پر مجبور کرتی ہے۔ تمہاری نرمی اور صفائی۔ کیا تم نے اس وقت بھی چرس چڑھا رکھی ہے۔ تمہاری آنکھیں میرے چہرے پر کچھ عجیب طرح سے گڑی ہوئی ہیں۔ تمہارے اُلجھے ہوئے بال مجھے بہت اچھے لگ رہے ہیں۔ میں گنجا ہوں، اس لیے گھنے بال میری کمزوری ہیں۔ کبھی میرے بال بھی بڑے گھنے تھے مگر زندگی نے چپت مار مار کر صفایا کر دیا۔ تم اتنے لمبے ہو، میری طرح۔ اور چھریرے بدن کے جیسا میں کبھی نہیں تھا۔ میری سیاہی اور تمہاری ماں کی دمک نے مل کر تمہارا رنگ کتنا نکھار دیا ہے۔ اور میں حیران ہوں کہ اگر زندگی میں پہلی اور آخری بار میں نے تمہاری ماں سے بغاوت نہ کی ہوتی تو تم کہاں ہوتے۔ میں مرتا تو یہ جانے بنا مرتا کہ کوئی مجھ سے محبت کرتا ہے۔ میں نے زندگی میں ایک ہی سازش کی ہے۔ تب تم خون کی جیلی بن چکے تھے۔ اور تمہیں اپریشن ٹیبل پر قتل کرنے کا بندوبست ہو چکا تھا اور تب میں نے ڈاکٹر کو رشوت دی تھی اور تمہاری ماں کو شکست۔ خون کی جیلی کو جاگنا تھا۔ باہر آنا تھا۔ دھوپ میں۔ اب میں اس دھوپ

کو چھوڑ کر جا رہا ہوں ۔ تم؟ میں جانتا ہوں تم کیوں چرس کے کش اڑاتے ہو ۔ تمہیں یہ سب اچھا نہیں لگتا ۔ یہ سب بھول جاؤ ۔ میں چلا جاؤں گا ۔ پھر نہیں آؤں گا ۔ پر جاتے جاتے ایک بات بتانا چاہتا ہوں ۔ تم ان سب باتوں سے بھاگتے بھاگتے اب اپنے آپ سے بھاگ رہے ہو ۔ کوئی اپنے آپ بھاگ کر کہاں جا سکتا ہے ۔ بہت عمدہ کاک ٹیل ۔ بائی گاڈ ۔ آہستہ آہستہ پیو ۔ گھونٹ گھونٹ ۔ اس کو بکھر دینے میں مزہ آتا ہے ۔ اسی بکھر میں وہ اپنا سارا فرسٹریشن نچوڑ دیتا ہے ۔ بٹس کہیں کا ۔ آپ کس سے ویلیوز کی بات کر رہے ہیں جناب ؟ آپ کا چہرہ ڈوبتے چاند کی طرح سفید ہو گیا ہے ۔ سفید یا سُرخ ؟ چڑھ رہی ہے ۔ چڑھنے دو ۔ تھوڑی اور ۔ بس ذرا سی ۔ دیکھئے آپ چوٹ کر رہے ہیں ۔ میں روایتی ویلیوز کو گرد سمجھتی ہوں ۔ میری ویلیوز ہیں وہ لمحے جو میں جیتی ہوں ۔ جن کا میں تجربہ کرتی ہوں ۔ جو میرے وجود میں ڈھل جاتے ہیں ۔ اس شراب کی طرح ؟ جی ہاں ۔ بڑے اسمارٹ ہیں آپ ۔ آپ کو پارٹیاں تو نہیں ۔ وہاٹ اے بور ! ڈیم اِٹ ! پھر وہی ویلیوز کا قصہ ۔ مادام ۔ آپ تو ذرا سی بات پر بپھر جاتی ہیں ۔ دیکھیے ناچنے کے بعد inhibitions ختم ہو جاتی ہیں ۔ اور دفن سوال ، مُردوں کی طرح ، قبر سے نکل پڑتے ہیں ۔ ہا ہا ہا ! قیامت کے دن ہی ہو گا ۔ قیامت کا کوئی دن مقرر نہیں ہے ۔ ویسے یہ قیامت اصل میں آپ کا ضمیر ہے ۔ اتر آئے نا کلینشے پر !! اس کی آنکھیں چڑھ رہی ہیں ۔ ہونٹ بھیگے بھیگے ، سُوجے سُوجے دکھائی دے رہے ہیں ۔ میں تو صرف یہ سمجھنے کی کوشش کر رہا ہوں کہ ـــــــ باقی سارے کام تو آپ اسی طرح کرتی ہیں جس طرح دوسرے لوگ کرتے ہیں ، مگر جیتی ہیں آپ بالکل دوسری طرح ـــــــ کیریر ، عشق ، جائداد ، جھوٹ کیا یہ سب بھی وہی ، لمحہ لمحہ ، میرا مطلب ہے ۔ چڑھ گئی ۔ تم گھر جاؤ ـــ اس کے ہونٹ چپک گئے ہیں ۔ بلاؤز کے گول گریبان میں سنہرا تلاطم پیدا ہو گیا ہے ۔ سب خوش ہیں ۔ لطیفوں پر ہاتھ ملا رہے ہیں ۔ صرف وہ اکیلا کھڑا ہے ۔ سہما ہوا ۔ خوف زدہ ۔ اتنا لحیم شحیم جسم اور موجودگی اتنی منحنی ! ڈراکولا کونے میں ہے اور اس کا منہ دیوار کی طرف ۔

دور سے کار کی غراہٹ سنائی دیتی ہے ۔ ڈراکولا ہوا میں پگھل جاتا ہے ۔ میں موت کے کمرے میں جھانک کر دیکھتا ہوں ۔ وہاں نہ وہ پلنگ ہے ، نہ خون سے بھری ہوئی بے سلیقگی ، نہ وہ تیں نہ اکتائی ہوئی آنکھیں ، نہ موت کا خاموش انتظار ، وہاں کچھ نہیں ۔ کم از کم مجھے کچھ دکھائی نہیں دیتا ۔

باہر کے برآمدے میں اونچی ایڑیوں کی کھٹ کھٹ ابھرتی ہے اور میں زینے پر اوپر بھاگتا ہوں ۔ یکایک میں کتنے خطرے میں گھر گیا ہوں ۔ اب ہر طرف سے دھوپ حملہ کر رہی ہے ۔ دروازے میں کنجی گھومتی ہے اور دروازہ چرچراتا ہے ۔ مجھ پر لرزہ طاری ہوتا ہے ۔ اور میں لرزے کو دبانے کی کوشش کر رہا ہوں ۔ میں اپنے کمرے میں بند ہو جاتا ہوں ۔ کمرے میں بند ہوتے ہی میں ہر خطرے سے محفوظ ہو جاتا ہوں ۔ یہاں بہت مانوس سی بو بسی ہوئی ہے ۔ دیواروں پر میرے بنائے ہوئے ڈرائنگ اپنی تمام خباثتوں اور بھیانک پن کے ساتھ اینٹھتے، چکراتے ہیں اور مجھے گلے لگاتے ہیں وہ سب منڈلا رہے ہیں I'm at home ۔ اور ہنس رہے ہیں ۔ وہ بکھر رہے ہیں اور چیخ رہے ہیں ۔ آنکھیں، جونیزوں اور سانپوں سے بھرے ہوئے پاتال کی طرح ہیں، ہوائیں اپنے سیاہ پروں سے اُڑ رہی ہیں ۔ کٹے ہوئے بازو، کٹے ہوئے سر، بہتی ہوئی ناکیں، اندام نہانی میں ڈنک مارتے ہوئے بچھو ۔ سب ہوائیں اُڑ رہے ہیں، ایک دوسرے سے ٹکرا رہے ہیں اور ہنس رہے ہیں ۔ میں گٹار اٹھا لیتا ہوں ۔ میری انگلیاں جلنے لگتی ہیں ۔ میری انگلیوں سے آگ ٹپکتی ہے ۔ بوند بوند! اور گٹار کے جاگے ہوئے تاروں پر دوڑتی ہے ۔ بوند بوند!

اونچی ایڑیاں بہت قریب آگئی ہیں ۔ یہ کھٹ کھٹ مجھے ڈراتی ہے اور میں گٹار کے تاروں کی گونج کو بڑھا دیتا ہوں ۔ اونچی ایڑیاں اپنے کمرے میں جاتی ہیں ۔ پھر باتھ روم ۔ پھر دروازے میں ۔ پھر میرے کمرے پر ۔ دستک ۔ دستک ۔ اور دستک ۔ میں دروازہ نہیں کھولوں گا ۔

ٹیپو ـــــ جانتے ہو تم کتنے دنوں سے کمرے سے نہیں نکلے ہو؟

میں اپنی انگلیوں کو اور تیز کر دیتا ہوں لیکن اب اور زیادہ تیز گونج ممکن نہیں ۔ میں گٹار پر جھک جاتا ہوں ـــــ اور کمرے میں اڑتے ہوئے ڈرائنگ بھی اپنی اپنی جگہ دیواروں پر چپک جاتے ہیں ۔

ٹیپو ـــــ دروازہ کھول دو ۔

ٹیپو اٹھتا ہے ۔ ہانپتا ہوا، اس کا رنگ زرد ہے ۔ وہ دروازہ کھول دیتا ہے ۔ دیکھتے ہو تمہارا کیا حال ہو گیا ہے ۔ کیا اسی لیے میں اتنا دُکھ جھیلتی ہوں ۔ کتنا دُکھ ماں! کیا دُکھ کو کبھی

ناپا اور تولا جاسکتا ہے؟ تم پوچھتے ہو کتنا دُکھ —— نو مہینے جب خون کی جیلی انسان کا دل بن کر دھڑکتی ہے، تو جانتے ہو ماں پر کیا بیتتی ہے۔ ماں مجھے ڈراکولا نے بیالوجی پڑھائی ہے —— کون ڈراکولا —— کیا بتایا ہے اُس نے؟ ماں کی آنکھیں کاجل سے بھر گئی ہیں۔ اور اب پتلیوں میں کسی چیز کا عکس نہیں ہے۔ ٹیپو چیونگ گم چبا رہا ہے۔ اس کا منہ ٹیڑھا ہو گیا ہے۔ اس کی کمر میں خم پیدا ہو گیا ہے۔ ٹانگوں اور سینے پر گھنے بال پسینے میں شرابور ہیں۔ وہ چٹخارے کے انداز میں ہنس رہا ہے۔ تم ہنستے ہو۔ تم کتنا گر گئے ہو۔ کچھ اندازہ ہے تمہیں۔ سب کچھ بکھر کر رہ گیا ہے —— سب کچھ کس نے بکھیر دیا ہے، ماں! وہ کاجل بھری آنکھوں سے، جس میں کسی چیز کا عکس نہیں ہے۔ ٹیپو کو گھورتی ہے۔ اس کے جبڑے تھکے ہوئے مینڈک کی طرح جلدی جلدی سانس لے رہے ہیں۔ وہ چباتے ہوئے چیونگ گم کو اپنی ہتھیلی پر تھوکتا ہے۔ آہستہ آہستہ تھرکتا ہے۔ پھر گلا پھاڑ پھاڑ کر گانے لگتا ہے۔ فریڈم! فریڈم! چیونگ گم کی گولی بناتا ہے اور پھر منہ میں رکھ لیتا ہے۔ گھِن آتی ہے ٹیپو! تمہارے دل میں کوئی گرہ پڑ گئی ہے۔ میں اسے کھولنا چاہتی ہوں۔ تم جانتے ہو سب مجھے چھوڑ کر چلے گئے ہیں۔ میں اکیلی ہوں۔ اور جب تک گرہ نہ کھول جائے تم نہیں کھل سکتے۔ ٹیپو دیوانوں کی طرح قہقہے لگاتا ہے۔ اور دیواروں سے ٹکراتا ہے۔ وہ ایک بڑی سی پنسل اٹھاتا ہے۔ اس کی لکڑی کو دانت سے نوچتا ہے، سیاہ نوک پر تھوکتا ہے اور سامنے کی دیوار پر تیزی سے ایک لمبی ناک بناتا ہے۔ میلوں لمبی ناک۔ بار بار خطوط پر پنسل دوڑاتا ہے۔ ناک الجھتی جاتی ہے اور الجھتی ہوئی لکیروں سے ایک خوف زدہ شکل ابھرتی ہے۔ جس طرح منہ کھلا ہوا ہے اس سے معلوم ہوتا ہے چیخ کانٹے دار گیند کی طرح گلے میں پھنس گئی ہے۔ پن کُشن ایک بار گلے میں پھنس جائے تو نہ اگلا جائے نہ نگلا جائے۔ لیکن پن کُشن گلے میں پھنسے کیوں۔ وہ صبح سے شام تک لکیریں کھینچتا رہتا ہے اور لکیروں پر لکیریں ڈالتا رہتا ہے اور رو قت ان لکیروں کے جال میں نہیں آتا۔ ماں دروازے میں کھڑی انتظار کرتی رہتی ہے۔ اس کے انڈر ویر سے کیسی بدبو اٹھ رہی ہے۔ مگر وہ انتظار کرتی رہتی ہے۔ وہ جائے گا اور نہائے گا۔ وارڈروب سے صاف چمکتی ہوئی لندن والی قمیص نکالے گا۔ نیا انڈر ویر پہنے گا اور اس پر نیلی پتلون کا زِپ زن سے کھینچے گا۔ گھنگریالے بالوں کو چوڑے کنگھے سے گردن تک سجائے گا۔ قیمتی سگریٹ کو

ہونٹوں میں دبائے گا۔ صبح کو کالج جائے گا اور شام کو بیڈمنٹن کھیلے گا۔ ماں کے ساتھ کافی پیئے گا اور جب اس خوب صورت ادھیڑ عورت کے دوست ڈرائنگ روم میں اسے بھی وہسکی آفر کریں گے تو وہ ایڑیوں پر گھومے گا اور بڑی فراخ دلی سے انکار کر دے گا۔ نہیں میں تو کوک پیونگا۔ اور پڑوس کے گھر میں جاکر امیر خاندان کی بد دماغ لڑکی کو شیشے میں اتارے گا۔ رات کو سونے سے پہلے ماں کو غیر ملکی رسالوں میں پڑھے ہوئے جوک سنائے گا۔ دونوں ہنسیں گے۔ پھر ماں کو جماہیاں آئیں گی ـــ ٹیپو اشارے کو سمجھ جائے گا اور بیڈ لیمپ کا بٹن دبا کر اپنے کمرے میں چلا جائیگا اور رات گئے سنک کورس کی کتابیں پڑھے گا اور خوب صورت ادھیڑ عورت دوبارہ بیڈ لیمپ روشن کرے گی اور اپنے عاشق کے تازہ خطوط پڑھے گی اور سر دھنے گی۔ تھک رہا ہے خبیث تھک رہا ہے۔ لیکن بے چارہ کیا کرے۔ مجبور ہے۔ اس کی بھی اجنبی وابستگیاں ہیں۔ ہم دونوں انوکھی ہستیاں ہیں۔ لیکن زمانہ ہر انوکھی ہستی کو کسی نہ کسی ڈراکولا کے حوالے کر دیتا ہے۔ مگر اب کیا ہو سکتا ہے۔ جھک مارو۔ دو چار ہم آغوشیاں، دو چار بغل گیریاں، دو چار ہوٹل بازیاں، جھیل میں دو چار کشتی رانیاں، جھولوں میں دو چار پینگیں، دو چار بوتلیں شراب کی، پھر تھکن، پھر فرار ـــ یہ سارا تجربہ کیا ہے۔ لگتا ہے عاشق کے مصنوعی دانتوں کے سٹ کو گلاس میں ڈوبا ہوا دیکھ رہی ہوں اور کیا ـــ اور کیا ـــ قصہ ختم۔ بیڈ لیمپ جلتا رہتا ہے آنکھیں بند ہو جاتی ہیں۔ نیند آتی ہے تو گہری نیند آتی ہے اور سوتے میں زندگی کا لمبا سفر طے ہو جاتا ہے۔

جانتا ہوں، ماں، کس بات کا انتظار ہے تمہیں۔ ہوا یہ ہے کہ ڈراکولا نے مجھے سب کچھ بتا دیا ہے اور میں صاف دیکھ سکتا ہوں۔ سفید اپریشن ٹیبل پر تم پڑی ہو۔ یہ سفیدی مجھے اپنے باپ کے کفن کی یاد دلاتی ہے۔ ایک خوب صورت عورت اپریشن ٹیبل پر پڑی ہے اس کی ٹانگیں پھیلی ہوئی ہیں اور سرخ سرخ جیلی بہہ رہی ہے۔ میں بہہ رہا ہوں۔ یکایک جیلی کی آنکھ کھل جاتی ہے اور ڈراکولا ڈاکٹر کے کان میں کچھ کہتا نظر آتا ہے۔ ڈراکولا اپنی لکیر دار پیشانی سے پسینا پونچھ رہا ہے۔ اس کے ہونٹ سوکھے ہوئے ہیں۔ ڈاکٹر اپنے دستانے اتار دیتا ہے اور سرخ جیلی واپس ناف کے جال میں چلی جاتی ہے اور صدیوں بعد میں روشنی میں تیرتا ہوں

تو روتا ہوں اور ہنستا ہوں اور روتا ہوں ۔

"So you know Mom?"

میں کیوں روتا ہوں، میں کیوں ہنستا ہوں ۔ تم انتظار کر رہی ہو ۔ اس کے معنی یہ ہیں کہ تم تھک رہی ہو پہلے کبھی تم نے کسی کا، کسی چیز کا انتظار نہیں کیا ۔ تمہیں فرصت ہی کہاں تھی ۔

گھر پر رات کا سناٹا چھا گیا ہے ۔ بلّیاں بوڑھی ہو گئی ہیں ۔ کتّے اپنی کھال نوچ نوچ کر مر چکے ہیں ۔ خوب صورت ادھیڑ عورت، لیمپ کی جھریوں بھری روشنی میں لیٹی ہوئی سگریٹ پی رہی ہے اور پلان بنا رہی ہے ـــــ اگر میں پلان نہ بناتی تو یہ سب کچھ نہ ہوتا ۔ میں نے وقت کے دریا کو اپنی پلاننگ سے نہ پاٹا ہوتا تو مجھے اس طرح سگریٹ کے مرغولے بنانے کی، ٹھنڈی آہیں بھرنے کی، فرصت ہی کہاں ملتی ۔ اب چین ہی چین ہے، جو کچھ زندگی نے مجھے دینے سے انکار کیا میں نے ہاتھ بڑھا کر اس کے ہاتھ سے چھین لیا، میں نے پلاننگ کی اور ڈراکولا کے دانت توڑے ۔ کسی ڈینٹسٹ کے یہاں جانے کی ضرورت بھی نہیں پڑی، میں نے پلاننگ کی اور عشق کیا، میں نے پلاننگ کی اور سب کو اپنے اپنے راستے پر ڈالا ۔ سب اپنے اپنے راستے پر چل پڑے اور اب میں یہاں چپ چاپ، تمباکو کی خوشبو بھرے سناٹے میں اپنی فتوحات کے بارے میں سوچ سوچ کر جگالی بھر رہی ہوں ۔ سارے بے وقوف مجھ سے جل رہے ہیں ۔ ایک تم ہو جو مجھ پر ترس کھا رہے ہو ۔

کچھ ہو رہا ہے ۔ رات ہے ۔ سناٹا ہے ۔ جیسا ہر رات ہوتا ہے ۔ پھر بھی کچھ ایسا لگتا ہے کہ آج کی رات باقی تمام راتوں سے الگ ہے ۔ آؤ چلیں ـــــ نیچے چلیں ۔ رات ڈھل چکی ہے اب کون ہو گا ۔ موت کے کمرے میں جھانک کر دیکھ چکا ہوں ۔ جنازہ جا چکا ہے اور وہاں کچھ نہیں ہے ۔ کوئی نہیں ۔ لاش بھی نہیں ۔ ماں کے کمرے میں بیڈ لیمپ بجھ چکا ہے ۔ جانی واکر اپنا کام کر رہی ہے ۔ اب کوئی نہیں جاگے گا ۔ صبح تک کسی کی آنکھ نہیں کھلے گی ۔ زینہ کتنا لمبا ہو گیا ہے ۔ اُترتا ہی چلا جا رہا ہے ۔ میری ٹانگوں کو گرم ہوائیں چاٹ رہی ہیں ۔ اور کوئی ٹھنڈے ناخنوں سے میرے سینے کے بالوں کو کھرچ رہا ہے ۔ سوکھی ہوئی گھاس کی طرح ۔ مار د گولی ـــ چلتے ہیں ـــــ اور نیچے چلتے ہیں ۔ ڈرائنگ روم میں بڑی ہل چل ہے ۔ دیکھیں ۔ کونے میں فریج

پر بیٹھی بلیاں جماہیاں لے رہی ہیں۔ سایے ایک دوسرے میں مدغم ہو رہے ہیں۔ میز پر کھانا لگا ہوا ہے سب آخری گھونٹ پیتے ہیں ــــ اور میز کی طرف آتے ہیں۔ مدھم روشنی میں بلیاں جماہیاں لیتی رہتی ہیں اور کتے میز کے نیچے بیٹھے دُم ہلا رہے ہیں۔ کوئی انہیں نہیں دیکھتا۔ سب اپنی دُم ہلا رہے ہیں اور کھا رہے ہیں۔ خوب صورت عورت، جس نے دھندلکے میں جھریوں کو ہٹا کر اپنی دل ربائی بڑھالی ہے، موم بتی کی طرح جل رہی ہے۔ ڈراکولا چپ چاپ کونے میں کھڑا ہے۔ آج اس نے پوری شام نہ مٹانے کی بات کی ہے، نہ حاکم اعلا کی مہربانی کی، اور نہ شادی کی دعوت کی، وہ چپ چاپ بیٹھا ان لوگوں کو دیکھتا رہا ہے جنہوں نے اس کی طرف نہیں دیکھا۔ اور اب خوب صورت عورت ہر بار پلیٹ اس کے ہاتھ سے لے لیتی ہے اور کہتی ہے "تم کو کھانے کی کیا ضرورت ہے۔ تم ویسے ہی بہت موٹے ہو"۔ وہ مسکراتا ہے اور پھر کونے میں کھڑا ہو جاتا ہے۔ دائیں پانو کا جوتا اُسے کاٹ رہا ہے کیوں کہ وہ اپنے بیٹے کے جوتے پہنے ہوئے ہے۔ یہ حرکت اس نے محض اس دعوت کے لیے کی ہے۔ ڈرائنگ روم میں چلنا ہی کتنا پڑتا ہے اور جب منہ چلتا ہے تو جوتے نہیں کاٹتے۔ سب کھانا کھا کر، اور خوب صورت عورت کا ہاتھ دبا کر اور پھر ملنے کا وعدہ کر کے جا چکے ہیں۔ اب سناٹا ہے اور چاندنی کھڑکیوں سے اندر آ رہی ہے اور قالین پر پھیل رہی ہے۔ اس نے اب تک کھانا نہیں کھایا ہے۔ وہ سب کی پلیٹیں جمع کرتا ہے اور سب کی پلیٹوں سے ہڈیاں اٹھاتا ہے اور میز کے نیچے پھینک دیتا ہے۔ کتوں کے جبڑوں میں ہڈیاں ٹوٹ رہی ہیں اور خوب صورت عورت میوزک سن رہی ہے۔ خمار سے آنکھیں بند ہوئی جا رہی ہیں۔ تم ہڈیاں چبا رہے ہو۔ خوش ہیں۔ اتنی بڑی دعوت اور اتنی ساری ہڈیاں۔ میں میوزک سُن رہی ہوں۔ اور تم کتوں کو ہڈیاں دے رہے ہو۔ ڈراکولا تم بہت احمق ہو۔ وہ تو ہوں۔ لیکن میں کیا کروں۔ میں جھوٹی ہڈیاں تو نہیں چاٹ سکتا۔ جو ہڈیاں میں نہیں چاٹ سکتا وہ کتے کیوں نہ چاٹیں ــــــــــــــ جب کتے جھوٹی ہڈیاں چاٹتے ہیں تو مجھے بے حد خوشی ہوتی ہے۔ کبھی کبھی میرا جی چاہتا ہے کہ تمہیں بھی میز کے نیچے پھینک دوں۔ بکواس! مجھے میوزک سننے دو۔ تم جاؤ اور اپنے کتے بھی لے جاؤ۔ یہ کتے تو تمہارے ہیں۔ میں تو صرف ان کی دیکھ بھال کرتا ہوں۔ ماں کی سُرخ ڈوروں والی آنکھیں خمار کے اجالے میں چمکتی ہیں۔ وہ اٹھتی ہے اور اوپر چلی جاتی ہے۔ میں احتیاطاً موت کے کمرے میں جھانک

کر دیکھتا ہوں۔ وہاں کوئی نہیں ہے۔ وہاں نہ اندھیرا ہے، نہ اجالا۔ ڈراکولا سر جھکا کر اور تحریم باندھ کر کھڑا ہو جاتا ہے۔

ٹیپو اور ماں صدیوں بعد، رات کے کھانے پر میز کے دو سروں پر بیٹھے خاموشی سے ایک دوسرے کو دیکھ رہے تھے۔

ماں نے سوپ کا پیالہ، جس سے لچھے دار بھاپ اٹھ رہی تھی، بیٹے کی طرف بڑھایا۔ بیٹے نے پیالہ اس کے ہاتھ سے نہیں لیا۔ ماں کی تیوریاں چڑھ گئیں۔ لیکن اس نے کچھ کہا نہیں۔

ماں نے سوپ کا چمچہ منہ میں لیا اور کہا:

"کتنے عرصے بعد ہم انسانوں کی طرح ایک ہی میز پر کھانا کھا رہے ہیں۔"

ٹیپو نے ٹیپو تھوڑی کھجائی اور کوئی جواب نہیں دیا۔

"تم کم عمر ہو، مگر گہرے ہو، تم جینئس ہو میری طرح۔ باقی سب گھاس نکل گئے۔"

ٹیپو نے تھوڑی کھجائی اور کوئی جواب نہیں دیا۔ سوپ کے پیالے کو اور دور، کھسکا دیا۔

"کیوں، تم سوپ کیوں نہیں پیتے؟"

"بو آتی ہے۔"

"بو؟ کاہے کی بو؟"

"تازہ خون کی۔"

"پگلے ــــ مرغی کا سوپ ہے۔"

"مرغی کا خون تازہ نہیں ہوتا کیا؟"

ماں اور بیٹے کی آنکھیں اوپر اٹھیں۔

"ماں جب ڈراکولا مر رہا تھا تو تم کہاں تھیں؟"

ماں کی آنکھیں بجھ جاتی ہیں اور ہونٹ بھینچ جاتے ہیں اور چمچہ ہاتھ سے چھوٹ جاتا ہے۔

"Pig! You're a bloody pig!"

"ماں تم کتنی نرم دل ہو۔ تمھارے ہونٹوں سے شہد ٹپکتا ہے۔ یہ ساری روشنی سورج کی نہیں، تمہاری ہے۔"

'For once you're telling the truth!'

"ماں، ڈراکولا بالکل گدھا تھا۔"

"تھا۔"

"اچھا ہوا ہم نے اُسے دفن کردیا۔"

ماں کھانے کی میز سے اُٹھ جاتی ہے اور ڈرائنگ اور ڈائننگ روم کے درمیان ٹہلنے لگتی ہے کبھی قالین پر، کبھی ننگے فرش پر۔

وہ یونہی اپنے طوفان کو دبانے کی کوشش کرتی رہے گی۔ پنڈولم بائیں سے دائیں اور دائیں سے بائیں ڈول رہا ہے۔ وقت گزرتا جا رہا ہے۔ اور اب میں کمرے میں زیادہ بند نہیں رہ سکتا میں نے سب کرکے دیکھ لیا ہے۔ بات نہیں بنتی کسی چیز سے۔ میں جتنا ہاتھ پانو مارتا ہوں دلدل میں دھنستا چلا جاتا ہوں —— وہ یکایک رُک جاتی ہے۔ جیسے اس نے بیٹے کے دل کی گونج سُن لی ہو۔

تم چرس، بھنگ، ایل ایس ڈی سب مزے چکھ چکے ہو۔ ہاں ٹھیک ہے۔ چکھ چکا۔ اور اب تم تھک چکے ہو۔ ہاں تھک چکا۔ لیکن، موم، تمہیں یاد ہے۔ جب میں نیپال جا رہا تھا تو تم نے کیا کہا تھا۔ میرے لیے بھی لانا کوئی چیز۔ تب ہم دونوں ساتھ جائیں گے ٹرِپ پر۔ اور ہم گئے تھے ایک ساتھ ٹرپ پر۔ اسی ڈرائنگ روم میں۔ اور ڈراکولا رات بھر ہماری نجات کے لیے دعا مانگتا رہا تھا اور روتا رہا تھا۔ جب گوا گیا تھا تو تم نے کہا تھا اور سچ کہتا ہوں میں تمہارا مشورہ نہیں بھولا۔ وہ وہاں کا بھیگا ہوا ٹھنڈا ساحل اور بکھری ہوئی بیئر کی بوتلیں! اور جب لُوسی کی برتھ ڈے پارٹی میں جا رہا تھا تو تم نے کیا کہا تھا۔ Go my boy Go, enjoy yourself. اور میں نے کہا تھا Mom! God bless you, Mom! کیا میں نے تمہیں مایوس کیا؟ نہیں بیٹے تم نے کبھی مایوس نہیں کیا۔ مگر اب کیا کر رہے ہو۔ وہ کیسے، موم؟ تم اس دبنے کو ڈراکولا کیوں کہتے ہو؟ وہ شخص بُرا۔ موم، تم میں بڑا اسنس آف ہیومر ہے۔ تم نے اس کو

پہچاننے میں بہت دیر کردی، موم۔ لیکن تم نے نہ جانے کتنی بار رو رو کر اپنے جسم اور رُوح پر زخموں کے نشان دکھائے ہیں، وہ سب لمبے لمبے خون آلود دانتوں کے لگائے ہوئے تھے۔ ایسے دانت صرف ڈراکولا کے ہوتے ہیں۔

وہ پھر قالین پر اور کبھی ننگے فرش پر ٹہل رہی تھی اور ہاتھ مل رہی تھی۔ ٹیپو اٹھا۔ اس نے ماں کے سگریٹ کے پیکٹ سے سگریٹ نکالی۔ سُلگائی اور ماں کے ہونٹوں میں تھما دی۔ ماں کے ہاتھ کانپ رہے تھے۔ وہ پھر ٹہلنے لگی۔ جب رُکی تو اس نے دیکھا کہ وہاں ٹیپو نہیں ہے۔ وہ آہستہ آہستہ تھکے تھکے قدموں سے اوپر چڑھی ــــ کمرے میں پہنچ کر اس نے بیڈ لیمپ جلایا۔ پرانے خط پڑھتے پڑھتے اس کی آنکھیں بوجھل ہوگئیں۔ ان باتوں میں کچھ نہیں ہے۔ بہلاوے کی باتیں۔

اس نے بیڈ لیمپ بجھا دیا۔ اور اندھیرے میں آنکھیں کھولے پڑی رہی۔ پیر سے پیر کو ملتی رہی۔ اس کی پیشانی پسینے سے بھیگ رہی تھی اور گلا خشک ہوا جا رہا تھا۔ کوئی پرندہ آن کر چھت پر گرا۔ تھوڑی دیر کو پھڑ پھڑایا۔ پھر خاموش ہوگیا۔ بلّی نے دبوچا ہوگا۔ کبوتر۔ بے چارہ ـــ سیانی بلّی ـــ بڑھیا، چڑیل۔

وہ اٹھی اور کھڑکی پر گئی۔ دور دور تک اندھیرے میں خاموشی کے جال چمک رہے تھے۔ ریلوے اسٹیشن کی روشنیاں جگ مگا رہی تھیں۔ گورستان کے درختوں میں بھی سناٹا تھا۔ کہیں دُور اُلّو چیخ رہا تھا۔ گھر کا پہلو والا دروازہ کھلا اور کوئی نکلا۔ سایے نے احتیاط سے دروازہ بند کیا کھڑا کھڑا کچھ سوچتا رہا اور آہستہ آہستہ چلتا ہوا پھاٹک سے نکلا اور گورستان کی طرف مُڑ گیا یہ ڈراکولا کے لیے جان دیئے دے رہا ہے۔

آہستہ آہستہ سایہ گورستان کے سایوں میں کھوگیا۔ وہ اسی طرح کھڑی اس کے واپس آنے کا انتظار کرتی رہی۔ سایہ واپس نہیں آیا۔ کمرے میں روشنی بھر گئی۔ اس کی آنکھوں میں اندھیرا چھایا رہا۔ دُور ٹیلے پر سایہ ابھرا اور اس رلستے پر غائب ہوگیا جو اسٹیشن کی طرف جا رہا تھا۔

اس نے زور سے کھڑکی بند کردی۔ اسے اپنے بیڈ لیمپ کے پاس وان گوخ کے ایک کارڈ پرنٹ پر، جس پر پُل کی تصویر چھپی تھی، کچھ لکھا ہوا نظر آیا۔

ٹیپو کی آواز گونج رہی تھی۔

"موم ـــــ گورستان سے گورستان تک کا فاصلہ بہت کم ہے ۔ ایک قدم ۔ میں نے جو راستہ چُنا ہے ، بہت لمبا ہے ، بہت دور جاتا ہے ۔"

ماں دیر تک کارڈ کو دیکھتی رہی ۔ سامنے کا کمرا کھُلا تھا ۔ کھڑکی بھی ۔ اس میں دھوپ بھری ہوئی تھی ۔ اور دیواروں پر بنائے ہوئے ڈرائنگ لکیروں کے جال میں سانس لے رہے تھے ۔

"جاؤ ـــ جاؤ ـــــ لوٹ کر یہیں آؤ گے ۔"

ٹیپو نے بھاگتی ہوئی گاڑی کی کھڑکی پر سر رکھ دیا ۔ ہوا اس کے بالوں کو نوچنے لگی ۔ تھوڑی دیر بعد ، اسے محسوس ہوا کہ اس کا سر کٹ کر ہوا میں اُڑا چلا جا رہا تھا ۔ اس کی آنکھیں بند ہوگئیں اور صدیوں بعد اس کے ہونٹوں پر جو مسکراہٹ اُبھری اس کا بوجھ اُسے محسوس نہیں ہوا ۔

دن ڈھلے

وہ اُدھر پڑی ہے ۔

نڈھال ۔

میں اِدھر پڑا ہوں ۔

بے سکت ۔

اس کی آنکھیں اب بھی اتنی ہی کالی ہیں ۔ بالوں کی طرح ۔ فاصلہ ایک ہاتھ سے زیادہ نہیں ۔ میں اس کے بالوں پر ہاتھ پھیرنا چاہتا ہوں ۔ مگر بے بس ہوں ۔ وہ آنکھ کھولتی ہے ۔ مجھے ڈھونڈتی ہے دُھند لکے میں ۔ نہ جانے اس کو کیا نظر آتا ہے ۔ کیا نہیں ۔ بات یہ نہیں ہے ۔ بات یہ ہے کہ

وہ مجھے ڈھونڈ رہی ہے۔ میری رگوں کی طاقت سلب ہو رہی ہے، جیسے سورج سے روشنی چھن رہی ہو۔ اور میں کچھ نہیں کر سکتا۔ سورج ڈوب رہا ہے۔ میں نارنجی عکس کو کھڑکی کے شیشے پر اور اس کی آنکھوں میں بجھتے دیکھ رہا ہوں۔ بجھتا ہوا عکس ایک جال سا بُن رہا ہے جو ایک لمحے کو میری نظر میں آئینے کی طرح چمکتا ہے اور میں اُس آئینے میں اپنی جھلک دیکھتا ہوں۔ بھیانک اور بے ریا عکس۔ پہلی بار۔ جھرّیاں، بالوں سے چھنتا ہوا خضاب کا رنگ، نقلی دانت مسوڑوں کو چھوڑتے ہوئے، ہونٹوں کے پاس تھرتھراتی ہوئی جھرّیوں میں رِستی رال۔ انگلیاں ٹھوڑی کو کھجاتی ہیں، ٹھوڑی دکھتی ہے، انگلیاں دکھتی ہیں۔ اب میں اس کی آنکھوں کو دیکھ نہیں سکتا۔ بال رات کے سیل میں بہہ رہے ہیں۔

فاصلہ ایک ہاتھ کا ہے۔ اور میں اس کے بالوں پر ہاتھ بھی نہیں پھیر سکتا۔ میری انگلیاں اس کے جسم کی حرارت کو پینا چاہتی ہیں۔ خواہش ہے۔ حرکت نہیں ہے۔ دیواریں چیخ رہی ہیں۔ خواہش ہے۔ حرکت نہیں ہے۔ اب کچھ نہیں ہو سکتا۔ فاصلہ رات بن چکا ہے۔

میں اٹھنا چاہتا ہوں اور اُس کو روٹی دینا چاہتا ہوں۔ صرف ایک ٹکڑا۔ روٹی کا ٹکڑا میں نے اُسی کے لیے کہیں چھپا رکھا ہے۔ جانتا ہوں، اب بھی روٹی کی خوشبو اُسے جگا سکتی ہے۔ اب بھی اُس میں جان پڑ سکتی ہے۔ لیکن میری یاد کا جال روشنی کے ساتھ سمٹ چکا ہے۔ اور مجھے یہ بھی یاد نہیں کہ میں نے سورج کو، اُس کی گرمی اور خوشبو کو کہاں چھپا دیا ہے۔

اب کچھ دکھائی نہیں دیتا۔ سیاہی، سیاہی میں ڈوب چکی ہے۔

دو آنکھیں جو کھلتی ہیں اور بند ہوتی ہیں۔ کھلتی ہیں تو چنگاریاں سی سسکتی ہیں اور ان چنگاریوں میں مجھے سب کچھ دھواں دھواں نظر آتا ہے۔ میں ہاتھ اٹھاتا ہوں اور اس کی طرف بڑھاتا ہوں۔ اندھیرا بہت دور تک پھیلا ہوا ہے۔ میرا ہاتھ خلا میں تیرتا ہے۔ اس خلا میں اس کی کمر کہیں نہیں۔ خوب صورت، لچکیلی، گھنی، گدے دار کمر۔ میرے جسم کے تمام جوڑوں کی طرح کہنی اور کلائی کے جوڑ الگ ہو جاتے ہیں اور گول ہڈیاں درد کے پہیوں کی طرح میرے پورے جسم میں دوڑتی ہیں۔

میں آنکھیں بند کر لیتا ہوں۔ اب درد کی دھند میں لپٹا ہوا ایک لان نظر آ رہا ہے۔ ہرے

بینچ کے اندر دُھند سے چھنتی ہوئی دھوپ گھاس پر پھیل رہی ہے۔ وہ کیاریوں کے چاروں طرف اچھل رہی ہے۔ وہ بار بار آتی ہے اور میری آستین کو نوچتی ہے۔ وہ کہہ رہی ہے، کھیلو، کھیلو ___ ہوا خنک بھی ہے، گرم بھی ___ میں اسے دھکیلتا ہوں، کیاریوں کی طرف۔ لیکن اسے کیاریوں سے کوئی دلچسپی نہیں ہے۔ وہ مجھ میں گھسی چلی آ رہی ہے۔ میں کتاب گھاس پر ڈال دیتا ہوں۔ اور اس سے اُلجھنے لگتا ہوں۔ اس کے پر لگ جاتے ہیں ___ سیاہ پر، سیاہ کان، سیاہ دُم۔ وہ میرے تلووں کو چاٹتی ہے۔ دُم ہلاتی ہے۔ پھر وہ آنکھ جھپکتے میں منہ کو چاٹ لیتی ہے۔ دُور جا بیٹھتی ہے، پنجوں پر۔ جیسے کسی شکار پر جھپٹنے والی ہو۔ منہ کھولتی ہے، اس کے جبڑے کتنے ڈراونے ہیں۔ وہ میری آنکھوں میں خوف اور حیرت کو دیکھ لیتی ہے اور بے آواز قہقہہ لگاتی ہے۔ کیاریاں روشنی کے کھیتوں کی طرح جگمگا رہی ہے۔ اس کو کیاریوں سے کوئی مطلب نہیں۔ اس کی نگاہیں تو مجھ پر جمی ہوئی ہیں۔

اسی طرح زندگی کے دن کٹتے چلے جا رہے ہیں۔ ہر چیز کٹتی چلی جا رہی ہے۔ سارے رشتے، ساری دوستیاں، ساری دشمنیاں۔

شکلیں اور آوازیں روشنی کے دھبوں کی طرح، صابن کے بلبلوں کی طرح، تیر رہی ہیں جی ہاں۔ فرمائیے۔

لکڑی کی دیوار ٹائپ رائٹر کی کھٹ کھٹ کو نہیں روک سکتی۔ اور وہ مسخرا منہ میں گالیاں بھر کر لطیفے سنا رہا ہے۔ لکڑی کی دیوار کے پیچھے سے یہ لطیفے میں شاید ہزارویں بار سُن رہا ہوں۔ اور میرا دوست، جو میرے پنشن پر جانے کا انتظار کر رہا ہے، جو میری پرانی، کھٹمل بھری کرسی کو للچائی ہوئی نظر سے دیکھتا ہے بکہ رہا ہے اس قسم کے لطیفے۔ ہاہاہا، یہ تو پیاس بجھانے کی ترکیبیں ہیں۔ عورت تو ملتی نہیں۔ کریں کیا۔ لطیفوں سے پیاس بجھا لیتے ہیں۔ سو تو ٹھیک ہے۔ مگر اس پنکھے کی مرمت ہونی چاہیئے۔ میز پر رکھے ہوئے کاغذ تو اڑ جاتے ہیں اس ہوا سے۔ مگر میرا تو پسینہ بھی نہیں سوکھتا۔ فیصلے تو ہوئے ہوائے ہیں۔ مجھے تو صرف دستخط کرنا ہیں۔ وقت ہی نہیں ملتا۔ خیر چھوڑیے۔ آپ نے سگریٹ کی برانڈ بھی بدل لی؟ بدل لی صاحب۔ کچھ تو بدلے۔ سگریٹ ہی سہی۔ بات یہ ہے کہ ہر سال سگریٹ کی قیمت اوپر چڑھ جاتی ہے اور میں

نیچے اتر جاتا ہوں ۔

جی ہاں فرمائیے ۔

عورت کچھ کہنا چاہتی ہے ۔ کہہ نہیں سکتی ۔ اس کی آواز گھٹ رہی ہے ۔ اس نے سفید ساڑی کا آنچل سر پر چپکا رکھی ہے ۔ آنکھیں بھیگی ہوئی ہیں ۔ ہونٹ سوجے ہوتے ہیں ۔ ناک کی نوک پر پسینے کی بوند چمک رہی ہے ۔ اس کے ہاتھ میں کچھ کاغذات ہیں ۔ زندگی کا بیمہ اور اس کے کاغذات .. اب یہی سب کچھ ہے ۔

وہ مر گیا ۔

جی ہاں ۔

یہ تو بڑے دکھ کی بات ہے ۔

زندگی کی رفتار اتنی تیز ہے ۔

رفتار

رفتار

رفتار

کہاں ٹرک ، کہاں اسکوٹر ۔

یہ ٹکر ہی تو ساری مصیبت ہے ۔

جی ہاں میں سمجھ سکتا ہوں ۔ اب آنسو نہ بہائیے ۔ جی ہاں ٹھیک ہے ۔ زندگی پہاڑ سی ہے ۔ جی ہاں ٹھیک ہے ۔ زندگی پہاڑ سی ہے ۔ اندھیرا ہے ۔ اندھیرے میں تنہا سفر لیکن وقت بڑا مرہم ہے ۔ تھرتھراتے ہاتھ سے وہ کاغذات میز پر رکھ دیتی ہے ۔ اس کی آنکھیں ڈبڈبائی ہوئی ہیں ۔ اب چھلکیں کہ تب چھلکیں ۔

وہ چلی گئی ۔

لیکن آنکھیں پیچھے چھوڑ گئی ۔

اس کی کرسی خالی ہے ۔

کرسی کے اوپر آنکھیں جل رہی ہیں ۔

اور میں۔ بزدل، بیوقوف، اس سے آنکھ نہیں ملا سکتا۔ نہ جانے کتنے سال بیت گئے۔ لیکن یہ آنکھیں اب بھی میری طرف اسی طرح دیکھ رہی ہیں۔ یہ آنکھیں اور بہت سی آنکھیں۔ سب مجھے گھیر رہی ہیں۔ ان آنکھوں کے درمیان ایک چہرہ ہے، جس کی آنکھیں خالی ہیں۔ اندھی گہرائیوں سے دھواں نکل رہا ہے۔ وہ ہنستا ہے اور کہتا ہے۔ تمہاری کرسی میں کھٹمل بہت ہیں۔ لیکن میں اُن کی پروا نہیں کرتا۔ مجھے ہزاروں دستخط کرنا ہیں۔ اس سے پہلے کہ میں یہ کرسی کسی اور کے لیے چھوڑ جاؤں۔ میں بھی جواب میں ہنستا ہوں۔ اب میں اسے کیا بتاؤں اب یہ کرسی بے معنی ہے۔ لکڑی کی دیواریں بھی۔ لطیفے بھی۔ گھٹیا قسم کے قہقہے بھی۔ ہیرا پھیری بھی۔ انتقام بھی۔ ہاں میں رائٹر کی کھٹ کھٹ سن رہا ہوں۔ لِنڈا اب بھی کاغذات ٹائپ کر رہی ہے۔ الفاظ دوڑ رہے ہیں۔ اُن آنکھوں کی طرح جو مجھے اس کمرے میں گھیرے ہوئے ہیں۔ موسم بدل رہا ہے۔ دور، بہت دور، دھوپ چھجے پر اتر آئی ہے۔ اور میں، جگنوں کا کٹورا، بار بے کیو میں بیٹھا، کبھی لِنڈا کی گردن دیکھتا ہوں، کبھی سیخوں میں گُتھی ہوئی کلیجی کے سِنکتے ہوئے ٹکڑوں کو۔ پوری فضا میں بھاپ تیر رہی ہے۔ لِنڈا خاموشی سے ٹماٹر کا سوپ پی رہی ہے۔ ہر بار جب وہ جھکتی ہے تو اس کے ہانگ کانگی بنیان کا گریبان بھی جھک جاتا ہے۔ اور میں جو کچھ دیکھتا ہوں، دیکھتا رہ جاتا ہوں۔ تل جسم کو اتنا خوبصورت کیوں بنا دیتے ہیں۔ ڈنک کی طرح۔ میری آنکھوں میں دھوپ اور چنگاریاں بھر جاتی ہیں۔ ڈومنیک بڑا نٹ کھٹ ہے۔ وہ سوپ کے پیالے میں، جس کی سطح پر کریم تیر رہی ہے، چمچہ نچاتے ہوئے سوچ میں ڈوب جاتی ہے۔ وہ ہر مہینے ہانگ کانگ جاتا ہے۔ اور بہت کچھ لاتا ہے۔ وہ کٹھ پتلی نظر آتا ہے۔ جس طرح وہ چلتا ہے۔ جس طرح وہ جوتوں پر گھومتا ہے، جس طرح وہ کنگھا کرنے کے بعد، تن کر آئینے میں دیکھتا ہے، جس طرح وہ جیبوں میں نوٹ ٹھونستا ہے، جس طرح وہ غائب ہو جاتا ہے اور میں اُن ڈوروں کو تلاش کرتی رہ جاتی ہوں جو کٹھ پتلیوں میں حرکت پیدا کرتے ہیں۔ وہ پھر جھکتی ہے اور ساتھ ہی ڈھیلا گریبان بھی جھکتا ہے۔ کلیجی کے ٹکڑے اب پلیٹ میں رکھے ہوئے ہیں اور بھاپ آہستہ آہستہ اٹھ رہی ہے۔

لِنڈا، میرا اور درشا ———— سب باری باری سے آتی ہیں اور بار بے کیو میں بیٹھ کر سمندر کی لہروں پر اٹھتے ہوئے جھاگ کو دیکھتی ہیں اور بے وفائیوں کا گلہ

کرتی ہیں ۔ اور اپنے آنسوؤں کے لیئے میری نگاہوں کو بلاٹنگ پیپر کی طرح استعمال کرتی ہیں اور خوش خوش سوپ پیتی ہیں، چہکتی ہیں، اور کلیجی کے ٹکڑے چباتی ہیں ۔ میں رومال پیش کرتا ہوں ۔ وہ ہنستی ہیں ۔ میں پگھلتا رہتا ہوں ۔ ٹائی ڈھیلی کر لیتا ہوں ۔ کالر کھول لیتا ہوں ۔ ٹیری لین کی قمیص میں ہوا کا گزر ہوتا ہی نہیں ۔ لگتا ہے ہم ٹیری لین کے شہر میں بند ہیں ـــــ جہاں ہوا کا گزر ہی نہیں ۔ اس خیمے کے باہر سب کچھ ہے ۔ سورج بھی ، آسمان بھی ، ہوا بھی ۔

کمرے کا رنگ سیاہ ہے ۔ سب کچھ سیاہی میں ڈوب گیا ہے ۔ دیوار پر لٹکتی ہوئی پینٹنگز، کیرم بورڈ، کتابوں کے شلف ، جوتے ، جام اور بوتلیں ، سلاد کی پلیٹ ، میز پوش ۔

اب اس کی آنکھیں بھی دکھائی نہیں دیتیں ۔

کیوں ، چلے گی مچھلی پکڑنے ؟ ہاں ہاں ہلا دُم ۔ پہلے وعدہ کر تو پانی میں نہیں کودیگی ۔ کان نہ پھڑپھڑا ۔ بیوقوف ! کھیل کے شوق میں پھنستی ہوئی مچھلیوں کو بھگا دیتی ہے ۔ صبح سے شام ہو جاتی ہے اور ایک مچھلی کانٹا نہیں نگلتی ۔ بس میں کہتا ہوں ۔ پانی میں نہ کودا کر ۔ آج میں تجھے زنجیر سے باندھ کر رکھوں گا ۔ بھونک اور بھونک ۔ زنجیر نہیں کُھلے گی ۔ پانی میں دھوپ تیر رہی ہے ۔ زنجیر نہیں کھلے گی ۔ پانی کی پھواریں اڑتی ہیں ، دھوپ کی گرد اڑتی ہے ۔ سو تو ٹھیک ہے ۔ مگر مچھلیاں ؟ مچھلیاں آنکھیں بن گئی ہیں، پانی میں تیر رہی ہے ۔

کل ، پرسوں ، یا شاید اس سے بھی پہلے یا شاید آج ، اب کچھ یاد نہیں ۔ میں نے اس کے پیالے میں دودھ انڈیلا اس میں سفوف ملایا اور آہستہ سے اس کو پچکارا ۔ اس نے ازلی اعتماد کے ساتھ مجھے دیکھا ۔ میں مسکرایا ، میں نے اس کی کمر سہلائی ۔ وہ غرائی بھی نہیں ۔ چپکے سے پیالہ خالی کرنے کے بعد دونوں پنجوں پر سر رکھ کر سو گئی ۔ بالکل میرے پلنگ کے پاس ۔ بہت دیر کے بعد اس نے میری طرف دیکھا ۔ میری آنکھیں بجھ رہی تھیں ۔ اور اس کی بھی ۔

میں پہلی بار کسی کو مرتے ہوئے دیکھ رہا ہوں ۔ یہ کوئی سقراط نہیں ۔ یہ میں بھی نہیں ۔ لیکن اس کے ساتھ میں بھی اندھیرے میں ڈوب رہا ہوں ۔ میں ، وہ ، لان ، کیاریاں ، دھوپ ، ہوا ، سب ۔

لیکن یہ سب یوں نہیں ہے ۔

یوں ہے ۔

میں بجھ رہا ہوں۔ اور میرے ساتھ یہ بجھ رہی ہے۔ میری تھکی ہوئی زندگی میں جب کوئی نہیں تھا تو یہ تھی۔ میری آنکھ کھولتی ہوئی موت میں جب کوئی نہیں ہے تو یہ ہے۔

میری آنکھ بند ہو چکی ہے۔

میں ہارے کیوسے کے پیچھے پر دھوپ کو زود پڑتے دیکھ رہا ہوں۔ دھوپ کی پیلی پرچھائیاں اس کے چہرے پر پڑ رہی ہے۔ وہ آنکھوں آنکھوں میں مجھ سے کہتی ہے —— تو چلیں۔ میں جواب میں کچھ نہیں کہتا۔ میں چاہتا ہوں اس کا چہرہ اسی طرح گرم ہوتا رہے، اس کی آنکھیں اسی طرح چمکتی رہیں، ہوا اسی طرح اس کی گردن پر لٹکتے ہوئے بالوں کو جھلاتی رہے، وہ بار بار کلائی پر بندھی ہوئی گھڑی کو دیکھ کر اسی طرح ہونٹ کاٹتی رہے، اور بیرا اسی طرح بل لئے کھڑا رہے —— اور کچھ نہ ہو، اور کچھ نہ ہو۔

پرچھائیوں کی پرچھائیاں

جنگل میں کہیں الاؤ سا جل رہا ہے ۔ اور پرچھائیاں ، پرچھائیوں سے چھن رہی ہیں ۔ جنگل نے چاروں طرف سے روشنی کو گھیر رکھا ہے ۔

کہانی سنانے والا ۔ کہانی سناتے سناتے سو گیا ۔ اور سب اس کے ہونٹوں کے ہلنے کا انتظار کر رہے ہیں ۔

" پھر کیا ہوا ؟ "

" پھر کیا ہوتا ؟ کچھ نہیں " ۔

اگر کچھ ہوا ہی نہیں تو پھر کہانی کیسی ؟ کیا تم نے ایسی کہانی نہیں سنی ہے جس میں کچھ نہیں ہوتا ہمیرے

پڑوسی نے اپنے کھلے ہوئے منہ کے سامنے چٹکیاں بجائیں اور آنکھیں بند کرلیں۔ الاؤ کی آنچ مدھم پڑنے لگی۔ درختوں کو رات کی پرچھائیوں نے گھیر لیا۔ مگر جب الاؤ کی آنچ پھر تیز ہوئی تو درختوں کی تنوں پر، جو اپنی پرچھائیوں میں ڈوبے ہوئے تھے، پرچھائیوں کی پرچھائیاں پودوں کی طرح اُگ آئیں۔ رات کے پودے!

پھر کہانی سنانے والے اپنی جماہیوں کے ٹھنڈے سناٹے سے باہر نکل آئے۔ اور الاؤ کی زبانیں اُن بہت سی پیاسی آنکھوں میں لہرانے لگیں۔ اور جو ہلکی ہلکی سرسراہٹ اُبھر رہی تھی، وہ سانسوں کی آواز نہیں تھی۔ نہیں۔ نہ جانے کہاں کی بھٹکی ہوئی ہوائیں جنگل کو جھنجھوڑ رہی تھیں۔

"پھر کیا ہوا؟"

"پھر کیا ہوتا؟"

اچھا تم اپنا قصہ شروع کرو۔ کیوں؟ میں کیوں؟ اس لیے کہ تمہاری آنکھوں میں نیند بھری ہوئی ہے کون جانے کب تم اُونگھتے اُونگھتے الاؤ پر جا پڑو۔ تمہارے الاؤ میں جا پڑنے میں کوئی خرابی نہیں ہے مگر تم جانو چربی جلتی ہے تو بڑی چراند پھیلتی ہے۔ اور تم بہت موٹے ہو۔ چربی بہت ہوگی۔ ایک طرف تو تم کہتے ہو، میں کہانی سناؤں۔ دوسری طرف تم میری چربی کی بُو کا قصہ چھیڑتے ہو۔ یہ کہاں کی شرافت ہے۔ میں نہیں سناتا کہانی۔ تو پھر ایسا کرو۔ ذرا الاؤ سے دُور ہو جاؤ۔ اب ہم اُس کی کہانی سُنیں گے۔ وہ جو چاک پر برتن بناتا ہے۔ اُس کی۔

دیکھو لوگو میں ذات کا کمہار ہوں۔ کمہار کیا ہوتا ہے بھیا۔ کمہار وہ ہوتا ہے جو دُور دراز سے مٹی لاتا ہے۔ لاکر آنگن میں خوب سانتا ہے۔ پھر اس میں ریت ملاتا ہے۔ بس اتنا کہ مٹی میں اپنا بس رہے۔ آٹا کبھی گوندھا ہے تم لوگوں نے؟ مٹی بھی اسی طرح گندھتی ہے۔ پاؤں سے۔

سب اس کے پاؤں دیکھتے ہیں جو الاؤ کی روشنی میں کانپ رہے ہیں۔ لگتا ہے راتوں رات چمگادڑوں کا رنگ گورا ہو گیا ہے۔ صرف کان کالے رہ گئے ہیں۔ لہراتی ہوئی آگ کی چمک چہروں کو کیا سے کیا بنا دیتی ہے۔ سو تو سچ ہے۔ پھر؟ پھر کیا، پھر ہم چاک پر بھیگی مٹی کا تمہارے سر کے برابر لوندا رکھتے ہیں۔ اور مٹی شیولنگ کی طرح ناچتی ہے۔ مٹی کا رنگ مٹیالا ہے۔ پتھر کے لنگ کی طرح کالا نہیں۔ مٹی کو ہاتھ لگاتے ہی، مٹی پگھلنے لگتی ہے۔ جانو موم۔ جانو ٹھنڈی سانس۔

سو تو ٹھیک ہے ۔ پر اب کہانی سناؤ ۔ میں پرچھائیوں میں دبک جاتا ہوں ۔ گھٹتی بڑھتی آنچ میں وہ میری طرف عجیب نظر سے دیکھتے ہیں ۔ تم کون ہو؟ ہم تم کو نہیں جانتے ۔ ہم سب تو محنت مجوری کرتے ہیں تو جیتے ہیں ۔ تم کیا کرتے ہو؟ میں مسافر ہوں ۔ سو تو ٹھیک ہے ۔ مسافر تو ہم بھی ہیں ۔ پر سفر کرنے کے لیئے بھی تو چلنا پڑتا ہے ۔ جینے کے لیئے بھی تو کچھ کرنا پڑتا ہے ۔ تم کیا کرتے ہو؟ جیتا ہوں، جینے کے لئے ۔ لو بھیا، یہ مچھلی تو نا آنے کی جال میں ۔ آیا کہیں سے بڑا مسافر ۔ بیٹھ گیا پالے میں ہمارے الاؤ پر ہاتھ تاپنے اور جو پوچھو : ابے تو کون ہے ؟ تو یہ کٹی یہ جادہ کٹی وہ جا، بتایا کرے ہے ۔ میں تو نہیں نبٹنے کا اس سے ۔ تم میں ہے مائی کا لال تو بھگت لے اس مسافر سے ۔ بڑا آیا مسافر کہیں کا ۔ ہاں کہیں نہ کہیں کا تو ہوگا ۔

دیکھو تمہاری بحثا بحثی میں گیا ہاتھ سے وہ بھی ۔ وہ کہانی کیا سُناتا، اُٹھا کہانی کو سر کے نیچے دبا کر سو گیا پرچھائیوں ہیں ۔ ابے تو ہی بھوُت ۔ کون ہے تو؟ کہا نا میں مسافر ہوں ۔ کہاں سے چلا ۔ کہاں نکل آیا میرے بھائی ۔ بتا کر نہیں دیتا کرتا کیا ہے؟ بھئی میں مسافر ہوں ۔ میں جنگل جنگل کہانیاں چُنتا پھرتا ہوں ۔ پھر کمر پر لاد کر کہانیوں کی بوری شہر لے جاتا ہوں ۔ وہاں بہت بڑا بازار ہے ۔ وہاں ردی بھی بک جاتی ہے اور کہانیاں بھی ۔ تو پھر سیدھے منھ کہنا تو کباڑی ہے ۔ نہیں بھائی میں کباڑی نہیں ہوں ۔ میں تو کہانی چُنتا پھرتا ہوں ۔ جنگل جنگل ۔ اُلٹی کھوپڑی ہے ، اس مسافر کی ، ابے کہانیاں کیا ککرُمتا ہیں ۔ سانپ کی چھتری ؟ جو تو جنگل جنگل مارا پھرے ہے اُن کی خاطر ؟ تو باؤلا ہے کہیں کا ۔

ایمان سے میں باولا نہیں ہوں ۔

ابے باولا نہیں ہے تو تو ایمان کہاں سے لے آیا بیچ میں ۔ بات ہو رہی ہے کباڑ کی، کُکرمُتے کی، سانپ کی چھتری کی، ٹپک پڑا تو بیچ میں اپنے ایمان کو لے کر ۔ اچھا اچھا، اب سیدھے سیدھے بتا دے تو ہے کون ۔ ہم رہیں جنگل میں ، پر خوب جانے ہیں شہر والوں کو ۔ ہاں !

دیکھو میں نے سچ سچ بتا دیا ہے ۔ جو کچھ یہاں ملتا ہے، جنگل میں ، وہ میں بٹور کر لے جاتا ہوں شہر ۔ وہاں بہت بڑا بازار ہے ۔ وہاں سب بک جاتا ہے ۔ بیچنے والا چاہئے !

وہی طوطے کی ایک رٹ !

اچھا ، دیکھ ، میں ٹھہرا کمہار ۔ سو میں کہتا ہوں اپنی کہانی ۔ اپنی ، مٹی کی ، چاک کی ، موسم کی ،

آدے کی۔ دن اور رات کی۔ جو بنا کھلے مُرجھا گئے۔ وہ جو دیکھتا ہے نا تو ایک گاؤں، جنگل کی اوٹ میں وہیں رہتا تھا۔ ہاں بے وہی جہاں لالٹین جل رہی ہے۔ تھوڑی دُور وہاں سے، ایک ندی بہتی تھی۔ شیشم اور شہتوت کے پیڑوں کے نیچے نیچے۔ ندی کبھی چڑھتی تھی، کبھی اترتی تھی۔ وہیں گاؤں کے بچے کھیلتے تھے اور گیلی مٹی میں وہیں سے لاتا تھا، جس میں سور تھوتھنیاں مارے پڑے رہتے تھے میرے پاس ایک گدھا بھی تھا جو ندی کے کنارے گھاس چرا کرتا تھا۔ ایک دن ایک پاگل کتے نے میرے گدھے کی ٹانگ پکڑلی جبڑوں میں۔ جب اس کی ٹانگ جبڑوں سے چھوٹی تو گدھا پاگل ہوگیا اور رکتا مرگیا۔ پھر گدھا بھی بھونک بھونک مرگیا۔ میں نے بہت دوادارو کیا پر وہ بھی چل بسا۔ بنا کاٹے۔ تب میں بھی پاگل ہوگیا۔ پر مرا نہیں۔ میں اسی طرح چاک پر برتن بناتا رہا، گیلی مٹی سے۔ پھر آدے میں اُن کو پکاتا رہا۔ ندی کبھی چڑھتی رہی کبھی اترتی رہی۔

یہ بھی کوئی کہانی ہے۔

ابے سُن چپ چاپ۔

پھر ایسا ہوا کہ میری کمر جُھکنے لگی۔ بازوؤں کی مچھلیاں پگھل گئیں۔ جانے کیسے۔ آدا ایسا بجھا کہ پھر جلا نہیں۔ ندی نے ایسا راستہ بدلا کہ جہاں مٹی اکٹھا ہوتی تھی وہاں پانی بہنے لگا۔ اور جب میں نے چاک گھمایا تو چاک گھوما نہیں۔ میں نے جاکر کنوئیں میں چھلانگ لگادی وہاں مینڈک ٹرا ٹرا کر کان کھا گئے۔ مجھے کھا لیتے تو میں جینے کے جنجال سے چھوٹتا۔ گھبرا کر میں باہر آگیا۔ بال بچے تو تھے نہیں جو مجھے سہارا دیتے۔ میں آکر اس جنگل میں چھپ گیا۔ یہاں مجھے بہت سی پرچھائیاں ملیں۔ بالکل میری طرح۔ سو ہم ایک ساتھ الاؤ جلا کر رہنے لگے۔ ہم سب باری باری سے اپنی اپنی کہانی سناتے ہیں۔ آج میری باری تھی، پر میں کیا کروں کہ میری اندر کی سانس اندر ہے اور باہر کی باہر۔ میں اپنے چاک، مٹی اور آدے کے بنا کچھ نہیں کر سکتا۔ سو اب میں چپکے چپکے مر رہا ہوں مجھے اس کا دکھ ہے کہ میرے پاس سنانے کو کوئی کہانی نہیں ہے۔ اور یہ پرچھائیاں مجھے نوچ رہی ہیں۔ تم سنا دونا کوئی کہانی جو یہ میری جان چھوڑیں۔

یہ کیا سنائے گا کہانی۔ یہ تو کباڑی ہے۔ یہ تو ہماری تمہاری کہانی چراتا ہے اور بازار میں بیچ آتا ہے۔ اس کو کیا معلوم کہ جنگل میں الاؤ کیسے جلاتے ہیں۔

میں سہم گیا ہوں ۔میں سانپ کی چھتریوں کی طرح پرچھائیوں میں چھپ جانا چاہتا ہوں لیکن پرچھائیاں مجھے دھکیل دیتی ہیں ۔

اب سب چپ ہو گئے ہیں ۔کمہار زمین پر بیٹھا ہوا ہے ۔اور ہوا میں چاک گھما رہا ہے اور بڑے جتن سے گیلی مٹی سے صراحیاں ، گملے ، پیالے بنا رہا ہے ۔اس کے پاؤں اکڑ گئے ہیں ۔اس کے جھریوں بھرے بازو درختوں کی پرچھائیاں میں گھل رہے ہیں ۔اس کا چہرہ ٹھہرا ہوا ہے ۔اس کا منھ کھل گیا ہے ۔اور پرچھائیاں زرد پتیوں کی طرح شاخوں سے ٹپکتی ہیں ۔اور ہوا کی موج کے ساتھ اس کے کھلے منہ میں غائب ہوتی جارہی ہیں ۔

آہستہ آہستہ الاؤ بجھ رہا ہے ۔ہر طرف سناٹا ہے ۔اور کہانی سننے والی پرچھائیاں جنگل میں چھپ گئی ہیں ۔میں لرزتا ہوا اٹھتا ہوں ۔میں الاؤ کی راکھ سے کمہار کو ڈھک دیتا ہوں اور اپنی راہ لیتا ہوں ۔آج کمر پر پڑی ہوئی بوری خالی ہے ۔اب شہر کے بازار میں ، سناؤں کیا اور بیچوں کیا ؟ ۔

بنیان

گردن اس کی بڈیالی تھی ۔ اکڑی ہوئی ۔ کالر اب بھی کسے ہوئے تھے ۔ ٹائی اب بھی کسی ہوئی تھی، جس کی ناٹ مرے ہوئے سانپ کے کچلے ہوئے سر کی طرح چمک رہی تھی ۔ پتلون کے بکلس بھی کسے ہوئے تھے جن کے کناروں پر زنگ دکھائی دے رہا تھا ۔ اس بھیڑ میں ایک میں ایسا تھا جو یہ سب کچھ دیکھ رہا تھا ۔ میں دیکھ ہی نہیں رہا تھا ۔ میں سب کچھ اپنی آنکھوں میں چھپی ہوئی کتے کی زبان سے چاٹ رہا تھا ۔

ایک بس آکر رکی ۔ بریک لگانے سے بس کتے کی طرح چیخی ۔ بھیڑ جاگی ۔ اُدھر جدھر کتے چیخے تھے ۔ دھکم پیل میں کچھ تو بس کے اندر پہنچ گئے ۔ بس غراتی ہوئی چل دی ۔ جو لوگ رہ گئے وہ پھر مڑ

کرلاش کی طرف دیکھنے لگے۔ میں بھی دیکھنے لگا۔ اپنے آپ کو اس طرح بھیڑ میں چھپ کر دیکھنا۔ مجھے تو پسینہ آگیا۔ دھوپ بہت تیز تھی۔ ننگے درختوں کی پھنگ پر سورج دہک رہا تھا۔ جہاں سایہ تھا وہاں بھی آگ تھی۔ ہوا میں۔ گرد میں۔ میرے پاس کھڑی ہوئی عورت، جس کے جسم سے سینٹ اور پسینے کی خوشبو ایک ساتھ آرہی تھی، رنگین چھتری کو اپنے سر پر نچا رہی تھی۔ رنگوں کی چمکیلی پرچھائیاں اس کے چہرے کو گرما رہی تھیں۔ اس کی بغل کا پسینہ بلاؤز کے اندر تیرتا ہوا اس کی کمر پر پھیل رہا تھا۔ اور ٹیلکم کی گرد کو دھو رہا تھا۔ اس نے اپنے سینڈلوں کے موٹے پنجوں پر ذرا اُٹھتے ہوئے مجھ سے پوچھا۔

"آپ نے دیکھا اس کی مونچھیں کتنی ڈراونی ہیں؟"

میں نے اپنی ناک کے نیچے انگلیاں پھیریں۔

"مونچھیں؟" میں چونک گیا۔

ٹھنڈے بلیڈ کا تیز لمس میرے چہرے پر اب بھی تازہ تھا۔

"مونچھیں نہیں مکھیاں ہیں۔" میں نے اس طرح کہا جیسے مجھے سب کچھ معلوم ہو۔

عورت نے بہت بُرا سا منہ بنایا اور چھتری دوسرے ہاتھ میں لے لی۔ دوسری بغل کا پسینہ بھی بلاؤز کو بھگو رہا تھا۔ اس طرف سلائی ادھڑی ہوئی تھی۔ اس کی بھیگی ہوئی بغل مجھے بہت اچھی لگی۔ میں نے للچا کر اس کی طرف دیکھا۔

ایک بس دھواں اڑاتی ہوئی آئی اور گھڑگھڑاتی ہوئی چڑھائی پر نکل گئی۔

"اب یہاں کوئی بس نہیں رُکے گی۔ بس بھی لاش کو سونگھ لیتی ہے۔"

"بس نہیں رُکی تو میرا ٹوپہ کٹ جائے گا بھائی۔"

"وہ تو کب کا کٹ چکا۔"

"اس اُلّو کو مرنے کی اور کوئی جگہ نہیں ملی تھی!"

بھیڑ نے اُلّو کی طرف دیکھا جو مر چکا تھا۔

مجھے اور پسینہ آیا۔ سورج اب بھی درختوں میں پھنسا ہوا تھا۔ ہوا جل رہی تھی اور سانس میں گھل رہی تھی۔ گرد کی طرح۔

بھیڑ کی اکتاہٹ بڑھتی جارہی تھی۔ نہ بس آئی تھی، نہ منظر بدلتا تھا۔ لاش اسی طرح پڑی تھی۔ پولس کا ایک آدمی کہاں سے آن نکلا۔ کون ہے؟ کون ہے؟ کیا ہوا؟ کب ہوا؟ کیسے ہوا؟

"ہمیں کیا معلوم۔ ہم تو بس کا انتظار کر رہے ہیں۔"

"کیا یہ تازہ لاش ہے؟"

"دیکھنے میں تو تازہ معلوم ہوتی ہے۔"

"تازہ اور گرم۔ ویسے میں نے چھو کر نہیں دیکھا۔"

"تم کون ہو؟"

جس سے یہ سوال کیا گیا تھا۔ وہ بھیڑ میں غائب ہو گیا۔

پولیس کا آدمی ٹیلیفون بوتھ کے اندر چلا گیا۔

عورت نے ہونٹ کاٹتے ہوئے مجھے دیکھا۔ میں بھی اس کے بالکل پاس کھسک گیا۔ گرمی بہت تھی اور اس کے بالائی لب کے اوپر پسینے کی بوندیں چمک رہی تھیں۔ سینٹ کی بو مٹ رہی تھی۔ پسینے کی خوشبو تیز ہوتی جارہی تھی۔

"کیسی لو چل رہی ہے۔"

"ٹھنڈی لو۔" میں ہنسا۔ وہ بھی ہنسی۔

بھیڑ میں کسی نے کہا۔ "اب پولس والے آئیں گے اور لاش کو وان میں اٹھالے جائیں گے۔"

"ہاں ہاں۔ اس کا پوسٹ مارٹم ہوگا۔"

"جانے اندر سے کیا نکلے گا؟" ایک شخص نے سٹے باز کے لہجے میں کہا۔

"باہر بھی موت، اندر بھی موت۔ قصّہ ختم۔"

بھیڑ میں سب نے نظر اٹھا کر اس دانا کی طرف دیکھا جس کی آنکھیں عینک سے چھپا رہی تھیں۔

پھر کئی بسیں آگے پیچھے آئیں اور چڑھائی پر دوڑتی چلی گئیں۔ مسافر بسوں سے چھلک رہے تھے۔ اور بھیڑ کی طرف دیکھ رہے تھے جو کبھی پھیل جاتی تھی، کبھی سکڑ جاتی تھی۔

میں نے عورت کی آنکھوں میں جھانک کر دیکھنا چاہا۔ وہ دور سے لاش کو دیکھ رہی تھی۔ اس کی سیاہ عینک کے شیشوں پر لاش نظر آئی۔ چہرے کی ذرا سی جنبش سے لاش غائب ہوگئی اور

ہجوم تیرنے لگا۔ عورت کی عینک فلم دکھا رہی تھی ۔ اس کے چہرے پر موم کی ہلکی سی لیپ گرمی میں پگھل رہی تھی ۔

"ہمارا شہر بہت اچھا ہے ۔ مفت کی تفریح کا انتظام بہت اچھا ہے "۔ کسی نے لاش کی طرف تھوکتے ہوئے جل کر کہا ۔ کہنے والے کا چہرہ زرد تھا ۔ مدقوق ۔ اس کی کنپٹیوں کے بال سفید ہو رہے تھے ۔ آنکھیں زرد تھیں ۔ ہونٹ بھینچے ہوئے تھے ۔

لانگ شاٹ ۔ ٹیک ۔ زوم ۔ ٹیک ۔ کلوز اپ ۔ پین ۔ ری ٹیک ۔ لانگ شاٹ ۔ کٹ ۔

اس کا چہرہ زرد تھا ۔ وہ بلند ٹیلے پر بنگلے کے گیٹ کو دیکھ رہا تھا جہاں ایک بہت بڑا سا کیمرہ ایک ویگن کی چھت پر نصب تھا ۔ وہاں بھی بہت بھیڑ تھی ۔ بندوق کے دغنے کی آواز آئی ۔ کوئی گیٹ پر گرا ۔ کوئی گھوڑا دوڑتا ہوا آیا ۔ گیٹ کے اس طرف ایک عورت چیختی ہوئی بھاگی ۔ شہسوار نے اُچک کر اسے اپنے گھوڑے پر بٹھا لیا ۔ گرد اُڑی ۔ گھوڑا غائب ۔ یکایک نغمہ پھوٹا اور بھیڑ تالیاں بجانے لگی ۔

ایک بھیڑ اُس طرف تھی ٹیلے پر ، بنگلے کے گیٹ پر ۔ ایک بھیڑ اس طرف تھی جہاں لاش پڑی ہوئی تھی ، جہاں لوگوں کو بس کا انتظار تھا ۔

یکایک شور اٹھا : " زندہ ہے ــــــــ لاش زندہ ہے "۔

سب لاش پر جھک گئے ۔ ایک ہاتھ نے جھپٹ کر اس کی ٹائی کھول دی ۔ دوسرے نے کالر کھول دیئے ۔ کسی نے لپک کر اس کا کوٹ گھسیٹا ۔ دیکھتے دیکھتے اس کی قمیص تار تار ہو گئی ۔ اندر ایک بہت میلا بنیان لاش کے سخت سینے پر جھلی کی طرح منڈھا ہوا تھا ۔

" اس کی تکا بوٹی کئے دے رہے ہیں سور "۔ عورت نے ہونٹ کاٹتے ہوئے کہا ۔

پولس والے آ گئے ۔ ایک وان بھی آ گئی ۔ لوگ تتر بتر ہو گئے ۔ موت کی بو سونگھتے ہوئے ، سوروں کی طرح سر جھکائے ، بس اسٹاپ کی طرف بھاگے جہاں چڑھائی شروع ہوئی تھی ۔

بسیں گھڑ گھڑاتی ہوئی آئیں اور آگے نکل گئیں ۔

" وہ ہمیں پکڑ لیں گے اور گواہی کے لیے لے جائیں گے ۔ بسیں سالی رُکتیں کیوں نہیں ؟ "

"رک بھی گئیں تو بچ کر کہاں جاؤ گے۔ قانون کے ہاتھ بہت لمبے ہیں"
میں پھر بھیڑ میں چھپنے کی کوشش کرنے لگا۔ جتنا چھپتا تھا اتنا ہی دکھائی دیتا تھا۔
عورت کے چہرے پر رنگوں کے دھبے اُبھر آئے تھے۔ وہ بار بار ہونٹ کاٹ رہی تھی۔ کونے پر لہو کی ایک بوند کبھی جل اٹھتی تھی کبھی بجھ جاتی تھی۔
ایک شخص کے گلے کی رگیں پھول رہی تھیں۔ اس کے ہونٹ سلے ہوئے تھے۔ ہونٹوں کے کناروں پر رال سوکھ گئی تھی۔ آنکھوں سے آنسو بہہ رہے تھے۔ وہ پلٹ پلٹ کر لاش کو دیکھ رہا تھا جس کو پولس والے وان کی طرف لے جا رہے تھے اس کے ہونٹ سلے ہوئے تھے مگر وہ چیخ چیخ کر عورت سے کچھ کہہ رہا تھا۔ عورت سہمی ہوئی تھی اور اس کا منہ میرے منہ کے اتنا قریب آگیا تھا کہ میں اور زیادہ احتیاط سے کام نہیں لے سکتا تھا سب قہقہے لگا رہے تھے۔ ہم دونوں دیکھ رہے تھے۔ میں بہت خوف زدہ تھا۔ وہ لوگ مجھے اٹھا کر وان کی طرف لے جا رہے تھے اور میں پولیس والوں کے جوتوں کی آواز سُن رہا تھا۔
"یہ ہر شخص ہے" عورت نے کہا۔
"یہ کوئی نہیں" میں نے یونہی جواب دیا۔
وہ جاپانی چھتری کو اور زیادہ تیزی سے بجانے لگی۔
میرے گلے میں آواز روٹی کے سوکھے ٹکڑے کی طرح پھنس رہی تھی۔
تم مجھے نہیں پہچانتیں۔ کوئی مجھے نہیں پہچانتا۔ کوئی ٹائی لے گیا۔ کوئی قمیص۔ لیکن بنیان میلا ہے اس کو کوئی ہاتھ نہیں لگاتا۔ مجھے کوئی ہاتھ نہیں لگاتا۔ بھیڑ چھٹ رہی ہے وان جا چکی ہے۔ لوگ ٹیکسی اور اسکوٹر کی طرف بھاگ رہے ہیں۔ دھوپ اور تیز ہو گئی ہے سورج اور نیچے آگیا ہے درخت جل رہے ہیں۔ کولتار پگھل رہا ہے اس کے ہونٹ سلے ہوئے ہیں۔ وہ رو رہا ہے۔ وہ سب جانتا ہے۔ تمہارے جسم میں بڑی لرزش ہے۔ جسم ٹھنڈا ہے۔ پسینہ خشک ہو چکا ہے تمہاری عینک میں اب کسی لاش کا عکس نہیں ہے۔ سیاہ شیشے چمک رہے ہیں۔ آنکھیں چھپی ہوئی ہیں۔ آنکھیں چھپی ہوئی ہیں لیکن تم مجھے دیکھ رہی ہو۔ دیکھ رہی ہو مگر پہچانتیں نہیں۔ اب میں وہاں ہوں جہاں تمہاری نظر نہیں پہنچ سکتی۔

وہ لوگ اُجلا اُجلا ماسک منہ پر باندھے جھکے ہوئے ہیں۔ میری بے خوف رگیں چھٹ چھٹ کاٹی جارہی ہیں۔ بجلی کی ڈوروں کی طرح۔ سینہ چاک ہے۔ پیٹ چاک۔ پورا جسم چاک چاک۔ دل کی حرکت بند ہوگئی۔ موت کتنا بڑا انکشاف ہے۔ کوئی میرا چہرہ نہیں دیکھتا۔ سب میرے شاندار لباس سے مرعوب ہیں لیکن بنیان سے چکرائے ہوئے۔ کچھ شرمندہ سے۔ یہ سب میں اپنے آپ سوچ رہا ہوں۔ ایسا ہے نہیں۔ ان کے لیے میں میز پر پڑا ہوا ایسا سامان ہوں جسے چیرا پھاڑا جاسکتا ہے اور جس پر رپورٹ لکھی جاسکتی ہے ایک چھپے ہوئے فارم پر، چھپے ہوئے کالموں کے مطابق۔ نام سنِ پیدائش۔ پیشہ، مذہب۔ ہر مرنے والے سے ایک ہی سوال۔ ہر مرنے والے کا ایک ہی جواب لیکن میں اس سوال نامے سے پہلے شروع ہوا اور اس سے آگے جاؤں گا۔ بلا سے۔

تم مجھے پہچاننے سے انکار کر رہی ہو۔ اس کی بھی ایک کہانی ہے۔ ہر چیز کی ایک کہانی ہوتی ہے۔

کتنے سال ہو گئے میں کسی نہ کسی بس میں تمہارے ساتھ سفر کرتا رہا ہوں اور اب میں اچانک مرگیا ہوں تو مجھے پہچانتی نہیں۔ بہت کم لوگوں کو مرنے کے بعد جینے کا موقع ملتا ہے۔ یوں اپنے آپ کو دیکھنے کا۔ اپنے آپ کو اور دوسروں کو۔

ایک بس آکر رُکی۔ سب اس کی طرف جھپٹے۔ میں بھی جھپٹا۔ عورت مجھ سے پہلے بس کے اندر پہنچ چکی تھی۔ اس کا پہلو خالی تھا۔ جو سالہا سال سے ہوتا آیا تھا، اس وقت بھی ہوا۔ میں اس کے پہلو میں بیٹھ گیا۔ وہ بالکل آگے دیکھ رہی تھی۔ مسافروں اور ڈرائیور کی سیٹ سے آگے۔ اس کی عینک کی سیاہی اور بھی بڑھ گئی تھی۔ وہ اب بھی ہونٹ کاٹ رہی تھی۔

میں نے اس کے پورے وجود کو اپنی ران سے محسوس کیا۔ ہمارے درمیان ٹوٹ مٹ گئی۔ ہم دونوں کو ٹھنڈے پسینے کا احساس بہت قریب لے آیا تھا۔ اس کے ہونٹوں پر دبی دھندلی سی مسکراہٹ ابھری جو میں نے پہلی بار دیکھی تھی۔ اسی بس میں۔ بس دھوئیں میں لپٹی ہوئی تھی۔ گھرگھراہٹ کے سوا اور کچھ سنائی نہ دے رہا تھا۔ دھوئیں کی لہروں سے آگے مکان بھی دھوئیں میں لپٹے ہوئے تھے۔ درخت بھی۔ دوسری طرف سے آتی ہوئی بسیں اور کاریں بھی۔ ہر طرف ایک عجیب سی متحرک اور گرم ویرانی تھی۔

"آپ میرا پیچھا کر رہے ہیں "۔

اس نے میری طرف دیکھے بغیر کہا۔ میں نے اس کے ہونٹوں کو بار بار ہلتے ہوئے دیکھا میں نے آہستہ سے اپنا ہاتھ اس کی کھلی ہوئی کمر پر رکھ دیا۔ کمر پسینے سے بھیگی ہوئی تھی۔ اور میرے ہاتھ سے بھی زیادہ ٹھنڈی تھی۔

"تم نے مجھے پہچانا کیوں نہیں؟" میں نے پوچھا۔

اس نے میرا سوال نہیں سنا۔ وہ ہنس دی۔ اس کی کمر میں گدگدی ہو رہی تھی۔ لُو کی لپٹیں اُس کے چہرے کو جھلسا رہی تھیں۔

"آپ نے اس کا بنیان دیکھا؟" یکایک اس نے مڑ کر مجھ سے پوچھا۔

اس کا چہرہ میرے چہرے کے بالکل قریب تھا۔ میرا چہرہ اس کی عینک کے سیاہ شیشوں میں لرز رہا تھا۔

میری آنکھوں پر بھی کالی عینک تھی! میں عکس میں عکس دیکھ رہا تھا۔ دھواں باہر تھا۔ بس کے اندر دھوپ ہی دھوپ تھی۔

"بہت میلا تھا" اس نے پھر کہا " اتنے شاندار، صاف، نکھرے ہوئے لباس کے اندر اتنا میلا بدبودار بنیان!" وہ پھر مسافروں سے آگے، ڈرائیور سے بھی آگے دیکھ رہی تھی۔

مجھے پھر اسٹریچر پر ڈال دیا گیا تھا۔ ایک سفید چادر نے مجھے ڈھانپ لیا تھا۔ میں کٹے چھٹے جسم پر میلے بنیان کا دباؤ اب بھی محسوس کر رہا تھا۔

"میں مرنے کے بعد بھی زندگی کا دباؤ محسوس کر رہا ہوں "۔

عورت نے ہونٹوں پر زبان پھیری۔ اس کی زبان کی بھیگی ہوئی نوک نے ہونٹوں کے رنگ کو ہلکا کر دیا۔

"لباس بہت بڑا بلف ہے "۔ میں نے دانت پیس کر کہا۔

عورت سمٹ گئی۔ اس نے ساڑی کا پلو کمر پر کھینچ لیا۔ میں اس کی کمر کو سہلانے لگا۔ دھواں اب اتنا بڑھ گیا تھا کہ بس کے اندر آ رہا تھا۔ سارے مسافر منہ پر رومال رکھ کر کھانس رہے تھے۔

"شہر میں خطرناک قسم کا فلو پھیل رہا ہے "۔

"ہانگ کانگ سے امپورٹ ہوا ہے جناب۔"

"میں کہتا ہوں سارے امپورٹ پر پابندی لگا دینی چاہیے۔"

بس میں ہر شخص چھینک رہا تھا۔ میں کمر سہلا رہا تھا۔ پسینہ خشک ہو گیا تھا۔ لیکن گدگدی بند ہو چکی تھی۔ عورت نے گھبرائی نظر سے میری طرف دیکھا۔ اب میری آنکھیں اس کی عینک کے اندر جھانک کر دیکھ رہی تھیں۔ آنکھیں بہت خوب صورت تھیں۔ آنسوؤں سے بھیگی ہوئی۔ سرخ ڈوروں سے روشن، سہمی ہوئی اور حیرت زدہ۔

"میں اسے کچھ اور سمجھتی رہی اور وہ نکلا کچھ اور۔"

"کیا؟"

"میلا بنیان۔"

میں نے بات بدلنے کے لیے پوچھا۔

"کہو تمہارا دھندا کیسا چل رہا ہے؟"

"بُرا۔ بہت بُرا۔" وہ اپنے ہونٹ چاٹ رہی تھی۔

"میں نے بہت دنوں سے تمہارا اشتہار نہیں دیکھا۔"

"نئے چہرے، نئے ماڈل آگئے ہیں بازار میں۔" اس کی آواز میں بڑا حزن تھا۔

"لیکن اس سے فرق کیا پڑتا ہے۔"

"پڑتا ہے۔ پڑتا ہے۔" اس کی آواز کا حُزن خزاں کے رنگ کی طرح اُس کے چہرے پر پھیل گیا۔

مجھے مردہ گھر میں چھوڑ کر وہ لوگ چلے گئے۔

اب میں ہوں اور میں۔

میں نے عورت کا ہاتھ اپنے ہاتھ میں لے لیا۔ اس کا ہاتھ برف کی طرح ٹھنڈا تھا۔

"تمہارا ہاتھ بہت گرم ہے۔" اس نے رازداری کے انداز میں کہا۔

میں نے اس کے ہاتھ کو زور سے دبایا۔ اس نے بھری دوپہر میں سر میرے شانے پر رکھ دیا

اور آنکھیں بند کرلیں۔ ڈرائیور نے بس کا گیئر بدلا۔ زور سے جھٹکا لگا۔ سارے مسافر گڈمڈ ہوگئے۔ عورت کی نظر میرے کھلے ہوئے گریبان کے اندر تیرتی چلی گئی۔ اس کے چہرے کا رنگ اڑ گیا میں نے بھی گریبان کے اندر دیکھا۔ بنیان بہت میلا تھا۔ عورت کا ہاتھ میرے ہاتھ سے نکل گیا۔

میں نے اپنی آنکھوں پر سے عینک ہٹالی اور اس کے چہرے کو غور سے دیکھا۔ اس کے ہونٹ کانپ رہے تھے۔

"تم بھی ویسے ہی ہو۔"

مردہ گھر میں سناٹا ہے۔ میں سفید چادروں سے ڈھکی ہوئی لاشوں کی قطاریں دیکھ رہا ہوں اور انتظار کر رہا ہوں۔ دروازہ کھلے گا۔ کوئی آئے گا۔ مجھے پہچانے گا۔ یہی پہچان میری رہائی ہوگی۔

صدیاں گذر گئی ہیں۔ نہ دروازہ کھلا ہے۔ نہ کوئی آیا ہے۔ نہ خوشبو۔ نہ روشنی۔ اس میلے بنیان کے سوا میرے پاس کچھ نہیں۔

ہانپتے کانپتے لوگ

اس گلی میں شام ہونے سے دو ڈھائی گھنٹے پہلے ہی شام کی گھٹن بڑھنے لگتی تھی۔ خاص طور سے گرمیوں میں۔ گلی کے پیٹ میں سینکڑوں چولھوں کا دھواں آہستہ آہستہ تیر رہا تھا۔ دودھ اور ربڑی کی مشہور دلّی والی دکان میں تیز بلب چمک رہا تھا اور بُھنگے مکڑی کے جالے کے پاس چکر لگانے کے بعد دہی اور دودھ پر ہوائیاں بن کر گر رہے تھے۔ بوڑھی کباب فروش عورت کے لکڑی کے جلتے کوئلوں سے چنگاریاں اُڑ اُڑ کر بڑھتے اور رینگتے ہوئے اندھیرے میں جگنوؤں کی طرح چمکنے لگی تھیں۔ جتنی تیزی سے وہ پنکھا ہلاتی تھی، اتنا ہی زیادہ جگنو اڑتے تھے۔ وہ مسجد کے بوسیدہ میناروں کو دیکھ رہی تھی، جہاں نماز مغرب ختم ہو رہی تھی اور بچوں کا شور طوفان میل کی طرح بڑھتا جا رہا تھا۔ اس کی آنکھوں سے

آنسو ٹپک ٹپک کر اس کے میلے کچیلے دوپٹے میں جذب ہو رہے تھے۔

ہر وقت اس گلی سے بیسیوں مرد عورتیں گزرتے رہتے تھے۔ اس وقت بھی راہگیروں کی ریل پیل تھی۔ اچانک ایک برقعہ فروش عورت کے چیخنے اور گرجنے کی آواز نے کوہان سی اٹھتی ہوئی گلی کے تمام لوگوں کو اپنی طرف کھینچ لیا۔ سب نے اپنے اپنے ڈربے سے مرغیوں کی طرح گردن نکال کر دیکھا۔ برقعہ پوش عورت کے ساتھ ایک ادھیڑ عمر کا مرد تھا۔ اس نے اپنی آستین چڑھالیں۔ فرہاد بھی تن کر اپنی دکان سے گلی میں آگیا۔ "مارے جوتوں کے حلیہ ٹائٹ کر دوں گا۔ میں کیوں چھیڑتا اس ادھیڑ عورت کو۔ قسم خدا کی ____ ذرا دیکھنا اس سور کے بچے کو، یار و ذرا دیکھنا ____ میں چھیڑوں گا اس عورت ____ اوہ بڑی آئیں کہیں کی ملکہ نور جہاں ____ قسم خدا کی"

فرہاد کو لوگوں نے بڑھنے دھکڑنے کی کوشش کی لیکن اس نے دو تین ہاتھ کرارے جڑ دئے بے چارے کے اور عورت گالیاں بکتی، روتی، منھ بسورتی، اپنا برقعہ سنبھالتی بھیڑ میں غائب ہو گئی۔ مرد بھی اپنے بچے کو گود میں اٹھا کر اپنے پھٹے پاجامے کو اوپر گھسیٹتا ہوا وہاں سے چلا گیا۔

فرہاد اچھل کر اپنی دکان میں گھس گیا اور چائے پیالیوں میں انڈیل کر اپنے حیران گاہکوں کو بڑھانے لگا۔

سکندر خاموشی سے چائے پی رہا تھا۔ اس کے میلے چکٹ بال خود رو جنگلی گھاس کی طرح موٹے اور میلے نظر آرہے ہیں۔ وہ تازہ بہ تازہ پولس والوں کے ڈنڈے کھا کر آرہا تھا۔ اس کی رکشا بھی ٹوٹ گئی تھی موٹر سے ٹکرا کر اور اوپر سے پولس والوں نے اس کی خاطر تواضع بھی کر دی تھی۔ اس نے جھنجھلاتی ہوئی نظروں سے فرہاد کو دیکھا جو اب اپنی داڑھی میں انگلیوں سے کنگھی کرتے ہوئے بڑے مزے میں بیڑی کے کش اڑا رہا تھا اور زیر لب مسکرا رہا تھا۔

"قسم خدا کی کیا توپ عورت تھی"

"اور تم بھی کیا توپ خانہ مرد ہو"

فرہاد نے بیڑی گلی میں پھینک دی۔ "سکندر بیٹا حساب کا کیا ہوگا۔ بتا جیب میں کتنا مال ہے" اس کی آواز میں انتہائی قہر پیدا ہو گیا تھا۔

سکندر خاموش اپنی گاڑھی چائے پینے میں مست ہو گیا۔ دوسرے گاہکوں نے قہقہہ

لگایا "جاؤ سنی کے شیرِ باندھو بلی کے گلے میں گھنٹی "

فرہاد فوراً گرجا۔ " یار دچائے پیو۔ ٹھنڈی ہو جائے گی۔ دوسرے کے گلے کا ہار اتار کر اپنے گلے میں ڈالنے کا کیا فائدہ!"

سب نے کھسیانی نظروں سے ایک دوسرے کو دیکھا اور اپنی اپنی پیالیوں پر جھک گئے، صرف سکندر اپنی زہر آلود اور بپھری ہوئی نگاہیں اس پر گاڑے رہا۔ فرہاد گلی کے اندھیرے میں گھور رہا تھا لیکن یکایک اس نے پلٹ کر دیکھا جیسے سکندر کے زہر میں بجھے ہوئے تیر اس کی پیٹھ کو چیر کر اس کے سینے سے باہر نکل گئے ہوں۔ "میں تجھے کچا چبا جاؤں گا"۔ سکندر نے آنکھوں ہی آنکھوں میں غرا کر کہا اور پھر گلی کے اندھیرے میں گھورنے لگا۔ چولھے پر چائے کی کیتلی بھاپ اگل رہی تھی اور پکتے ہوئے کوئلے کی سرخ چمک فرہاد کے چہرے کو اور بھی ڈراونا اور اس کی آنکھوں کو اور بھی پیاسا بنا رہی تھی۔ فرہاد نے زور سے تھوکا اور گنگنانے لگا۔ دیکھنے والے صاف دیکھ سکتے تھے، کہ وہ اپنے جبڑوں کو چبا رہا ہے۔

" زندگی یوں بھی گزر ہی جاتی "

ایک نے چائے پیتے ہوئے اپنی گردن اٹھائی "بھیا کاہے کو غالب فلم کا خون کر رہا ہے"۔ پھر اپنے ساتھی کو ٹہوکا دیتے ہوئے بولا۔ "ہاں دمڑی ذرا لہک کے گاؤ تو تارے بھی ناچ اٹھیں "

" ہوہو ہوا اپنی گلی میں ستارے کہاں! ہوہو ہو!"

دمڑی آہستہ آہستہ اپنی گردن کھجا رہا تھا۔ اس نے عجیب طرح سے اپنا منھ بگاڑا جیسے دانت تلے نیم کے پتے پڑ گئے ہوں " بات یہ ہے رمضان استاد اپنا گلا خراب ہو رہا ہے" دو تین بار کھانسا، "چائے پیوں تو شاید بات بنے اور اپنی جھولی میں روٹی دال سے زیادہ کا مال نہیں"۔ پھر نیچی نگاہوں سے فرہاد کی طرف دیکھتے ہوئے رازدارانہ انداز میں مگر اتنے زور سے کہ وہ سن لے، منھ پر ہاتھ رکھتے ہوئے بالا۔

" ادھار کی ہمت نہیں، فرہاد کاٹ کھائے گا.. جان ہے تو جہان ہے بھیا!"

" ابے بک بک بند کر۔ سیدھے منھ غالب فلم کا گانا سنا دے اور مجھ سے تقاضا کن نے کیا ہے بے؟ ترتڑ کیے جا رہا ہے ——— یتیم کہیں کا"

یتیم کہیں کا بھی گالی کی ایک قسم تھی جو وہ انتہائی اضطراب کے عالم میں اپنے دوستوں کی خدمت میں پیش کیا کرتا تھا۔

بات یہ تھی کہ دمڑی کی سانس دوپہر سے بہت پھول رہی تھی۔ دوپہر کے بعد اُس نے اپنا ٹھیلہ بھی نہیں چلایا تھا۔ اور اس وقت اسے ایسا محسوس ہو رہا تھا کہ اس کے سینے میں ایک دھونکنی سی چل رہی ہے۔

"ابے نہ گا، جہنم میں جا، وداؤٹ ٹکٹ!" یہ بھی اس کی گالی تھی۔ جب بالکل بے بس ہو جاتا تو اپنے معتوب کو سیدھے جہنم میں دھکیل دیتا اور وہ بھی بغیر ٹکٹ۔ فرہاد نے یہ بات کہہ کے اس طرح سانس لیا جیسے اس کے دل سے پھانس نکل گئی۔ ایک زوردار قہقہہ لگانے کے بعد اس نے زور سے کہا "اپن تو خوشامد کسی کی نہیں کرتے۔ نرگس بھی پاؤں دبائے آکر تو اپنی تو بادشاہت بنی رہے گی۔"

پھر گنگنانے لگا "زندگی یوں بھی گزر ہی جاتی"

دمڑی نے اسے چھیڑا "غالب کی چودھویں بیگم نظر بھر کے دیکھ لے تو بڑے بڑے فرہاد یوں یوں لوٹن کبوتر بن جائیں"

"دمڑی!"

دمڑی بڑے اطمینان سے گانے لگا اور ٹن کے میز پر طبلہ ٹھونکنے لگا۔

"کمر لچک دار سجن رہیو کی جیو"

دوسروں نے بھی طبلے ٹھونکنا شروع کر دیے۔ اچانک دمڑی کی آواز بند ہو گئی اور اس کا سر میز پر آرہا۔ جس پر گندے میل کا ایک کمبل سا بچھا ہوا تھا۔ سب اس پر جھک گئے۔ فرہاد سب سے پہلے آیا۔ "منع کرتا ہوں یتیم کے بچے کو۔ نہ گانہ گا۔ دن بھر ٹھیلہ چلائے گا۔ گرد پھانکے گا۔ کلیجہ سکھائے گا اور رات کو گانا گائے گا، یتیم کا بچہ۔"

یتیم کے بچے نے آہستہ آہستہ آنکھیں کھولیں اور مسکرایا "قسم خدا کی لگتا ہے فرہاد بھائی اپنا سینہ بھی ایک پنجرا ہے اور اس میں کوئی چڑیا پھڑپھڑا رہی ہے"

"بیٹا دھیان رکھنا نہیں پھر سے اڑ نہ جائے" دمڑی کا منھ زرد پڑ گیا لیکن دوسرے

ہی لمحے مسکرایا ــــــ ایک زرد اور میلی سی سہمی سہمی مسکراہٹ۔

"اڑ جائے سالی! پنجرے میں بند بند دم گھٹنے لگتا ہے فرہاد بھائی"۔

فرہاد نے ٹیڑھے میڑھے سے المونیم کے گلاس میں پانی لا کر دیا۔ پانی پینے کے بعد اس نے پھر اسی زرد اور مریل مسکراہٹ سے فرہاد کو دیکھا۔ "کون کہتا ہے کہ فرہاد بھائی آدمی نہیں پتھر ہے"۔

فرہاد نے چائے کی گرم پیالی بڑھاتے ہوئے کہا "ابے خوشامد مت کر۔ چائے پی۔ کل شام ہی کھرے کر لوں گا"، لیکن جب دمڑی چائے سڑکنے لگا اور مارے درد کے اس کی آنکھوں سے آنسو ٹپک کر چائے کی پیالی میں گرنے لگے تو وہ اچھل کر اس کے پاس آیا: "ابے دمڑی کے بچے میں تو مذاق کر رہا تھا کل ٹھیلہ نہ نکالنا۔ پیسے کی جلدی نہیں جا ابھی بڈھے پیش امام کے باہر والے برآمدے میں سو رہ۔ بڈھے کے کتے کے سوا اور کوئی نہیں سوتا وہاں اور کتا شریف ہے وہ بھونکتا نہیں بڈھے کی طرح"۔

کسی نے چونک کر پوچھا "کیا بڈھا کتا پالتا ہے۔ سنا ہے جہاں کتا ہو وہاں فرشتے کا گزر نہیں ہوتا"۔

"بڈھا جانتا ہے کتے کا کیا۔ جہاں وہ ہوگا وہاں فرشتے پر نہیں مار سکتے"۔

سب نے مل کر ایک زوردار قہقہہ لگایا اور اپنی چائے کے آخری گھونٹ کے ساتھ قہقہہ بھی گھول کر پی گئے۔

اس پورے وقت میں، سکندر کونے میں بیٹھا اطمینان سے ایک بیڑی کے بعد دوسری بیڑی سلگا کر پیتا رہا جیسے وہاں پر کوئی خاص بات ہو ہی نہ رہی ہو۔

گلی میں لوگ لپک لپک کر ادھر ادھر بھاگنے لگے بجلی چمکی تو پوری گلی میں اجالا ہو گیا۔ بڈا پرانی دیواروں پر پان کی پیک تک چمک اٹھی۔ پٹر پٹر کی آواز کو بادل کی گرج نے اپنے اندر سمو لیا۔

سکندر نے بڑی غم زدہ آواز میں کہا "تو آخر برسات بھی شروع ہو گئی"، اتنا کہہ کر اس نے ٹھنڈی سانس لی اور ایک تازہ بیڑی سلگانے لگا۔

سب گاہک فرہاد کی دکان سے اٹھ کر بھاگے "بھیا بھاگ چلو کون جانے برسات کی

جھڑی لگ گئی تو ـــــــــــ"

ہوٹل میں سناٹا ہوگیا۔ قہقہے، آہیں، طعنے، گالیاں سب گاہکوں کے ساتھ چلی گئیں۔ پانی بڑے زور سے برسنے لگا تھا اور ایسا معلوم ہوتا تھا کہ خزاں کے سوکھے پتوں پر سینکڑوں گدھے ایک ساتھ لوٹ لگا رہے ہیں۔

فرہاد نے جھانک کر دیکھا۔ اس کی ماں ٹن کا چولھا اور کباب کے برتن اور سیخیں سنبھالتی ہوئی گرتی پڑتی اندر گلی کی طرف جا رہی تھی۔ لوگوں نے اپنی دکانیں بند کرلی تھیں اور نوجوان پنواڑی کی بند دکان سے اس کی دوسری بیوی کی چوڑیوں کی کھنکھناہٹ آرہی تھی اور پنواڑی کے ہنسنے کی، جیسے کوئی اسے گدگدا رہا ہو۔

سکندر کی بیڑی بجھ گئی تھی اور فرہاد اسے پلٹ کر دیکھ رہا تھا اور اب کچھ کہنا چاہ رہا تھا کہ محلے کے چند تیز و طرار عجیب جانب دار جنس کے لوگ اس کی دکان میں گھس آئے۔ موٹے بھدے کانوں میں بالیاں، آنکھوں میں سرمہ، ہونٹوں پہ لپ اسٹک اور رنگین ساریوں اور لہنگوں میں مٹکتے اور بل کھاتے ہوئے

فرہاد تھوک گھونٹ کر رہ گیا۔

"تم یہاں کیوں گھس آئے"

"ہائے جانی لال پیلے کا ہیکو ہوتے ہو۔ ہم تمہاری گود میں تھوڑی گھس رہے ہیں" بہت فحش انداز سے ان میں سے ایک نے اپنا ہاتھ چلایا اور سب کھل کھلا کر ہنس پڑے۔

" فرہاد غصے میں کھڑا ہوگیا" میری دکان میں صرف مرد آتے ہیں۔ تمہارے لئے دہی دندان ساز کی دکان ہے۔

"یہودی کا بچہ اپنے آپ کو ڈاکٹر بنائے پھرتا ہے"

" دیکھنا بہن موئے کو، چڑھا آرہا ہے" ایک نے تنک کر کہا۔

فرہاد نے بے بسی سے سکندر کی طرف دیکھا۔ وہ مزے لے لے کر مسکرا رہا تھا۔ فرہاد نے آؤ دیکھا نہ تاؤ مٹکتے ہوئے سرخ ساری والے کو باہر دھکیل دیا۔ اس نے گالیاں بکنا شروع کیں اس کے پیچھے اس کے ساتھی بھی اتر گئے۔

" جاؤ دندان ساز کے ہوٹل میں وہاں تم کو افیم بھی ملے گی"

سکندر نے اپنی بجھی ہوئی بیڑی کو دوبارہ جلایا اور اپنی پھٹی ہوئی قمیص سے تاگا نوچتے ہوئے گنگنانے لگا: تمہیں یاد ہو کہ نہ یاد ہو"

گلی میں بارش کی رم جھم کے سوا اور کسی چیز کی آواز نہیں ابھر رہی تھی۔ البتہ دور نکڑ پر سے بھیگتے ہوئے پاگل کے چیخنے، کتے کے غرّانے اور پیر صاحب کے وعظ کی آواز آجاتی تھی۔ فرہاد کو پوری گلی ایک کالی بھیگی ہوئی سُرنگ کی طرح نظر آئی جس میں کہیں کہیں روشنی کے داغ اُبھر اُبھر کر چھپ جاتے تھے۔ اس کے بدن میں ایک جھرجھری سی دوڑ گئی۔

"برسات آگئی۔ دس برس بیت گئے۔ میں تین مہینے میں چالیس برس کا ہو جاؤں گا۔ رابعہ بھی تیس برس کی ہوگئی ہوگی! وقت کس طرح گزر جاتا ہے یہی ایک ایسی چڑیا ہے جسے بڑے سے بڑا شکاری نہ مار سکتا ہے اور نہ پنجرے میں بند کر سکتا ہے۔"

فرہاد نے سکندر کی طرف گھبرا کر دیکھا۔ سکندر فرہاد کی آنکھوں میں آنکھیں ڈال کر اس طرح مسکرایا جیسے اس نے اس کے دل کے چور کو پکڑ لیا ہو۔ فرہاد کا دل دھک سے ہو گیا، جیسے اندھیری رات میں آندھی نے یکایک اُس کی کوٹھری کے دونوں پٹ کھول دئیے ہوں اور دنیا والوں نے ٹارچ کی تیز روشنی میں اسے مادرزاد ننگا دیکھ لیا ہو۔ اس وقت سکندر کی آنکھوں سے ٹارچ سے بھی زیادہ تیز روشنی نکلتی ہوئی معلوم ہوئی۔ سکندر نے اپنے سینے پر ہاتھ مارتے ہوئے زور سے قہقہہ لگایا اور یکایک خاموش ہو کر کچھ سوچنے لگا۔

"ابے سکندر کے بچے" میں کوئی ہنسنے کی چیز ہوں۔"

سکندر نے کوئی جواب نہیں دیا البتہ اس کی بھویں سُکڑ گئیں۔ بارش پھر تیز ہو گئی تھی اور پٹواری کی دکان کی درازوں سے جو روشنی تلوار کی دھار کی طرح جھانک رہی تھی وہ بھی بجھ گئی تھی

"میں کہتا ہوں تو آج کھانا بھی کھائے گا یا بیڑی سے اپنا کلیجہ پھونکتا رہے گا۔"

"کوئی کھانے کی چیز بھی ہو۔" سکندر نے اپنی دونوں ٹانگیں بنچ پر پھیلاتے ہوئے بڑے ٹھسّے سے کہا۔

"کیا کھائے گا؟" پھواریں تیزی سے چولھے کے کوئلے بجھا رہی تھیں اور وہ اپنے دانت پیس رہا تھا۔

"میں خورمہ کھاؤں گا" اس نے اپنے خاص حیدرآبادی انداز میں کہا۔

"خورمہ"

"میں خلیہ کھاؤں گا"

"اور"

"اور میں خیمہ کھاؤں گا"

"خیمہ کھاؤں گا" فرہاد نے اس کی نقل اتارتے ہوئے کہا "پہلے بتا آج تیرا منھ اتنا لٹکا ہوا کیوں ہے۔ رکشا کہاں چھوڑ دی۔ بھیگ رہی ہوگی پانی میں"

"بھیگنے دو"

فرہاد نے چولھے سے کوئلہ گرادیا اور برتن اتار کر ایک طرف رکھ دئیے۔

گلی خاموش تھی۔ پیر صاحب کا وعظ جاری تھا ایسا لگتا تھا جیسے کوئی اندھے کوئیں میں منھ لٹکائے رو رہا ہے۔ فرہاد اور اسکندر بھی چپ چاپ اپنے اپنے خیال میں گم تھے۔ بادل گرج رہے تھے اور بجلی گلی میں سڑتی ہوئی گندگیوں پر ٹھہر ٹھہر کر سونا برسا رہی تھی۔

عام طور پر دوسرے لوگ سکندر اور فرہاد کی باتیں سن کر نہیں سمجھ سکتے تھے کہ دونوں بہت گہرے دوست ہیں، ان کا رشتہ صرف گاہک اور دکاندار کا نہیں ہے۔ گلی کے آخر میں جہاں بھنگی محلے بھر کی گندگی کا ڈھیر لگاتے تھے اور گندگیوں کے ڈھیر میں سے ان کے ننگے بچے ٹوٹی پھوٹی چیزیں چنتے تھے، شیشیاں کاغذ، کٹوریاں ٹن اور شیشے کے ٹکڑے، کبھی کبھار کوئی پھٹا پرانا کپڑا ــــــ وہیں پر ایک اندھیری سی کوٹھری تھی اس کے آگے ایک ٹوٹی ہوئی سی چھت جھول رہی تھی جس کے نیچے ایک برآمدہ تھا اس میں بکریوں کی مینگنیاں، محلے کے بچوں کا لایا ہوا کباڑ جمع رہتا تھا یہی کوٹھری اور یہی برآمدہ ملا کر فرہاد کا محل تھا۔ اسی میں اس کی ماں رہتی تھی جو شام کو روزانہ مسجد کے سامنے ملبوں کے پرانے ڈھیر پر ٹن کا چولھا جلا کر اپنے سامنے کباب کے گوشت کی رکابی رکھ کر کباب بیچا کرتی تھی۔ وہیں فرہاد کا اپاہج ماموں رہتا تھا۔ ابھی وہ بوڑھا نہیں ہوا تھا۔ وہ اس کی ماں سے چھوٹا تھا لیکن جب سے اس پر فالج کا حملہ ہوا اس کے منھ سے رال اور جھاگ ٹپکتے رہتے تھے اور نالی سے نکلی ہوئی گاد کے رنگ کا تکیہ اس میں بھیگا

رہتا تھا۔ سکندر اپنی سائیکل رکشا اسی برآمدے میں کھڑی کرکے اس چارپائی پر ٹانگیں پھیلا کر سوتا تھا جس کی ایک ٹانگ ٹوٹی ہوئی تھی اور اس کی بیساکھی کا کام تین اینٹیں کرتی تھیں۔ کبھی کبھی سوتے میں کوئی اسے پکار کر چونکا دیتا۔ "اس جوانی میں یوں موت کا سامان کرتا ہے بھائی۔ چھت گر گئی تو پیارے تیری تو چپاتی بن جائے گی۔"

"واہ!" وہ واقعی ڈر جاتا "جب تک تاج محل کا گنبد سلامت ہے یہ چھت باقی رہے گی" ایک بڑی نکالتا۔ تین چار کش لگا کر پھینک دیتا۔ پھر اسے رات بھر نیند نہ آتی تو وہ پو پھٹنے سے پہلے ہی اپنی رکشا کا بھونپو بجاتے ہوئے وہاں سے نکل جاتا "یہ بھی ہماری قسمت کہ وصال یار ہوتا" اس کی آواز خاموش گلی میں دونوں طرف کی سالہا سال پرانی، سلسلاتی دیواروں کے درمیان دور تک تیرتی چلی جاتی اور گلی کی نگہبانی کرنے والا سپاہی اپنا ڈنڈا پٹک کر کہتا "ابے او سانڈ کی اولاد، شریفوں کی نیند کیوں خراب کرتا ہے" اور کروٹ بدل کر نیند کو خراب ہونے سے بچا لیتا البتہ اس شور و غل سے فرہاد کی آنکھ کھلتی تو پھر بند نہ ہوتی۔ وہ نیند کا بہت ہی کچا تھا وہ خود کہتا "میں سوتا نہیں بے ہوش ہو جاتا ہوں اور جب ہوش میں آجاتا ہوں تو پھر بے ہوش نہیں ہوتا۔ اور جب تک جاگتا رہتا ہوں بڑے ڈراونے خواب دیکھتا رہتا ہوں۔"

ایک دن اس نے اپنی سرخ آنکھوں کو بڑے کرب سے نچاتے ہوئے کہا تھا۔ "یار گیت گاتے ہوئے گلی سے نہ جایا کر۔" وہ اپنے ہوٹل میں سوتا تھا۔ اس کا گھر سے کوئی رشتہ نہیں تھا، کبھی کبھی تین تین چار چار دن تک وہ گھر نہ جاتا اور اس کی ماں چپکے سے شام کو آتی اور چولھے پر کباب کی سیخیں رکھنے سے پہلے، ایک نظر اسے جھانک کر دیکھ جاتی۔

سکندر کی سمجھ میں فرہاد کی یہ باتیں بالکل نہ آتی تھیں۔ وہ اندر ہی اندر اپنی عقل کے جال پھینکتا اور دور کی کوڑیاں لاتا لیکن ان کوڑیوں سے، فرہاد کی ان حرکتوں کا ذرا بھید نہ کھلتا۔ وہ جب اس کی ماں کی جھریوں کو آنسوؤں سے تر دیکھتا تو غصے میں کانپ جاتا "یہ سب اس بھڑیئے فرہاد کا قصور ہے" لیکن کبھی رات گئے وہ فرہاد کو اپنی دکان کی چھت پر نظریں گاڑے ہوا کو انگلیوں سے کرید کرید کر بڑبڑاتے ہوئے دیکھتا تو اس کے ہاتھ پاؤں سن ہو جاتے اور وہ دبے پاؤں واپس آکر اسی آسمان کے نیچے سو رہتا جو لوگوں کے کہنے کے مطابق اس کو چکا کر چپاتی بنا دینے کی تاک میں تھا۔ اس وقت وہ سوچا کرتا کتنا

اچھا ہوتا اگر حیدر آباد سے بھاگنے کے بعد یہاں اس کی ملاقات اس پاگل فرہاد سے نہ ہوتی۔ "شاید میں رکشا نہ چلاتا کسی ہوٹل میں یا کسی وزیر کے یہاں بیرا بحال ہو جاتا۔"

لیکن جب بھیانک خواب دیکھتے ہوئے اس کی آنکھ کھل جاتی تو وہ پسینے پسینے اٹھتا اور اپنی رکشا لے کر وہاں سے ریلوے اسٹیشن کی طرف بھاگتا۔ ایسے خواب کے بعد وہ خاموش گلی سے گزر جاتا۔ سپاہی کے کان پر جوں تک نہ رینگتی اور فرہاد کو اس سے کوئی شکایت نہ پیدا ہوتی۔ اگرچہ وہ اس سے یہ ضرور پوچھ لیتا، "کیوں ـــــ رات تم سوئے نہیں کیا؟" وہ کچھ نہ کہتا صرف شرمندہ نظروں سے اسے دیکھتا "کتنا اچھا ہوا تم مجھے مل گئے۔" وہ یکایک گھبرا کر فرہاد کی آنکھوں میں آنکھیں ڈال دیتا۔ اس نے مرے دل کی گہرائی میں گونجتی ہوئی آواز سن لی ہو ـــــ اُف میں کتنا کم زور ہوں۔ دوستی اور محبت کے بغیر لوگ کیسے زندہ رہ لیتے ہیں ـــــ ایں؟"

ایک دن اس نے فرہاد کو مسکراتے ہوئے دیکھا تو پوچھا "تم ماں سے کبھی جھوٹے منہ بات بھی نہیں کرتے۔ غصہ کیا ہے؟"

فرہاد اس وقت صبح صبح کشتی کے اکھاڑے سے آرہا تھا اور اس کی گردن پر سُرخ مٹی چپکی ہوئی تھی۔ اس نے مٹی جھاڑتے ہوئے بڑی خوفناک نظروں سے فرہاد کو دیکھا اور اپنا منہ پھیر لیا اس کے بعد سکندر نے دوبارہ اس دُکھتی رگ پر انگلی نہیں رکھی۔

لیکن اس رات جب بارش دوبارہ تیز ہوگئی اور کہیں سے کسی مکان کے دھم سے گرنے اور لوگوں کے چیخنے اور رونے کی آواز آئی اور سکندر دوڑتا ہوا گلی میں غائب ہوگیا تو اس کو سکندر کا سوال یاد آیا، کا شا پُچھا۔

"غصہ کیا ہے؟"

دس برس بیت گئے وہ اس گلی میں رہتا تھا جو کوہان کی طرح اٹھی ہوئی تھی۔ جنگ ختم ہوچکی تھی اور وہ برما کے جنگلوں سے واپس آگیا تھا۔ اب وہ فوجی باورچی نہیں تھا۔ اسے کاروبار کا کوئی راستہ نہ سوجھتا تھا۔ اس وقت اس نے اپنے گرتے ہوئے گھر کا ایک حصہ بیچ کر ایک ہوٹل کھول لیا۔

"کچھ روپیہ کما لوں تو جامع مسجد کے سائے میں ایک بڑا چائے خانہ کھولوں گا۔ پھر رنگ جمے گا!" اس نے اپنی بیوی رابعہ کی چاندی کی پازیب کو گدگداتے ہوئے کہا تھا۔

رابعہ لمبی اور تیز طرار عورت تھی۔ اس نے کچھ پڑھنا بھی سیکھ لیا تھا۔ فرہاد کی ماں کو رابعہ ذرا پسند نہ تھی اس لیے کہ وہ من مانی کرتی تھی۔

دونوں کا جھگڑا بڑھنے لگا۔

"رات دن کتاب میں ناک ڈالے پڑی رہتی ہے۔ جیسے اس میں کون سا خزانہ دفن ہے۔"

"باپ سے زیور، کپڑا تو نہ ہوا، جہیز میں ایک روگ دے دیا ہوں۔ بے شرم!"

"اور جو میں کتاب میں دفن رہتی ہوں تو گھر کے کام کاج کون کرتا ہے۔ کوئی آتا ہو گا۔ خدائی خدمت گار۔ کمرہ کون صاف کرتا ہے، کپڑے کون دھوتا ہے، چولھے میں منہ جلا کر کھانا کون پکاتا ہے، میری خالہ اماں؟" غصے میں وہ اپنی ساس کو خالہ اماں ہی کہتی تھی۔

فرہاد کو سب معلوم تھا۔ وہ چپ تھا۔ سوچتا تھا ذرا ہاتھ میں پیسے آئیں تو جھگڑا ہی مٹ جائے۔ الگ ایک مکان لے لے گا قریب ہی اور ماں کو خرچ کے لیے کچھ رقم مقرر کر دے گا۔ پھر چین چکال ہو جائے گا، جیسے برما کے جنگل پر جنگ کے بعد سکون چھا گیا تھا۔ لیکن اس کے گھر میں بم پھٹتے رہے اور اس کے ساتھ ساتھ اس کا دماغ بھی پھٹتا رہا۔ ہوٹل کی چادر بہت چھوٹی تھی۔ اس کا سر چھپتا تھا اور نہ پاؤں۔ رابعہ کی مسکراہٹ بھی مرجھا گئی اور اس کی پازیب بھی گونگی ہو گئی۔ اس کے کرتے اور شلوار سے پسینے کی بو کا بھبکا آنے لگا۔ اور جب فرہاد رات کو تھکا ہوا گھر آتا تو رابعہ کے پاس لیٹ کر اسے لگتا کہ وہ اب بھی گلی میں مسجد کے پاس اپنے ہوٹل میں سڑ رہا ہے جہاں سڑی ہوئی ترکاری اور پھل اونے پونے بکتے رہتے تھے۔ جب رابعہ اپنی کھانسی روک کر اس کے بڑھے ہوئے بالوں میں انگلی سے گدگدی کرتے ہوئے کہتی "اس گھر میں اب تو گھٹ کر دم نکل جائے گا" ایک طرف سے دھوپ اور ہوا آتی تھی وہ بھی بند ہو گئی۔ کتنا اونچا گھر بنوایا ہے۔ اس چڑچی کے غلام دندان ساز نے۔" اس کی اس بات پر فرہاد بے ساختہ ہنستا اور اسے پیار کرنے لگتا اور اسے بھینچ لیتا۔ یکایک خشک پسینے کی کھٹاس پر تازہ پسینے کی خوشبو چھا جاتی اور تھوڑی دیر کے لیے وہ نشے میں جھوم اٹھتا۔

"ایسے مہینے میں حالت کچھ سنبھلتی ہوئی معلوم ہوتی ہے تم جانتی ہو سورج ہمیشہ تو گہن میں رہتا نہیں۔"

سورج گہن سے کیا چھوٹتا۔ رابعہ فرہاد سے ضرور چھٹ گئی۔ ایسی ہی برسات کی بھیگی ہوئی رات

تھی۔ فرہاد گھر نہیں لوٹا تھا۔ دن سے رابعہ اور ساس کا جو جھگڑا اچھل رہا تھا اچانک رات کے وقت اس کا شعلہ زوروں پر بھڑک اٹھا۔

"میں جانتی ہوں تیرے دل میں چور ہے اور پڑھنا لکھنا تو بہانہ ہے۔ آنے دے آج اپنے میاں کو۔ یہ بات ڈھکی چھپی نہیں ہے۔ تو نداں ساز کو چھپ چھپ کر خط لکھتی ہے۔ چھت پر پہروں کیا ہوتا رہتا ہے کہہ دو میری رانی ۔۔ تارے گنتی رہتی ہوں۔ ہائے میرا معصوم فرہاد ہائے اس کی قسمت!"

جب فرہاد رات گئے گھر پہونچا تو بارش ختم ہو چکی تھی۔ ہلکی ہلکی پھوہاریں پڑ رہی تھیں۔ اس کی ماں نے سسکتے ہوئے اور خود کو کلموئی کہتے ہوئے سارا ماجرا کہہ سنایا۔ تھوڑی دیر تک فرہاد زمین میں گڑا رہا۔ اس کے بعد تیزی سے باہر نکل گیا۔ اس نے سارے شہر کی خاک چھان ماری لیکن رابعہ کو تو زمین نگل گئی تھی۔ وہ دس گیارہ دن خاموش رہا۔ نہ ہوٹل کا چولھا جلایا اور نہ کوئی اور دھندا کیا۔

اس کی داڑھی بڑھ آئی اور ہر وقت اس کے ہونٹ اور انگلیاں کانپتی رہتیں۔

آخر ایک دن جب وہ بہت اداس اور دکھی بیٹھا تھا، اور آہستہ آہستہ بیڑی کا دھواں اگل رہا تھا۔ اس کو ایک خط ملا۔

میلے سے کاغذ پر، پنسل سے گھسیٹی ہوئی تحریر میں رابعہ کی بھیگی ہوئی آنکھوں کی پرچھائیں صاف دکھائی دے رہی تھیں اس نے یہ خط کسی بہت دور کے شہر سے بھیجا تھا۔ "میں کیچڑ میں لت پت ہو چکی ہوں۔ اب میں تمہارے لائق نہیں رہی۔"

رابعہ نے بہت سی باتیں لکھی تھیں جو آنسوؤں اور سسکیوں میں ڈوبی ہوئی تھیں۔ اس میں کسی کی شکایت نہیں تھی۔ وہ سمندر میں بہتی ہوئی برف کی چٹان پر کھڑا تھا جو پگھل چکی تھی۔

"کیا میں اسی طرح ڈوبتا چلا جاؤں گا۔ یا اس کی کوئی تہہ بھی ہے۔ کیا رابعہ اب واقعی واپس نہیں آئے گی۔ ہاں وہ اب نہیں آئے گی۔"

جب وہ اکیلا ہوتا اور اس کے پاس کوئی نہ ہوتا تو رابعہ اس کے سامنے آجاتی۔ وہ لمپ پوسٹ کے پاس خاموش کھڑی تھی۔ بارش میں اس کا لباس اس کے بدن سے چپک گیا تھا، رات گہری اور خاموش تھی اور وہ اپنی ساس سے لڑ کر بس کا انتظار کر رہی تھی۔ وہ کہاں جائے گی؟ اس کے ماں باپ تو کب کے مر چکے تھے۔ شاید وہ اپنے رشتے کے ماموں کے پاس چلی جائے گی۔ پھر جب

فرہاد کو اس کا پتہ چلے گا، بھاگتا ہوا آئے گا۔ شرمایا ہوا مجرم کی طرح سر کھجاتے ہوئے وہ اپنی ماں کی زیادتیوں کی معافی مانگے گا۔ وہ ڈانٹ ڈپٹ کر اس کے ساتھ واپس چلی جائے گی۔ آخر وہ اتنی محبت کرتا ہے۔ اس کی ایک ایک سانس اسے پکارتی اور پیار کرتی ہے۔ یکایک ایک کار آکر رکتی ہے اور اس میں سے غنڈے نکلتے ہیں اور اُسے زبردستی کار میں بٹھا کر شہر سے باہر دور جنگلی سناٹے میں نکل جاتے ہیں۔

"میں کیچڑ میں لت پت ہو چکی ہوں۔ اب میں تمہارے لائق نہیں رہی۔"

ایک بھیانک چیخ اس کے خون کے ایک ایک قطرے میں گونج جاتی اور وہ اٹھ کر بیٹھ جاتا اس کی نسیں تن جاتیں اور اس کے بعد وہ ہر راہ چلتے آدمی پر پھبتی کستا۔ برقع پوش عورتوں کو بھی نہ چھوڑتا۔

اس گلی میں عورتیں چلتے ہوئے ڈرتی تھیں۔ وہ انتہائی لڑاکو ہو گیا تھا۔ وہ کسی کی بھی پگڑی اُچھال سکتا تھا۔ اُس نے ایک کشتی اکھاڑہ جما رکھا تھا۔ روز صبح اس کے نوجوان شاگرد سرسوں کا تیل مل کر اکھاڑے میں نئے داؤ پیچ سیکھتے اور اس کی گردن پر بھوری مٹی سے گھسے پر گھسے دیتے۔ اس کی کنپٹیاں ابھر آئیں لیکن وہ اف نہ کرتا... "اور زور سے میرے شیر اور زور سے"

اس نے اپنی ماں سے بولنا بالکل بند کر دیا تھا۔ اس کی ماں روئی۔ خوشامدیں کیں منت سماجت کی، لیکن وہ ایک آتش فشاں پہاڑ کی طرح خاموش زہر سے بھرا ہوا لاوا اپنے سینے میں چھپائے رہا۔ اسے شاید خود بھی معلوم نہیں تھا کہ ابل پڑنے کے لیے اُسے وقت کا انتظار ہے۔ کبھی کبھی وہ خود اپنے آپ سے کہتا "میں انتقام لوں گا، لیکن کس سے؟ اگر اسے یہ معلوم ہو جاتا تو وہ اپنے دشمن کا صفایا کب کا کر چکا تھا۔ اسی لیے وہ جھلا اٹھتا، گاہکوں سے لڑ پڑتا راہ گیروں پر کھانس کر آوازے کستا، اور کبھی کبھی تو دندان ساز کو بھی زور زور سے، گلا پھاڑ کر گالیاں سناتا۔ لوگ جمع ہو جاتے۔ سب کے دل کی آواز اس کی آواز سے مل جاتی۔" جی ہاں آپ خود کو لارڈ ماؤنٹ بیٹن سمجھتے ہیں، بے ایمانی شیطانی سے لوگوں کے گھروں اور دکانوں پر قبضہ جما لیا ہے حرام خور نے اور اب خود کو محلے کا چودھری بتاتا پھرتا ہے۔ کر لو جو جی چاہے۔ میں تو پچیس روپے کرایہ نہیں دوں گا میونسپلٹی سے بارہ روپے مقرر ہے"

دندان ساز سانس بھی نہ لیتا۔ اس کی بیوی اور بیٹیاں آنکھیں جھپکا جھپکا کر گلی سے ابھرتی ہوئی گالیاں سنتیں اور دنداں ساز اپنے دانت پیس کر کہتا ” ان کو فیوں کو عدالت ہی مزا چکھائے گی میں کیچڑ میں ڈھیلا کیوں پھینکوں۔ وہ بنیان اور پاجامے میں بڑے بے ہنگم پن سے نماز پڑھنے کے لئے کھڑا ہو جاتا“ فرہاد کے بچے کو جب تک گلی سے نہیں نکالا جائے گا۔ یہاں کے لوگ قابو میں نہیں آئیں گے یہی سور لوگوں کو میرے چائے خانے میں بھی جانے نہیں دیتا۔ سب سے کہتا پھرتا ہے وہاں ہیجڑوں کو افیم ملتی ہے۔ اور لوگ بھی کتنے حرامی ہیں کس شان سے کہتے ہیں۔ ارے یار ہیجڑوں کی دکان میں چائے پیتے متلی آتی ہے۔ اچھا ایسی متلی آئے گی کو فیوں کہ تم بھی کیا یاد کرو گے ـــــ کس دندان ساز سے پالا پڑا تھا جس نے سارے دانت جھاڑ کے رکھ دئے “ جب تک اس کی نماز ختم ہوتی گلی کا شور بھی سو جاتا۔

اس گلی میں دندان ساز سب سے زیادہ چلتا پرزہ تھا اس نے ہندستان کی تقسیم کے بعد دیکھتے دیکھتے اپنی حیثیت بنالی تھی۔ ایک ایک پائی کو دانت سے پکڑتا اور کوئی مکان کوتی ، کوئی بیٹھک اونے پونے بکتے دیکھتا جھٹ اپنی گرہ سے دام نکال کر سودا کھرا کر لیتا۔ اس طرح گلی میں زیادہ تر لوگ اسی کے کرایہ دار تھے۔ چاپلوسی میں بڑا ماہر تھا۔ دودھ شہد بن کر باتیں کرتا لیکن کرایہ لیتے وقت وہ اس قصاب کی طرح اپنا کام کرتا جو پانی پلانے کے بعد بکری کو ذبح کرتے ہیں۔ میونسپلٹی کے افسروں کو ملا رکھا تھا اور عدالت کا ذکر باتوں باتوں اپنے نئے کرایہ داروں سے اس طرح کر دیتا تھا جیسے بتا رہا ہو اس کو صبح شام پھول باغ میں ٹہلنے اور تازہ ہوا کھانے کا اتنا شوق ہے کہ اس طرف سے وہ کبھی غافل نہیں ہوا۔

اس کے کرایہ دار اس سے ڈرتے تھے جو کوئی ہمت کر کے یا جھنجلا کر غصے میں اس سے ٹکرایا دنداں ساز نے اس کے دانت توڑ دئے اور اس کو آخر میں بے گھر کر کے رکھ دیا۔ اس کے کرایہ داروں میں فرہاد ہی ایک ایسا تھا جو اس سے ڈٹ کر ٹکر لیتا تھا۔ جب کبھی دونوں میں ٹکر ہوتی گلی کے لوگ سانپ اور نیولے کی لڑائی کا تماشا دیکھنے کے لیے ہر طرف سے دوڑ پڑتے اور اس وقت کا انتظار کرتے رہتے جب نیولا سانپ کی گردن کو آدبوچے گا۔ جب فرہاد تہمد اور کرتا پھینک کر آنکھوں سے آگ برساتا ہوا، گلی میں کودنے لگتا تو دنداں ساز کے پاؤں تلے سے زمین نکل جاتی۔

اور وہ اپنی اچکن اور کالی ٹوپی کے ساتھ اندھیرے راستوں پر غائب ہو جاتا۔

لوگ خوب قہقہے لگاتے اور فرہاد کو شاباشی دیتے۔

ایک دن دنداں ساز نے اس کو دس سال سے بھاگی ہوئی بیوی کا طعنہ دے دیا۔ اس دن وہ آپے سے باہر ہو گیا۔ اس نے ڈاکٹر کی گردن پکڑ لی "بھائیو گواہ رہنا اس نے میری عزت پر کیچڑ اچھالی ہے میں اس کی بیٹی سے شادی کر دوں گا" مسجد کے پیش امام، پیر صاحب اور دو چار اور نیک بختوں نے مل کر دنداں ساز کی گردن چھڑائی اور فرہاد کو قابو میں کیا۔ فرہاد غصے میں بھرا ہوا اپنے گھر میں گیا اور ٹوٹی ہوئی چارپائی پر اوندھے منھ گر کر رات بھر بچوں کی طرح پھوٹ پھوٹ کر روتا رہا۔ پو پھٹنے سے پہلے جب اس کی آنکھ لگ گئی تو اس کی ماں چپکے چپکے روتی ہوئی اور اپنی آواز کو روکنے کے لیے منھ میں بساند سے بھرا ہوا دوپٹہ ٹھونسے ہوئے، اس کے پاس آئی اور اس کے سر کو سہلانے لگی "میرے کلیجے کے ٹکڑے میں ابھاگن ہی تیری دشمن بنی۔ میری بہو چاند تھی۔ ہائے میں نے کیا کیا ——" فرہاد نے آنکھ کھول کر دیکھا اور ماں کا ٹھنڈا کانپتا ہوا ہاتھ اپنے ہاتھ میں لے لیا۔

ماں کا ہاتھ ماں کا ہاتھ ہے۔ اس کے تنکے میں جو سہارا ہے، بڑے بڑے درختوں میں نہیں لیکن جب وہ دوبارہ صبح اٹھا اور کشتی لڑنے کے لیے اکھاڑے کی طرف چلا تو اس نے ماں کو اسی ٹھنڈی اور ملامت بھری نظروں سے دیکھا جن کے سامنے اس کی ماں کا دل ڈوبنے لگتا تھا اور جس کے بعد وہ پہروں اپنے آپ کو کوستی رہتی تھی۔

سکندر سے دوستی کے بعد، اس نے ایک سیکنڈ ہینڈ رکشا خریدی اور اس کے حوالے کر دی۔ وہ اس کو اپنے آپ سے بہت قریب محسوس کرتا، لیکن اس کی دوستی اپنے رچاؤ اور بے تکلفی کے باوجود سکندر کے دل سے اجنبیت کو نہ دھو سکی "آخر یہ آدمی اتنا چپ چاپ کیوں رہتا ہے۔ اس کی آواز آپ سے آپ کیوں بھرا جاتی ہے۔ آخر یہ عورتوں کو چھیڑتا کیوں ہے اور پھر اس طرح کیوں بیٹھ جاتا ہے جیسے اندر ہی اندر وہ خود اپنا دل چبا رہا ہو۔ مجھے اس سے ڈر لگتا ہے۔"

اس رات بہت دیر تک فرہاد جاگتا رہا اور سکندر کا انتظار کرتا رہا۔ اسے بھوک لگ رہی تھی اور اس کو سکندر پر غصہ آ رہا تھا جس کی ضد میں وہ کھانا کھائے بغیر بنچ پر بیٹھ گیا تھا۔

لیٹے لیٹے اسے اپنی زندگی پر، اس گلی میں رہنے والوں پر، اس کی گندگی اور گھٹن پر بڑا رحم آیا۔ سب ناخوش تھے۔ اندر ہی اندر ایک دھواں تھا کہ سب کے سینے میں گھٹ رہا تھا" سوائے دنداں ساز کے سب ناخوش ہیں۔ پیر صاحب بھی اور پیش امام صاحب بھی، سب اپنی عزت اور دال روٹی کے لیے ڈھونگ رچائے پھرتے ہیں۔ وعظ کرتے ہیں اور گزری ہوئی شان و شوکت کے قصے سناتے ہیں۔ اس کی آنکھوں میں گلی کے پچاسوں بچے ابھرنے لگے جو ننگے اِدھر اُدھر مارے پھرتے ہیں۔ ان کی چھوٹی چھوٹی شرارتیں اور پاگل کی چیخ جو نل کے پاس کھڑا ہو کر ہر گزرنے والے پر ڈھیلا اٹھاتا ہے کوئی محفوظ نہیں۔ صرف دنداں ساز کی اچکن اور کالی ٹوپی محفوظ ہے جو اس گلی کا بادشاہ ہے اور جس کو لوگ جھک کر سلام کرتے ہیں اور پیٹھ پیچھے گالیاں دیتے ہیں اور قسمیں کھاتے ہیں۔

"اس خبیث کی موت میرے ہاتھوں لکھی ہے!"

اچانک دس برس پہلے کی رابعہ اس کی آنکھوں میں ابھر آئی۔ وہی مسکراہٹ کے پھول، وہی گالوں کا پسیجتا ہوا نمک، وہی آنکھوں کی چمک اور لمبے لمبے بالوں کی رات اور وہی چاندی کی پازیب کی جھلی ـــ وہ اُٹھ بیٹھا۔ اس کی آنکھیں نم تھیں۔

سکندر نے آتے ہی خبر سنائی کہ بقائی کی بیوی اپنے دونوں بچوں سمیت دیوار کے نیچے دب کر مر گئی "مٹی کھودتے کھودتے دم نکل گیا پر ـــ" سکندر کے ناخن سے خون ٹپک رہا تھا۔ فرہاد نے اُٹھ کر کیتلی کا پانی اس کی انگلیوں پر ٹپکایا اور آہستہ سے بولا "اوہ ان کے کفن دفن کا کیا ہوگا؟"

سکندر چپکے سے آکر بنچ پر بیٹھ گیا۔ دونوں پھر خاموش ہو گئے۔ فرہاد نے بہت دیر کے بعد کہا "میں نے کچھ پیسہ رکھ چھوڑا ہے وہی کیوں نہ دے دوں اس نیک کام کے لیے" تھوڑی دیر رُکا اور پھر آہستہ سے سانس لے کر بولا "اب وہ نہیں آئے گی۔ اس کا انتظار بے کار ہے۔"

اس رات فرہاد نے اپنا دل کھول کر رکھ دیا۔ جب فرہاد خاموش ہوا تو سکندر اسے ایک ایسے بچے کی طرح گھور رہا تھا جو جادوگر کے دل ہلا دینے والے کرتب دیکھ کر حیران رہ گیا ہو تھوڑی دیر کے بعد اس کے ہونٹ ایک دوسرے سے مل سکے۔

"فرہاد بھائی عشق بری بلا ہے۔ اسی لیے تو میں سالے عشق کو لات مار کر چلا آیا۔"

فرہاد بڑے زور سے ہنسا " اچھا ہ ؟

صبح ہی صبح گلی میں دو حادثوں نے ایک سنسنی سی دوڑا دی ۔ ابھی صبح کا جھٹپٹا باقی تھا۔ نل پر بالٹیوں کی جھنکار گونجنے والی تھی ۔ فرہاد سے رات بھر جاگنے کے بعد اٹھا نہیں جا رہا تھا لیکن جب اسے معلوم ہوا کہ پیش امام کے برآمدے میں دمڑی کی لاش پڑی ہوئی ہے تو وہ اچھل کر کھڑا ہوگیا لیکن اس کے دکان سے باہر نکلنے سے پہلے ہی پولس والوں کا ایک دستہ اس کی دکان پر ٹوٹ پڑا۔ سکندر کی آنکھیں بار بار جھپک رہی تھیں اور وہ معاملے کو سمجھنے کی کوشش ہی کر رہا تھا کہ پولس والوں نے فرہاد کو گرفتار کرلیا ۔ اس کی دکان میں افیم کی ایک پوٹلی ملی تھی اور یہ کافی تھا۔ ان کا چھاپا کتنا کامیاب رہا ۔

فرہاد نے جاتے جاتے چیخ کر کہا "پولس والے بھی حرام خور ہیں ۔ دنداں سازان کا باپ ہے ۔ وہ افیم بیچتا ہے ۔ لوگوں کا گلا کاٹتا ہے ۔ اس کو گرفتار نہیں کرتے ۔ اور مجھے بے قصور ـــــ ایک گھونسے میں اس کا منھ پھر گیا اور اس کی آنکھوں سے آنسو نکل آئے ،، میں لوٹ کر بدلہ لوں گا ۔ میرا نام فرہاد ہے " دوسرے گھونسے کے بعد اس کے منھ سے خون نکلنے لگا ۔

سکندر نے فرہاد کے نکالے ہوئے روپے دمڑی کے کفن دفن کے لیے دیدیئے ۔ جب فرہاد کی ماں اس کو خاموش گھورنے لگی تو وہ اس سے لپٹ گیا " گھبراؤ نہیں ماں ۔ آج سے تم کباب مت بیچنا ۔ سب ٹھیک ہو جائے گا "۔

دمڑی کے کفن دفن کے بعد سکندر نے فرہاد کی دکان میں چولھا جلایا اور گاہکوں کو چائے بڑھاتے ہوئے بولا ۔

" آج سے میں بھی فرہاد بھائی کے اکھاڑے میں کشتی لڑنے کے لیے جاؤں گا "۔

سب کی نگاہیں اس کی پسلی کی ہڈیوں کی طرف اٹھ گئیں جو پتنگ کی کانپ کی طرح کپکپا رہی تھیں ۔

سکندر کے ہونٹ کانپ کر رہ گئے ۔ " قسم خدا کی "!

دُکھ اِسی کا ہے

سورج ڈھلے درختوں میں آگ سی لگ جاتی ہے۔ اور روشنی پھولوں کے ساتھ خزاں کے پتوں کی طرح ٹپکتی ہے۔ جھیل کے جلتے سنہرے پانی ہوا کی اَندیکھی کشتیاں تیرتی ہیں۔ لہروں سے ایک گنگناہٹ سی پھوٹتی ہے۔ اور وہ چپ چاپ بیٹھا، درختوں کے سائے سے اُٹھتا ہے اور آخری بار نظر آسمان کے کنارے پر ڈالتا ہے جہاں اندھیرا دھوئیں کی طرح اُٹھ رہا ہے۔

اب سب کچھ اس دھوئیں میں چھپ جائے گا۔ کشتیوں کی لالٹینیں جھلاکتی دُور سے راہ دکھائیں گی۔ رات کو ٹھنڈ بڑھے گی اور میں اپنے آپ کو اس کمبل میں چھپالوں گا۔ اگلی صبح کے انتظار میں۔ جب شاید کوئی کاریگر جنگلوں سے نکل کر اِدھر آئے گا اور وہ میری ٹوٹی ہوئی کشتی کی مرمت اس طرح کرے گا کہ

پھر اس کے اندر پانی نہیں بھرے گا۔ اور تب میری کشتی بیچ جھیل میں نہیں ڈوبے گی۔ لیکن ہر شام جب ٹھنڈ اپنے جنگل ہرے پھیپھڑوں میں گاڑ دیتی ہے تو میں اسی طرح کمبل میں چھپ جاتا ہوں اور جب دھوپ جنگل کو اندھیرے سے کاڑھتی ہے تو میری سانسیں جم جاتی ہیں۔ جھیل دور دور تک چمکتی نظر آتی ہے۔ رنڈی کی بے کنار ہتھیلی کی طرح۔

سب اپنے اپنے مسافروں کو کشتی میں بٹھا کر سیر پر نکل جاتے ہیں۔ ایک میں بیٹھا رہتا ہوں۔ کوئی سیاح میری طرف دیکھتا بھی ہے تو میں منھ دوسری طرف پھیر لیتا ہوں۔ کبھی کبھی جھیل کے کنارے مجھے اپنی ٹوپی پھول کی طرح پانی میں ٹھکتی دکھائی دیتی ہے اور میں ڈر جاتا ہوں۔ اس سے بھی زیادہ ڈر مجھے اس وقت لگتا ہے جب وہ چنار کے پیڑ کی طرح میرے سر پر کھڑی ہو جاتی ہے اور میں اس سے نظر برابر نہیں کر سکتا۔ صرف انگوٹھے سے زمین کریدتا رہتا ہوں اور اس کی چھتنار جلتی پرچھائیوں کو پانی میں گھلتے، ڈوبتے اور ابھرتے دیکھتا رہتا ہوں۔

ارے تو مجھ سے نظر کیوں چرا رہا ہے۔ دیکھتا کیوں نہیں میری آنکھوں میں۔ پہچانتا ہے تو مجھے؟ کبھی دیکھا تھا تو نے مجھے! یا سب خواب تھا؟ بکرا!

میں آستین اوپر چڑھاتے ہوئے کنکھیوں سے اس کو دیکھتا ہوں۔ بس ایک جھلک۔ جس طرح ہوا گزر جائے دھوپ میں جلتے پھول کو چھو کر۔

چہرہ اُس کا تمتایا ہوا ہے۔ جلتے تانبے میں ڈھلا ہوا چہرہ۔ آنکھوں میں ڈوبتے سورج کی لویں۔ ہونٹوں پر جھلستی ہوئی پنکھڑیوں کی مرجھاہٹ۔ بالوں میں ہوا کا بکھراؤ۔ وہی بالکل وہی۔ بدن گیا کمان چڑھا تیر۔ وہی بالکل وہی۔

آخر تیری کشتی ٹوٹی کیسے؟ اُدھر کیا دیکھ رہا ہے۔ کیا رکھا ہے ڈوبتے سورج میں؟ ادھر دیکھ، اِدھر۔ بکرا!

ہاں بالکل وہی۔

نہ جانے اس دن کیا ہو گیا تھا۔ کشتی نہر کے پانی میں تھی۔ ہوا بہت تیز تھی۔ سب کشتیاں مجھے اکیلا چھوڑ کر جانے کب کی کناروں پر پہنچ گئی تھیں۔ اِکّا دُکّا لالٹینیں دور جھلملا رہی تھیں۔ جانے پانی میں یا جانے جنگلوں میں۔ اور مجھے لگا کہ جھیل کے پانی میں اُبال آ گیا ہے۔ کوئی دیو پانی کو متھ رہا ہے۔ ایسا

پہلے کبھی نہیں ہوا تھا۔ اندھیرے میں کشتی اس اطراف کو کھنچنے لگی جدھر سے بھنور کے ناچنے کی آواز آرہی تھی۔ جھیل کے آئینے، جیسے ٹھہرے پانی میں بھنور! میری سمجھ میں کچھ نہیں آرہا تھا۔ اور میں اپنے آپ سے پوچھنے لگا یہ ہوا تم کو نوچ کیوں رہی ہے۔ یہ ہوا میری کشتی کو کہاں لئے جارہی ہے۔ اندھیرے میں مجھے یہ بھی نہیں دکھائی دے رہا ہے کہ میں کدھر جارہا ہوں۔ بھنور کی آواز تیز ہوتی جارہی ہے۔ اور مجھے اندھیرے میں، اندھیرے سے بھی زیادہ سیاہ منھ کھلتا ہوا نظر آرہا ہے۔ اس منھ میں آگ کی زبانیں چکرارہی ہیں۔ ایسا تو پہلے کبھی نہیں ہوا۔

اندھیرا اور بڑھ گیا تھا اور کالی ہواؤں نے پانی کی جھلملاہٹ کو بجھا دیا، اور میں نے کنکھیوں سے پھر اسس کو دیکھا۔ اندھیرا چاروں طرف سے اس کو گھیر کر کھڑا ہو گیا تھا۔ مگر اس کے بدن سے روشنی پھوٹ رہی تھی۔ اس کا چہرہ اب بھی تانبے کی طرح دہک رہا تھا۔ وہ ایک ہی بات پوچھے جارہی تھی۔ بتا، تو بھاگا کیوں تھا؟

میں بھاگا کب تھا۔ میں تو بات بھنور کی کر رہا تھا۔ میں بھاگا کب تھا۔ جانے کب میں کشتی اس جھیل میں چلا رہا تھا۔ میں کیا جانتا تھا کہ جھیل میں بھی بھنور ہوتا ہے اور اس کے چاروں طرف ہوائیں چیختی ہیں۔ اور میری کشتی بھی تب اسی اُدھر چلنے لگی ہوا جدھر کی تھی۔ میرے ہاتھ خالی تھے۔ ہوا بہت تیز تھی نا۔ نوچ لے گئی پتوار۔ پھر ایسا ہوا کہ پانی کے نیچے پہاڑ کی چوٹی سے کشتی ٹکرا گئی۔ کشتی میں پانی بھر گیا۔ اور آہستہ آہستہ کشتی ڈوب گئی۔

کشتی ڈوب گئی تو تو کیسے آگیا یہاں پر۔ میں تو جانے کب سے تجھے اسی درخت کے نیچے دیکھ رہی ہوں۔ اسی طرح ہر شام، جب سورج ڈوبتا ہے اور جھیل کے پانی پر رات اُترتی ہے، تجھے اسی طرح جھرجھری آتی ہے اور تیرے ناخن اور ہونٹ پیلے پڑ جاتے ہیں اور تو یہی ایک کہانی سُناتا ہے۔ آخر میں کب تک تیری کہانی سنتی رہوں۔

میں بھی تو تجھے اسی طرح ہر شام دیکھتا ہوں۔ جب سے کشتی بھنور میں ڈوبی ہے، میں رات بھر چاند میں بیٹھ کر دُور دُور کا سفر کرتا ہوں۔ بادل بھی پاس سے گزرتے ہیں اور مجھے چھوتے ہیں تو لگتا ہے اداس میں بھیگے ہوئے ہیں۔ کبھی کبھی ایسا ہوتا ہے کہ میرا چاند بھی بادل کے کسی اڑتے ہوئے ٹکڑے پر چپکے سے اُتر جاتا ہے۔ اور میں سو جاتا ہوں۔

ارے چھوڑ۔ تو کبھی سوتا بھی ہے۔ میں نے بہت سُنے ہیں ایسے قصے۔

اچھا تم نے بھی سُنے ہیں؟ تو پھر بتاؤ آگے۔

آگے؟ آگے کچھ نہیں۔

میں سمجھ گیا۔ پر ابھی میں اور آگے کی کہانی نہیں سنا سکتا۔ کمبل رات کی طرح نہیں ہے۔ اس میں بہت سے سوراخ ہیں۔ اور ٹھنڈ کے بھیگے ہوئے پتے میرے دل کے اندر گر رہے ہیں اور ایک ڈھیر سا لگتا جا رہا ہے۔ پتے بھیگے ہوئے ہیں۔ اس لئے کوئی چنگاری بھی ہو تو پتوں میں شعلہ نہیں بھڑکے گا۔ چنگاری بجھ جائے گی۔

بکواس، دیکھ تو سہی مجھے۔ میں کیا ہوں۔

نہیں میں تجھ کو دیکھ نہیں سکتا۔ بہت اندھیرا ہے۔ اور جنگل جھیل پار کر کے اِدھر آ گئے ہیں۔ درختوں میں ہوائیں چھپی ہوئی ہیں۔ اور کب وہ مجھ پر جھپٹ پڑیں۔ کون کہہ سکتا ہے۔

پر میں جو ہوں۔

میں پھر کنکھیوں سے دیکھتا ہوں۔ میری آنکھیں ٹھہرتی نہیں دہکتے تانبے کے چہرے پر۔ اور میں کہتا ہوں یہ چاند ہے۔ جو بھی ہو، مجھے اس کی ٹھنڈک سے ڈر لگتا ہے۔ اور میں اُڑتے بادلوں سے دُور، چاند سے الگ، اسی درخت کے نیچے، رات کاٹ دینا چاہتا ہوں، کشتی کنارے لگے یا نہ لگے۔ ہوائیں مجھے آواز دیں یا نہ دیں۔ میں اسی طرح چُپ چاپ، کمبل میں چھپا چھپا، ہوا کے بھیگے زرد پتوں کو اپنے دل میں چھپائے، اس رات کی صبح کر دینا چاہتا ہوں۔ پر کیا ایسی رات کی صبح بھی ہوتی ہے؟

تو سٹھیا گیا ہے — میں؟ ہاں تو!

مجھے لگتا ہے پو پھٹنے والی ہے۔ وہ کیسے؟ بس مجھے لگتا ہے۔ بکتا ہے۔ دیکھ دُور دُور تک رات کا خیمہ تنا ہوا ہے۔ پھر ہوا اتنی خُنک کیوں ہے۔ ٹھنڈی سوئیاں سی چبھ رہی ہیں سانسوں میں۔ لیکن اس خنکی میں بڑی تازگی ہے۔ اندر بھیگے زرد پتوں کے نیچے کونپل سی پھوٹ رہی ہے۔ اور کونپل کی ایک ایک رگ سے چنگاریاں ٹپک رہی ہیں۔ کتنی عجیب بات ہے کہ بھیگے پتے بھی جلنے لگے ہیں۔

ہاں کبھی کبھی ایسا بھی ہوتا ہے۔

میرا اب کیا ہو سکتا ہے ۔ باتوں میں کب تک جیئے آدمی ۔ پھر بھی تمہارے بنا جیا نہیں جاتا اب، تم جیو گے کیا ۔ مکڑے کی طرح رینگتے ہوئے آدمی بھلا کیا جیتے ہیں ۔ میں آدمیوں کی نہیں اپنی بات کر رہا ہوں ۔

اچھا سُنو ۔ اب بھی ہم یہ رات مل کر کاٹ سکتے ہیں ۔ کشتی کی مرمت کرنے والا جنگل سے آسکتا ہے ۔ اور تم پھر کشتی لے کر جھیل میں نکل سکتے ہو ۔ مسافروں کو ان کے ٹھکانوں پر پہنچا سکتے ہو ۔ اور میں چھپر کے نیچے تمہارا انتظار کر سکتی ہوں ۔ دھندلی آنکھوں سے ۔ گھاس کے سینے پر، پگڈنڈیوں کے ساتھ ساتھ دُور دُور تک، لالٹین لے کر سوئیوں کی طرح کھوئے ہوئے سپنوں کو ڈھونڈ سکتی ہوں ۔

چھوڑو بھی ۔ ساری زندگی میں نے ایسی ہی باتیں سُنی ہیں ۔ دانت بجتے رہے ہیں اور میں کمبل میں دبکا ہوا ایسی ہی باتیں سنتا رہتا ہوں ۔ اور ٹھنڈی ہوائیں سوئیوں کی طرح کمبل کے سوراخوں میں گھستی رہی ہیں ۔ اور آخر میں ہوا کیا ہے ۔ جب سورج نکلا ہے ۔ اندھیرا اور بڑھ گیا ہے اور کشتی اور دُور ہو گئی ہے ۔ ہوتا ہے، کبھی کبھی ایسا بھی ہوتا ہے ۔ سُورج نکلتا ہے تو اندھیرا بڑھ جاتا ہے ۔

سورج نکلتا ہے تو اندھیرا بڑھ جاتا ہے ۔ ہونہہ !

پر یہ بھی تو ہو سکتا تھا میں کوئی اور زندگی جیتا ۔ یہ سب کچھ نہ ہوتا ۔ نہ جھیل، نہ جنگل، نہ کشتی، نہ چاند، نہ ہوائیں، نہ گیت، نہ بھنور ۔ کوئی اور زندگی بھی تو ہو سکتی تھی ۔ پر میری ماں نے تو سب پہلے دن سے ہی طے کر لیا تھا ۔ اور اب بھی وہ چولھا جلا رہی ہے ۔ یہیں کہیں جنگل میں ۔ اس کا چہرہ تمتا رہا ہے ۔ آنکھوں میں دھواں بھرا ہوا ہے ۔ منہ کے کنارے کنارے جھرّیوں میں آنسو تیر رہے ہیں ۔ اور وہ گندھے ہوئے آٹے کی گیندیں بنا رہی ہے ۔ دیکھتے دیکھتے گیندیں چاند کی طرح چپٹی ہو جاتی ہیں ۔ پھر اس کے ہاتھوں کی تھاپ سے، دیکھتے دیکھتے چاند پھیل کر نرم نرم روٹیاں بن جاتے ہیں اور وہ پھر چولھے کے مُنھ میں مُنھ ڈال کر پھونکتی ہے ۔ دھونکنی کی طرح ۔ اور آگ کی زبانیں ہوا کو چاٹنے لگتی ہیں ۔ اور پھر اس کی آواز بھونرے کی گیت کی طرح میرے کانوں میں ٹپکنے لگتی ۔ دیکھ اب تو بڑا ہو رہا ہے ۔ اپنے باپ کی تجھے بھی کشتی کھینا ہے ۔ بھٹکے ہوئے راہی آئیں گے ۔ اور تو ان کو کشتی میں بٹھا کر جنگل میں لے جائے گا ۔ جنگلوں میں کیا ہے ماں ؟ میں کیا جانوں بیٹے پر تیرا باپ جانے کیسے کیسے جادو دیس کے قصے سناتا تھا ۔ جنگل میں جانے والے مسافر کھو جاتے ہیں ۔ پر اس پار جگمگاتے شہروں کی دھرتی ہے جہاں

کبھی روشنی بجھتی ہی نہیں ۔ نہ گیت ، بجھتے ہیں ۔ نہ چاند ڈوبتا ہے ۔ نہ ہوا ٹھہرتی ہے ۔ نہ ٹھہرتی ہے ۔ نہ چلتی ہے ۔ پر لگتا ہے ہر وقت اس کے پر سنسنا رہے ہیں ۔ پھر میری ماں ہنسنے لگتی ہے ۔ تب اس کی جھریاں مٹ جاتی ہیں ۔ تب اس کا چہرہ بھی تمہارے چہرے کی طرح تانبے کا ہو جاتا ہے اور دہکتا ہے اور جو میں اس کی باتوں میں نہ آتا تو آج میں اس طرح چنار کے سائے میں بیٹھا ، کمبل میں لپٹا ، سورج کی راہ نہ دیکھتا ۔

تو پھر اب بھی کیا ہوا ہے ۔ چاہو اپنی زندگی جیو ۔ نہ سورج کا انتظار کرو ۔ نہ کشتی کا ، نہ اور کسی کا ۔

نہیں اب یہ سب کچھ نہیں ہو سکتا ۔ میں سانچے میں ڈھل چکا ہوں ۔ اسی کا تو دکھ ہے کہ میں سانچے میں ڈھل چکا ہوں ۔ جیسے پگھلا تانبا تمہارے چہرے میں ڈھل چکا ہے ۔

سناٹا چھا جاتا ہے اور میں کنکھیوں سے اس کے چہرے کو دیکھتا ہوں ۔ اُس کا چہرہ پگھل رہا ہے اور چنگاریوں کی طرح ٹپک رہا ہے ۔ شاید ، دُور ، جھیل کے اُوپر سورج نکل رہا ہے ۔ ہواؤں کی چبھن بھی کم ہو گئی ہے اور جھیل کا پانی پھر آئینے کی طرح چمکنے لگا ہے ۔ پر کشتی میری اب بھی آنکھوں سے اوجھل ہے ۔ اب میں اپنا دُکھ کس کس سے بانٹوں ۔ سب بے کار ہے ۔ سب بے کار ہے ۔

بس ویسے ہی

میں نے ایک بار تم سے کہا تھا وقت کی جھرّیاں تمہارے چہرے پر دکھائی دینے لگی ہیں۔ اور تمہاری آنکھوں میں خون اُتر آیا تھا۔ تمہارے بالوں کی گھٹا اور جھک آئی تھی تمہاری بھوؤں پر۔ دیکھتے دیکھتے تمہارے بالائی ہونٹوں کے اُوپر پسینے کی بوندیں ابھر آئی تھیں۔ میں نے ہمیشہ تم سے اسی قسم کی اُدگھڑ اور بے ڈھنگی باتیں کی تھیں۔ لیکن اس وقت میری یہ بات تم کو ذرا زیادہ کھل گئی تھی۔ میں آج بھی صاف دیکھ رہا ہوں۔ تم نے کانپتی ہوئی انگلیوں سے پرس کھولا، رومال نکالا جس پر تمہارے خون کی طرح جلتے ہوئے، ناخن جڑے ہوئے نظر آرہے تھے۔ تم نے بڑی نرمی سے رومال میں ہونٹوں کے اُوپر چمکتے ہوئے موتیوں کو سمیٹ لیا۔ اور مسکرائیں جس طرح صرف تم مسکراتی

تھیں۔ اور میں نے یہ بھی تم سے کہہ دیا۔ تمہاری آنکھیں بھیگ گئیں اور تم سمندر کی طرف دیکھنے لگیں جس کا افق ڈوبتے سورج کی آگ کی لپیٹ میں آ گیا تھا۔

اور اب تو کچھ کہنے سننے کی ضرورت ہی نہیں۔

آدمی کیسے کیسے سپنے دیکھتا رہتا ہے۔ رات کی تنہائیوں میں کیسے کیسے اُجالے کی تلاش کرتا ہے۔

اور اب اس وقت وہی ڈھلتا ہوا سُورج ہے۔ کشتی آگ کے جال کی طرف بہتی چلی جا رہی ہے۔ اور اب ــــــ تمہاری آنکھوں میں نہ وہ روشنی ہے، نہ رنج، نہ پچھتاوا، نہ اُداسی ــ لگتا ہے تمہارے اندر سارے موسم بدل چکے ہیں۔ ایک جُھٹپٹا سا چھایا ہوا ہے۔ اور تم مجھے اپنی تھکن کے غبار کے پیچھے سے گھور رہی ہو۔ اب بھی تمہارے پاس خوبصورت سا چمکتا ہوا پرس ہے۔ اور تمہارے ناخن پر خون کی رنگت جگمگا رہی ہے۔ اب بھی تم اپنے پرس سے رومال نکالتی ہو لیکن تمہارے ہونٹوں کے اُوپر پسینے کی بُوندیں نہیں ہیں۔

مجھے تم پر رحم آتا ہے دوست۔ اور اپنے آپ پر بھی۔ کیسی کیسی ہوائیں اٹھیں اور سب کچھ اپنے ساتھ سمیٹ لے گئیں۔ اور ایسا بھی نہیں ہے کہ میرے دل میں کوئی رنج، کوئی پچھتاوا نہیں۔ رہی اداسی کی بات تو اب اُداس ہونے کو کیا رکھا ہے۔ اور اب جب میں رات کو اکیلی اپنے فلیٹ میں اپنے لئے کافی بناتی ہوں اور یوں دیکھتی ہوں کافی کی پیالی کی طرف جیسے یہ کسی اور نے بنائی ہو، میرے لئے ــــــ یا جیسے میں نے بنائی ہو کسی اور کے لئے۔ پھر میں آہستہ آہستہ پیالی اٹھاتی ہوں اور ہونٹوں سے لگاتی ہوں۔ تب دو ٹوک کوئی مجھ سے کہتا ہے: ''تم نے کیا کیا؟ اپنے آپ کو اتنا اکیلا کر لیا؟'' اور تب تم مجھے یاد آتے ہو اور تب میں پہلی فرصت میں تم کو ٹیلیفون کرتی ہوں۔ اور ہم سمندر کے ساحل پر ہمیشہ کی طرح ملتے ہیں۔ اور چُپ چاپ دُور سمندر میں سورج کو ڈوبتے ہوئے دیکھتے ہیں۔ اور تب میں اپنی آواز سنتی ہوں۔ میں نے اس آدمی سے انصاف نہیں کیا۔ آدمی اور انصاف ــــ ــ دونوں کتنے بے معنی لفظ ہیں!

ٹھیک کہتی ہو۔ سب کچھ بے معنی ہے۔

میں نے یہ نہیں کہا۔ کیا نہیں کہا؟ یہی کہ سب کچھ بے معنی ہے۔ سب کچھ تو بے معنی

نہیں - ان جھرّیوں نے بھی معنی ہیں جو اب میرے چہرے پر، اور آنکھوں کے نیچے پُراسرار جالیاں سی بنتی دکھائی دیتی ہیں -

اگر میں اپنے آپ کو ان جھرّیوں میں قید کرلوں تو البتہ یہ ساری زندگی بے معنی ہو جائے گی -

یہ تو تم ٹھیک کہتی ہو - ایسا ہے کہ کبھی کبھی مجھے ایسا لگتا تھا کہ تم مجھ سے اُکتا گئی ہو - ہاں، یہ سچ ہے کہ میں تمہاری زندگی میں اس طرح نہیں آیا جس طرح لوگ لوگوں کی زندگی میں در آتے ہیں - اور یہ میری بہت بڑی کمزوری تھی - ہم پڑوسی بھی رہے - اچھے پڑوسی - خاندانی رشتوں میں بندھے ہوئے - ہم یونیورسیٹی میں ایک ساتھ رہے - تم بیڈمنٹن کھیلتی رہیں - اور میں کتابوں کے ورق پلٹتا رہا -

دیکھو سورج ڈوبنے سے پہلے کتنا لرز رہا ہے -

نہیں نہیں یہ سورج نہیں - یہ پانی کی موجیں ہیں، بہت دُور آسمان کے کنارے، جس میں کشتی ٹھہر گئی ہے - اور اسے کسی ساحل کی تلاش نہیں - زندگی اصل میں وہی ہے، جس کو ساحل کی کوئی تلاش نہیں -

یہ سب بڑی رومانی باتیں ہیں - کبھی ماضی کی پناہ میں، کبھی مستقبل کے سراب میں -

ایک دن میں نے تم سے کہا تھا جب تمہاری آنکھیں ڈبڈبائی ہوئی تھیں اور سرخ ڈورے نم تھے - کیا کہا تھا - مجھے تو کچھ یاد نہیں - کوئی فرق نہیں پڑتا - یاد ہو کہ نہ یاد ہو - ذرا گنگناؤ - کبھی ہم بھی تم بھی تھے آشنا ... اس میں ہنسنے کی کیا بات ہے گل رُخ؟ گل رُخ —— یہ نام تم نے مجھے پہلے کیوں نہیں دیا - تب صورتوں کا دور تھا - ناموں کی کسے پڑی تھی -

ہاں یہ بھی سچ ہے - لیکن تم میرا سایہ کیوں بن گئے؟!

میں کسی کا سایہ نہیں بنا - میں نے جب بھی اپنے آپ کو دیکھا مجھے لگا کہ میں سراپا سایہ ہوں اور تم بھی مجھے سایہ ہی لگیں - کس کا سایہ؟ میں کبھی کسی کا سایہ نہیں رہی - نہیں، کبھی نہیں - تم نے میری بات پوری سنی نہیں - میں یہ نہیں کہہ رہا ہوں کہ تم کسی کا سایہ ہو - میں صرف اتنا کہہ رہا ہوں کہ تم ہو یا میں ہوں - ہم سب سایہ ہیں - اپنا سایہ - یہ بات میری سمجھ میں نہیں آئی - دیکھو اب سورج بالکل ڈوب گیا - کشتی بھی غائب ہوگئی - سمندر کی موجوں اور آسمان کے کنارے میں

کوئی دُوری نہیں رہی ۔

شام اور گہری ہوگئی ، جب رات بھیگے تو ہم یہاں سے اٹھیں گے اور کہیں چلے جائیں گے ، تم کہاں جاؤ گے میں نہیں جانتی مگر میں کہاں جاؤں گی یہ میں جانتی ہوں ۔ اسی بڑی ، چوڑی سڑک کے پیچھے ، جہاں مالک کا کتا رہتا ہے ۔ اور اس کے پیچھے ایک گراج ہے جو مجھے مالک نے پچھلے وقتوں کی یاد تازہ رکھنے کے لیے دے دیا ہے ۔ بہت بوڑھا ہو گیا ہے ۔ سر گنجا ہے اور سارے دانت ٹوٹ گئے ہیں ۔ اور اس کے گھٹنے کی ہڈی ٹھیک سے جڑی نہیں ہے ۔ سو وہ چھڑی سہارے چلتا ہے ۔ اس کے بیٹوں نے کاروبار سنبھال لیا ہے ، دھندا چمک اٹھا ہے ۔ اور اس کی بہویں شاپنگ میں مگن رہتی ہیں ۔ کئی کاریں ہیں ۔ ایک کار مالک کی بھی ہے وہ کنارے کھڑی رہتی ہے ۔ لان سے ذرا دُور ۔ شام کو ساری کاریں نکل جاتی ہیں ۔ بچے الکٹرونک کے گیم کھیلتے رہتے ہیں ۔ اُن کے ساتھ کتا بھی کھیلتا رہتا ہے ۔ بڑا الحیم شحیم کتا ہے ۔ گز بھر لمبی تو اس کی زبان ہے ۔ نہ جانے کیوں مجھے دیکھتے ہی دُم ہلانے لگتا ہے ۔ اور بھونکنا بھول جاتا ہے ۔ آخر ایک زمانے تک ساتھ رہا ہے اس کا ۔ جب مالک نے اپنے بیٹوں کے سامنے یہ پرپوزل رکھا کہ مجھے گراج کے اوپر کا فلیٹ دے دیا جائے تو سب نے بڑی انڈراسٹینڈنگ دکھائی ۔ اور میں محفوظ ہوگئی ۔ ورنہ نہ جانے میرا کیا انجام ہوتا ۔

لیکن تم نے تو کبھی مجھے یہ سب بتایا نہیں ۔

اگر بتا بھی دیتی تو تم کیا کر لیتے ۔ بغلیں جھانکتے رہتے اور بس ۔ تم نے زندگی بھر بغلیں جھانکنے کے سوا کیا کیا ہے ۔ یہ بھی سچ ہے ۔

آؤ اٹھو ، تھوڑی دیر بھیگی ہوئی ریت پر ننگے پاؤں ٹہلیں گے ۔ نرم نرم ریت ، ہاتھوں میں چپلیں ، دُور تک جھلملاتی ہوئی روشنیاں ۔ اب سب کچھ چھپ گیا ہے ۔ چہرے بھی ، جھرّیاں بھی ۔ ناریل پیوگی ؟ ہاں کیوں نہیں ۔ چہرے آدھا روشن ، آدھا اندھیرے میں ۔ کتنا اچھا لگ رہا ہے سب کچھ ۔ ایک ایک چسکی کتنی میٹھی ہے زندگی کی ۔ کیوں کیا میں غلط کہہ رہا ہوں ؟

اچھا بس پر بیٹھنے سے پہلے یہ بتاؤ تمہارا مالک اتنا مہربان کیوں ہے تم پر؟ تم اب بھی جلتے ہو؟ نہیں میں تو کبھی کسی سے نہیں جلا۔ مجھے ہمیشہ اس کا اندازہ تھا کہ میرا اور اس کا کیا مقابلہ۔ اس لئے زندگی کے کنارے کنارے چلتا رہا۔ اور جیتا رہا۔ اور تم سے کبھی کچھ مانگا بھی نہیں تمہیں آواز بھی نہیں دی۔ اگر کبھی راہ چلتے مل گئے تو دو بات کر لی۔ بس۔ دو بات۔ اور جو پوری پوری شام سمندر کے کنارے ریت میں کھوئی ہوئی سانسوں کی گرمی اپنے اندر جذب کرنے میں گزار دی —— اس کا کوئی حساب نہیں ہے! اس کا حساب کیا ہو سکتا ہے —— گُل رُخ؟

ایک بات بتاؤ۔ تمہارا مالک دانتوں کے بغیر، پوپلے منہ سے سگار پیتے ہوئے تم کو کار میں بٹھا کر کسی بڑے ہوٹل کی طرف اُڑ جاتا ہے تو اب وہ تم کو کیسا لگتا ہے۔ بہت خوب —— وہ پوپلا کیوں ہونے لگا۔ خیر سے اس کے بتیسوں دانت ہیں۔ البتہ وہ نہ باہر نکلتا ہے اور نہ مجھے آواز دیتا ہے۔ لان پر اپنے کتے سے کھیلتا رہتا ہے۔ بڑا وفادار ہے۔ میں اتنی وفادار نہیں۔

چلوں میں تمہارے ساتھ بس میں؟ چھوڑ آؤں تمہیں گھر تک؟ چلو۔ پہلے تو کبھی تم نے اس طرح نہیں پوچھا تھا۔ پہلے کی بات اور تھی۔ اب کی بات اور ہے۔ دیکھو وہ بس تیار کھڑی ہے۔ اگر بھاگ کر چلیں تو اسے پکڑ سکتے ہیں۔ اب ایسی جلدی کیا ہے۔ گراج تک ہی تو جانا ہے۔ اور اب تم جو میرے ساتھ ہو۔

بلکہ میں تو کہتا ہوں آؤ واپس چلیں، بھیگی ہوئی ریت پر ایک چکر اور لگائیں۔ ایسی بھیگی ہوئی ہوائیں کب روز روز سنکتی ہیں!

ڈھلان

ابھی دوپہر کی دھوپ کالی کلوٹی مین روڈ پر، بڑی بڑی، عنابی اور اجلی پیلی عمارتوں پر چمک رہی تھی۔

طفیل ٹریفک کانسٹیبل کے سامنے سڑک کے کنارے کھڑا ہوگیا۔ اس کا لباس، اس کے ویران بال، اس کے ہاتھ کا تھیلا، اس کے خشک ہونٹ جن کی پپڑیاں وہ برابر اپنے تیز دانتوں سے کھرچ رہا تھا ـــــــ ہاں ان سب چیزوں سے، ان سب سیلانی حرکتوں سے، بڑی وحشت ٹپک رہی تھی۔ وہ ایک ایسی مچھلی دکھائی دیتا تھا جو سمندر میں اکیلی ہو اور جس کے چاروں طرف مگرمچھ منہ پھاڑے ہوئے تیر رہے ہوں۔

اس نے اپنے خشک لبوں پر زبان پھیرتے ہوئے ٹریفک کانسٹیبل سے پوچھا "کیوں

بھئی اس سڑک کا کیا نام ہے؟" اس شہر میں وارد ہونے کے بعد طفیل کا یہ پہلا مکالمہ تھا۔ تگڑے کانسٹیبل نے ایک نگاہ غلط انداز سے معشوق کی طرح اس کی طرف دیکھا، مسکرایا اور ایک ہارن بجاتی ہوئی کار کو ہاتھ دکھانے لگا۔ کار گذر گئی اور طفیل اپنے خشک ہونٹوں کی پپڑیاں کھرچتا رہا۔ کانسٹیبل کا اٹھا ہوا ہاتھ گر گیا۔ اس نے رحم بھری نظروں سے اس کی طرف دیکھا اور اپنی خاکی پگڑی کے سرخ پھندنے کو انگلیوں سے سہلاتے ہوئے کہا "یہ مین روڈ ہے"

"اچھا تو ایسا ہوتا ہے مین روڈ" طفیل نے حیرانی کا لہجہ اختیار کرتے ہوئے کہا جیسے اس نے اس سڑک کا نام بہت سن رکھا ہو۔

"اور نہیں تو کیا ——— مین روڈ کے کوئی سینگ ہوتے ہیں؟ لیکن اب اس کا نام بدل گیا ہے۔ اب اسے گوتم بدھ پتھ کہتے ہیں ——— چلو یہاں سے کھسک جاؤ ورنہ دیکھتے نہیں، یہ کاریں جھپٹ لے جائیں گی تمہیں ——— اور پھر ———" اور پھر وہ اپنے ہاتھ مشین کی طرح الٹے سیدھے نچانے لگا۔

"گوتم بدھ پتھ ——— چند صحرائی پتھ ——— ایڈیٹ ——— فول"

وہ دل ہی دل میں بخار نکالتا ہوا آگے بڑھ گیا۔ سامنے ایک بہت ہی رنگین قسم کا مارکیٹ تھا۔ وہاں ایک بھیڑ لگی ہوئی تھی۔ لیکن یہ بھیڑ مچھلی کی دوکان کی بھیڑ سے مختلف تھی۔ یہ بھیڑ صاف شفاف تھی۔، آسودہ اور نرم گام۔ باہر سائیکلوں کے اسٹینڈ کے پاس لیچی کی دکان پر کچھ صاحب نما اور کچھ چپراسی نما لوگ کھڑے تھے۔ طفیل کا جی بھی چاہا کہ اور کچھ نہیں تو اس اجنبی شہر میں لیچی ہی کھائی جائے۔ اس نے اپنی پتلون میں بایاں ہاتھ ڈال کر ایک چونی نکالی جو اکیلی اس کی رفیقۂ حیات تھی۔ اس نے بڑی حسرت بھری نظروں سے اس چونی کو دیکھا۔ جب وہ چونی دیکھ رہا تھا اور اپنے ہونٹ سے پپڑیاں کھرچ رہا تھا اسے محسوس ہوا کہ دھوپ کی جلن اچانک مٹنے لگی ہے۔ اس کی آنکھیں اوپر اٹھ گئیں۔ ایک طرف سے سیاہ بادل اٹھتے چلے آرہے تھے اور سورج کی کرنیں چاندی کی جھالروں کی طرح بادل کے کناروں پر لہرا رہی تھیں۔ پارے کی طرح تڑپ رہی تھیں لیکن بادل آگے ہی بڑھتے جا رہے تھے اور سر پر چھاتے ہی چلے جا رہے تھے۔ اس نے قمیض کے بٹن کھول دیئے۔ پسینے سے بھیگے ہوئے سینے پر ہوا نے ہاتھ پھیر کر اس کے پورے جسم میں ایک خوشگوار خنک اور تھکی ہوئی پھریری

سی دوڑا دی ۔

وہ سب کچھ بھول گیا اور اس نے جھٹ اپنی چونی لیچی والے کی ہتھیلی پر رکھ دی ۔

ایک موٹر سائیکل آکر ٹھیک اس کے قریب رُک گئی ۔ اس نے پتے سمیت لیچیاں اپنی دونوں کھلی ہوئی ہتھیلیوں میں لیں اور مڑکر موٹر سائیکل کی طرف دیکھنے لگا ۔ اس وقت اس کا تھیلا اس کی کہنی تک سرک کر پہنچ گیا تھا اور بہت ہی مایوس کن انداز میں بند ہوتی ہوئی گھڑی کے پنڈولم کی طرح ہل رہا تھا ۔

اس کی آنکھیں جم کر رہ گئیں ۔ اس کے سامنے ایاز خان کا چہرہ تھا ۔ لیکن اس کا جسم ایاز خان کا جسم نہیں تھا ۔ اس کا رنگ وہی تھا ۔ صندل کی طرح رِستہ رِستہ گھبراہٹ میں پسیجتا ہوا لیکن ایاز خان اتنا موٹا کیسے ہو سکتا تھا ۔ کالج تک تو وہ بالکل چھریرے بدن کا نوجوان تھا ۔ تیز چمکیلی چھری کی طرح ادھر سے ادھر تڑپتا ہوا اور ہمیشہ گھبرایا اور پسیجتا ہوا اور اپنے دمکتے ہوئے شرمسار ماتھے سے پسینے کو رومال میں جذب کرتا ہوا ۔ چہرہ تو وہی تھا لیکن جسم تو بہت بھاری ہو گیا تھا ۔ بھاری کیا خاصا موٹا ہو گیا تھا ۔ پیٹ اتنا نکل آیا تھا کہ پتلون ٹھہرتی نہیں تھی اپنی سرحد پر پشیمن کی سانس اُکھڑ چکی تھی اور بھاری بھر کم ایاز خان فیشن ایبل مارکٹ میں گھُس گیا تھا ۔

ہاتھ رکشائیں اپنی گھنٹیوں کے ترنم کے ساتھ بھاگ رہی تھیں ۔ کاریں گذر رہی تھیں ۔ بادل اور کالے ہو کر نیچے جھک آئے تھے رکشا کھینچنے والے اس لئے تیز دوڑ رہے تھے کہ ان کے پر برہنک کی پگھلتی ہوئی کولتاریں چپک کر نہ رہ جائیں لیکن طفیل نے سڑک کی اور دوسری چیزوں سے اپنی توجہ ہٹا کر موٹر سائیکل کا ایک چکر لگایا ، دوسرا اور تیسرا ۔ اس دوران میں وہ لیچیاں کھا چکا تھا اور اپنی وحشت میں دو تین گٹھلیاں بھی اپنے بھوکے پیٹ میں اُتار چکا تھا ۔ اب اس کے ہاتھ میں لیچی کی سبز پتیاں تھیں اور وہ انہیں ایک ایک کر کے نوچ رہا تھا اور اپنے نچلے ہونٹ کی پپڑیاں نوچے جا رہا تھا جس سے اب خون کے ننھے ننھے موتی ابھرنے لگے تھے ۔

وہ موٹر سائیکل کو دیکھ ہی رہا تھا کہ ایاز خان اس کے پاس آکر کھڑا ہو گیا اور اسے غور سے دیکھنے لگا ۔ طفیل سٹپٹا گیا اور وہ وہاں سے ہٹنے والا ہی تھا کہ ایاز خان نے اپنی پتلون پیٹ کے اوپر کھینچتے ہوئے اور پلاسٹک کے کمربند کو اُوپر سرکاتے ہوئے کہا ” میں نے ــــــ

میں نے ــــــ آپ کو کہیں دیکھا ہے ــــــ معاف کیجئے گا ــــــ میرا ایک دوست ــــــ"

"جی میں بھی ــــــ کیا آپ ایاز خان ــــــ"

ایاز خان موٹر سائیکل کا چکر لگا کر اس کے پاس پہنچ گیا ــــــ اوہ طفیل ــــــ مائی ڈیر طفیل ــــــ ایاز خان اس سے لپٹ گیا۔ لیکن طفیل کے ہاتھ نیچے ہی گرے رہے۔ اس نے تھیلے کو اور زور سے دبوچ لیا تھا۔

"ارے تم یہاں کہاں ــــــ کیا صورت بنا رکھی ہے" ایاز خان نے اسے چھوڑتے ہوئے پوچھا "تم تو بالکل شرنارتھی معلوم ہوتے ہو۔"

"ہوں ــــــ"

"کچھ بتاؤ تو سہی ــــــ یہ کیا حلیہ ہے؟"

طفیل نہیں جانتا تھا کہ وہ کیا سن رہا ہے اور کیا کہہ رہا ہے۔ اس کے ہاتھ میں لیچی کی پتیاں اب بھی تھیں اور وہ انہیں نوچے جا رہا تھا "کیا بتاؤں ایاز خان ــــــ عجیب حادثہ ہوا ہے میرے ساتھ۔"

کیوں کیا بات ہے۔ کہاں ہو۔ کیا کر رہے ہو؟"

"لکھنؤ میں بزنس کر رہا ہوں۔ بزنس ٹور پر ہی تھا۔ رات ٹرین سے میرا بکس، بستر اور دوسری چیزیں لے کر کوئی اُتر گیا۔ میری آنکھ کھلی تو میں اس اسٹیشن پر تھا۔ میں اتر گیا ــــــ اب مارا مارا پھر رہا ہوں۔ مجھے کیا معلوم تھا کہ تم یہاں ہو ــــــ" طفیل نے یہ کہانی سُنا دی۔ لیکن اس کو یقین تھا کہ ایاز خان کو اس کا یقین نہیں آیا ہوگا۔ اس لئے کہ وہ دیکھ رہا ہوگا کہ اس کی قمیض کتنی بوسیدہ ہے، اس کی بنیان کتنی میلی ہے اور پسینے میں اس کا جسم کس طرح چکٹ ہو رہا ہے۔ اس کی پتلون کتنی خستہ اور بے کریز ہے۔ اور جوتے کا پوچھنا ہی کیا ــــــ پھر تھیلا ــــــ پھریہ ــــــ وہ اسی طرح سوچ رہا تھا اور ایاز خان سے آنکھیں ملائے بغیر ادھر اُدھر دیکھ رہا تھا کہ ایاز خان نے اس کے کندھے پر اپنا ہاتھ رکھ دیا۔ "تو پھر کیا ہوا بھئی، اپنا

گھر ہے۔ چلئے چلو۔ ایں؟"

طفیل خان نے مسکراتے ہوئے اور اپنے ہونٹ پر جمے ہوئے خون کو اپنی زبان سے چاٹتے ہوئے اپنی آنکھیں اٹھائیں تو اس نے دیکھا کہ ایاز خاں کے ہونٹوں پر ایک ظالمانہ مسکراہٹ ہے اور آنکھوں میں رحم کا اندھیرا چمک رہا ہے۔

جب وہ ایاز خان کے ساتھ موٹر سائیکل پر بیٹھا ہوا ڈھلان پر اتر رہا تھا اور ادیباسی عورتیں سروں پر جنگلی لکڑیوں کے بوجھ اٹھائے پتنگوں کی طرح اڑتی چلی جارہی تھیں تو اس نے ایسا محسوس کیا جیسے تیزی سے، بہت تیزی سے، بجلی کی تیزی سے، خلا میں گرتا چلا جارہا ہے۔ اس کی آنکھیں بند تھیں اور خشک بال اس کی پیشانی اور گالوں پر چیونٹیوں کی طرح چپک رہے تھے۔ اور اس کا تھیلا اس کی گود میں ایک مُردہ بچّے کی طرح پڑا ہوا تھا ———— اور موٹر سائیکل چیختی ہوئی ڈھلان میں اُترتی چلی جارہی تھی ———— پھٹ پھٹ پھٹ ———— بادلوں نے ساری فضا میں خنکی اور اندھیرا بھر دیا تھا۔

اچانک دائیں طرف موٹر سائیکل جھکی اور ایک سفید پھاٹک میں دندناتی ہوئی اندر گھس گئی اور برساتی میں جاکر رُک گئی۔

ایاز خان پلٹ کر اسے دیکھنے لگا۔ اس کے دونوں گالوں میں گڈھے سے پیدا ہوگئے۔ تمباکو سے رنگے ہوئے دانت جھلکنے لگے اور نگینی رنگ کی ٹائی ہوا میں اڑنے لگی جس پر ایک امریکی عورت کی ننگی ٹانگ ہوا کے جھونکوں سے ہل رہی تھی۔

"یہی ہے ہمارا گھر۔ آؤ۔ آؤ۔ یار تم تو بالکل مُردہ رہے ہی نہیں۔ اتنی مُردنی کیوں ———— آؤ ———— آؤ"

آگے آگے ایاز خان اور اس کے پیچھے طفیل بنگلے میں داخل ہوئے۔ کمرہ نیم تاریک تھا۔ اور اس میں ایک سُبک سی خنکی روپوش تھی۔ ایاز خان نے اسے بیٹھنے کا اشارہ کیا اور پردہ اُٹھا کر اندر چلا گیا۔ طفیل کا سر چکرانے لگا۔ اس کا جی چاہا کہ وہ اٹھ کر یہاں سے بھاگ جائے۔ لیکن وہ تو صوفے میں دھنستا چلا جارہا تھا۔ اس کا تھیلا اب اس کے ہاتھ میں نہیں تھا۔ اسے یاد بھی نہیں تھا کہ وہ اسے اندر لایا بھی تھا یا نہیں۔ پردے آہستہ آہستہ سرگوشی سی کر رہے تھے۔ پردوں کا رنگ

گہرا نیلا تھا۔ پردوں پر پیلے رنگ کی دو پہاڑی عورتیں بنی ہوئی تھیں۔ ایک عورت پورے آہنگ سے ناچ رہی تھی۔ اس کے دونوں ہاتھ جڑے ہوئے تھے اور دوسری عورت جھکی ہوئی اور آہستہ آہستہ تھرکتی ہوئی ڈھولک پر تھاپ لگا رہی تھی۔ طفیل کو محسوس ہوا کہ اس کے کانوں میں دھیمے دھیمے سروں میں گانے اور ناچنے کی آواز آرہی ہے۔ وہ چونک پڑا۔ اندر سے ایک عورت کے بولنے کی آواز آرہی تھی۔ طفیل اپنے لباس کا جائزہ لے رہا تھا۔ اس کا لباس کتنا خراب ہے۔ اس گھر میں تو وہ اس وقت ریشم میں ٹاٹ کا بخیہ معلوم ہو رہا ہے۔ ایں۔ بس بھاگ چلنا چاہیئے۔ ایک قہقہے نے اسے پھر چونکا دیا۔ اندر کی طرف کا پردہ سرگوشی کے انداز میں ہل رہا تھا اور اس پر سنہرے ہیولے اسی طرح ناچ رہے تھے۔

اسے غنودگی سی محسوس ہو رہی تھی کہ ایاز خان کمرے میں پھر واپس گیا۔ وہ اب دوسرا سوٹ پہنے ہوئے تھا۔ سر سے پیر تک سفید۔ اس نے آتے ہی گولڈ فلیک کا ٹین اس کی طرف بڑھایا۔ طفیل نے میکانکی انداز سے سگریٹ لی اور پینے لگا۔ اس کا دم گھٹنے لگا۔

"طفیل کتنے دنوں کے بعد ملے ہیں ہم۔ اُف آدمی نہیں جانتا کب کس سے چھوٹ جائیگا۔ کب کس سے مل جائے گا۔"

پردے کے ہلنے سے روشنی کا ایک لمحاتی عکس ترچھا ہو کر اندر آتا اور ایاز خان کے چہرے پر سے نیم تاریکی کی نرمی دُور کر دیتا۔

"زندگی میں بہت سی باتیں توقع کے خلاف ہوتی ہیں اور آدمی حیران رہ جاتا ہے"، طفیل نے یہ بات بے سوچے سمجھے کہی تھی اور اس وقت وہ اس بات کی پوری معنویت سے بھی آگاہ نہیں تھا۔ اس کا سر اور زور سے سنسنانے لگا تھا۔ اس کے اندر ایک خاموشی اُمڈ رہی تھی اور حلق تک پہنچ کر وہ چیخ بن جاتی تھی۔ وہ اس چیخ کو دھوئیں کی تلخی میں گلا گھونٹ کر مار رہا تھا، دبا رہا تھا، پیچھے دھکیل رہا تھا۔

"ہاں —— لیکن میں تو تم سے مل کر بہت خوش ہوا۔ اچھا ہوا کہ چور تمہارا سامان صاف کر گیا۔ ورنہ پھر یہ ملاقات کیسے ہوتی۔"

"ہاں بہت اچھا ہوا۔ مجھے بھی تم سے مل کر بہت خوشی ہوئی۔ یونیورسٹی کے دن یاد آگئے۔"

طفیل نے غیرارادی طور پر ایک لمبا کش کھینچتے ہوئے کہا۔ اس کی آواز بھرا گئی اور اس نے لرزتی ہوئی انگلیوں سے سگریٹ کا جلا ہوا آخری ٹکڑا راکھ دان میں کچل کر چھوڑ دیا اور دیر تک اس میں سے زندگی کو دھوئیں کی شکل میں پرواز کرتے ہوئے اور مٹتے ہوئے دیکھتا رہا۔

تمہارے کپڑے تو سب بے کر جمپت ہو گیا۔ خیر کوئی بات نہیں۔ میرے کپڑے تو تمہیں آئیں گے نہیں۔ دیکھتے نہیں دنیا کی فکر نے مجھے کیسا ہاتھی بنا دیا ہے۔ لیکن میرا چھوٹا بھائی بڑا لاابالی ہے۔ وہ اپنے کپڑے یہاں چھوڑ گیا ہے۔ وہی پہن ڈالو۔ اچھا ہے وہ لاابالی ہے ـــــــ کیوں "

"ہاں ٹھیک ہے۔ لیکن ـــــــ"

"لیکن ویکن نہیں دوست۔ چلو اٹھو یہاں سے۔ تم بہت تھکے ہوئے ہو۔ آؤ نہالو ـــــــ"

وہ طفیل کو بغل والے کشادہ کمرے میں لے گیا۔ وہاں ایک چمڑے کے سوٹ کیس میں اس کے سائز کے بہت سے کپڑے رکھے ہوئے تھے " انہیں بے فکر استعمال کرو ـــــــ اور یہ رہا غسل خانہ ـــــــ " اس نے ایک اور دروازہ کھولتے ہوئے کہا۔

طفیل جب اس کمرے سے دوبارہ ایک سوا گھنٹے بعد نکلا تو اس کا گندمی رنگ شیو کرنے کی وجہ سے پانی میں بھیگ کر نکھر آیا تھا۔ اس کے بال سجے ہوئے تھے۔ البتہ آنکھیں سرخ تھیں اور نچلے لب پر پپڑیوں کے کھرچ جانے کا باریک سا نشان موجود تھا۔ اس وقت وہ ایک سفید ململ کا کرتہ اور لٹھے کا چکنا پاجامہ پہنے ہوئے تھا۔ جب وہ واپس کمرے میں پہنچا تو وہاں ایاز خان کے برابر ہی ایک نازک سی عورت بیٹھی ہوئی تھی اور اس کے بال شانوں تک کٹے ہوئے تھے۔ آنکھیں شوخی اور حقارت سے بھری ہوئی تھیں۔ طفیل ٹھٹھک کر کھڑا ہو گیا۔

"آہا آؤ ـــــــ یہ رہیں بھئی میری نیلوفر ـــــــ میری لائف پارٹنر ـــــــ "

"اچھا" طفیل انہیں سلام کر کے صوفے پر بیٹھ گیا۔

" دیکھو طفیل میں تو ایک جگہ اس وقت ضروری کام سے جا رہا ہوں۔ تم نیلو کے ساتھ کھانا کھا لینا۔ آں ؟ ـــــــ میں رات کو ملونگا۔ پھر باتیں ہوں گی "

ایاز خان کے جانے کے بعد بارش شروع ہو گئی اور جب طفیل نیلوفر کے ساتھ کھانے کے کمرے میں پہنچا تو سامنے پست دیواروں سے آگے آم کے درختوں کا جنگل سا بسا ہوا نظر آ رہا تھا۔

پانی میں نہا کر یہ درخت بہت مگن، خوش اور گاتے ہوئے نظر آرہے تھے۔ ایک ہلکی سی خوشی کا احساس طفیل کے دل میں بھی پیدا ہوا۔ ملازم مؤدبانہ ایک طرف دہلیز سے آگے نکل کر آنگن کی طرف منہ کر کے کھڑا ہوگیا۔ طفیل نے ایک مبہم سی طمانیت کے جذبے کے ساتھ اپنی آنکھیں نیلوفر کی طرف اٹھائیں۔ اس کی آنکھیں اس وقت جھکی ہوئی تھیں لیکن سُرمے کی لکیریں پلکوں کے جنگل سے جھانک رہی تھیں۔ اس کے لب لپ اسٹک کی بہت ہی موٹی تہہ کے نیچے اپنا گداز کھو چکے تھے۔ آنچل ریشمیں اور باریک تھا، اور اپنی ذمہ داریوں سے غافل۔

یہ عورت واقعی عورت ہے۔
یہ عورت بہت دلکش اور چٹپٹی ہے۔ دل میں اُتر تی چلی جاتی ہے۔
لیکن یہ میرے دوست کی بیوی ہے جس نے مجھے پناہ دی ہے۔
مجھے زندگی میں ایک بار تو شرافت کے ساتھ سوچنا چاہیئے۔

طفیل خاموش اسی طرح کھانے کے دوران میں سوچتا رہا۔ "مجھے ایاز خان کے اعتماد کے ساتھ کھیلنے کا کوئی حق نہیں"۔

یکایک چاندی کی گھنٹیاں سی بول اُٹھیں "کیوں پڈنگ تو کھائیے"۔

"جی ـــــ جی میں میٹھی چیز بالکل نہیں کھاتا"۔

"کیوں ـــــ کھائیے تو سہی۔ میٹھی چیز کوئی زہر تو نہیں ہوتی"، نیلوفر نے اپنے بال جھٹکتے ہوئے مسکرا کر کہا۔ اس وقت اس کی آنکھیں پورے وحشیانہ زہر خند سے اس کے چہرے پر چبھ رہی تھیں۔ طفیل نے دوسری طرف دیکھتے ہوئے کہا "معاف کیجیئے"۔

"بارش تیز ہوتی جا رہی ہے۔ کیا آپ کے احاطے میں صرف آم کے ہی پیڑ ہیں۔ کتنے پیڑ ہیں ـــــــ"

"بھئی ہم تو آم کھانا جانتے ہیں پیڑ گننا نہیں جانتے"۔

طفیل اٹھ کر کھڑا ہوگیا۔ وہ کچھ کہنا چاہتا تھا مگر مصلحت نے اس کی زبان پکڑ لی۔

تھوڑی دیر تک اسی کمرے میں گولڈ فلیک کے کش لگاتے لگاتے اسے نیند آگئی۔ جب اس کی انگلیاں جلنے لگیں تو اس نے سگریٹ کے ٹکڑے کو راکھ دان میں پھینک دیا اور صوفے

میں ہی ایک کونے میں دھنس گیا اور زور زور سے سانسیں لینے لگا۔

اس وقت بنگلے میں سناٹا چھا گیا تھا۔ ملازموں نے سارے دروازے بھیڑ دیئے تھے۔ ہر طرف کمروں میں اندھیرا رینگ رہا تھا۔

باہر برآمدے میں ایاز خان کا کتا کبھی کبھی بھونکنے لگتا تھا اور بارش کی آواز اس کی بھونک میں کھو جاتی تھی۔

ہوا درختوں میں چیخ رہی تھی۔ رات سیاہ پیپ کی طرح آہستہ آہستہ ٹپک رہی تھی۔ چاندنی میں آم، لیچی اور جامن کے درخت بہت پُراسرار اور زندگی پر چھائے ہوئے معلوم ہو رہے تھے۔ طفیل نے ایک ٹھنڈی سانس لی اور اپنی آنکھیں کھول دیں۔ دور سے گھڑیال کی آواز آرہی تھی۔ گیارہ بج گئے تھے۔ ایاز خان ابھی تک واپس نہیں آیا تھا۔ شام کی چائے پر طفیل اکیلا شغل کرتا رہا تھا۔ اسے بڑی گھبراہٹ محسوس ہوتی رہی تھی۔ رات کے کھانے پر نیلوفر منہ بنائے بڑی نزاکت سے کھانا کھاتی رہی تھی۔ اور اس نے ایک بار بھی اس کی طرف نظر اٹھا کر نہیں دیکھا تھا۔ اس طرح اسے اس کے چہرے پر نظریں گاڑ کر دیکھنے کا کافی موقع مل گیا تھا۔ وہ کھانے کے دوران میں پھر ایک بار وہی باتیں سوچتا رہا تھا جو دن کے وقت کھانے پر اس کے ذہن میں پیدا ہو گئی تھیں اور جنہیں ڈنک مارتے ہوئے بچھوؤں کی طرح اس نے جھٹک کر الگ کر دیا تھا۔

بڑا سڈول جسم ہے۔

لبوں میں بڑا گداز ہے، بڑا رس، بڑا زہر ہے۔

آنکھیں بڑی خمار آگیں ہیں، بڑی تیز، تیکھی اور عزم کا مذاق اُڑاتی ہوئی۔

لیکن اس وقت اسے ایاز خان کا انتظار تھا۔ آنکھیں بند کرنے کے بعد بھی اسے نیند نہیں آرہی تھی۔ اندر سناٹا ہو گیا تھا۔ اب ریڈیو کی آواز بھی بند ہو گئی تھی۔ ملازموں کے دبے دبے قہقہے بھی سو گئے تھے۔ وہ باہر کے برآمدے میں پڑا بار بار مچھروں کو بھگا رہا تھا۔ چاندنی کی ترچھی روشنی اس کے پلنگ کی سفید چادر پر بھی لوٹ رہی تھی جس پر وہ بار بار ہاتھ پھیر رہا تھا۔ اور وہ شیشے میں سے جھانکتی ہوئی خوابیدہ سی نیلی روشنی کو دیکھ رہا تھا جہاں سے کچھ دیر پہلے زرد

روشنی کا طوفان امڈ رہا تھا اور اس کے ساتھ ہی رسیلے گیت، ٹھمری اور داد کے ریلے بھی ______ اب تو نیلوفر سو رہی ہوگی۔ اس نے شب خوابی کا لباس پہن لیا ہوگا۔ اس کے ہاتھ کہنیوں تک ننگے ہوں گے۔ ایک ہتھیلی پیشانی پر رکھی ہوگی اور دوسرا ہاتھ گال کے نیچے دبا ہوگا اور آنکھ کے نیچے رخسار کی پہریداری کرنے والے تل پر بال پر پھیلا کر چھا گئے ہوں گے ______ اور سانسیں اس طرح اُبھر رہی ہوں گی جیسے ستار کے تار سے کوئی وجدانی نغمہ پھوٹتا ہے ______ موٹر سائیکل دندناتی ہوئی اندر گھس گئی اور برساتی میں آکر رک گئی۔ طفیل اچک کر بیٹھ گیا۔ اور اپنی آنکھیں ملنے لگا جیسے گہری نیند میں ڈر گیا ہو۔ اس وقت ہوا میں خنکی اور زیادہ رچنے لگی تھی۔

ایاز خان موٹر سائیکل سے اُتر کر اس کی طرف بڑھا۔ اس کے پیر لڑکھڑا رہے تھے اور اس کے لباس سے ایک انتشار اور لٹی پٹی ہوئی کیفیت کا اظہار ہوتا تھا۔

وہ آکر طفیل کے سامنے کھڑا ہو گیا۔ تھوڑی دیر تک آہستہ آہستہ ہلتا رہا۔ اس کی ٹائی کی گانٹھ سینے تک اتر آئی تھی اور کالر کا بٹن کھلا ہوا تھا۔ اس کی پتلون توند سے نیچے سرک گئی تھی۔ اس نے طفیل کے کندھے پر ایک ہاتھ رکھتے ہوئے اپنی جیب سے ایک چپٹی سی بوتل نکالی۔

"دیکھتے ہو طفیل ______ میں اس وقت جن در جیب آیا ہوں۔ پیو اپیو اور دُنیا کے سارے غم اس میں غرق کر دو۔"

طفیل نے اس کے مرتعش ہاتھوں سے جن کی بوتل لے لی۔ ایاز خان اس کے پاس ہی پلنگ پر بیٹھ گیا۔ "کیوں مچھر دانی کیوں نہیں لگی۔ میاں یہاں تو مچھر تمہیں نوچ کھائیں گے ______ اچھا کوئی بات نہیں ______ ابھی دیکھتا ہوں، پیو میرا منھ کیا دیکھ رہے ہو۔ یہ کوئی ہندوستانی جن نہیں ہے۔ ہندوستانی چھوکری کی طرح شرمیلی، بے جان، مُردہ سی شراب ______ ہونہہ ______ یہ جن ہے جن، انگلستان کی شراب ______ امریکی چھوکری کی طرح گرم سنسنا کے چڑھتی ہے۔ ______ ہاں ______ پیو پیو یار۔" اس نے زبردستی بوتل چھین کر اس کے منھ سے لگا دی۔ شراب جلتی ہوئی اس کے حلق میں دوڑنے لگی۔ اس کا سینہ جلنے لگا۔ آنکھیں آنسوؤں سے بھر گئیں۔ اور دونوں طرف لبوں سے شراب چھلک چھلک کر اس کی قمیص اور پاجامے پر گرنے لگی۔ وہ اپنا منھ ہٹانا چاہتا تھا لیکن ایاز خان پوری قوت

سے اس کی گردن پکڑے ہوئے تھا۔ اور "پیو پیو ــــــ یہ ہندستانی شراب نہیں ــــــ امریکی چھوکری ہے امریکی چھوکری" کی رٹ لگائے جا رہا تھا۔

"طفیل معاف کرنا آج میں ایک بڑے بزنس میں لگا ہوا تھا۔ کام سولہ آنے پورا ہوگیا۔ یار بزنس بڑے تگڑم کا معاملہ ہے۔ تم بھی بزنس کرتے ہو۔ تم بھی تگڑم جانتے ہو۔ نیلوفر بھی بزنس کرتی ہے۔ وہ بھی تگڑم جانتی ہے۔ میں تگڑم، تم تگڑم، نیلوفر تگڑم ــــــ ساری دنیا تگڑم ہے دوست۔"

"ہاں ساری دنیا تگوم ہے۔ ہماری پیدائش بھی تگڑم اور ہماری موت بھی تگڑم۔ تم بھی تگڑم اور میں بھی تگڑم ــــــ "طفیل اب مزے میں جن کی بوتل خالی کر رہا تھا۔ اور منھ بگاڑ بگاڑ کر اپنی آستین سے لبوں کو رگڑ رگڑ کر چھیلے دے رہا تھا۔

دیر تک ایاز خان زور زور سے سانس لے کر بکتا رہا۔ طفیل پر بھی اب نشے کی کیفیت طاری ہوگئی تھی لیکن وہ اس کی باتیں کان لگا کر سُن رہا تھا۔

بات ہی بات میں ایاز خان نے اپنی زندگی پر سے پردہ سرکا دیا۔

علی گڈھ یونیورسٹی سے نکلنے کے بعد سب سے پہلا سوال اس کے سامنے شادی کا آیا۔ اس کا زمیندار باپ اس بات پر مصر تھا کہ اسے شادی نہیں کرنی چاہیئے، اس لئے کہ وہ دمے کا مریض ہے ساتھ ہی اس نوجوانی میں بلڈ پریشر کا خطرہ بھی ہے۔ ماں کہتی تھی کہ شادی کا یہی وقت ہے۔ شادی سے دمے کو بھی فائدہ پہنچے گا۔ اور دوسرے اس وقت جیسی لڑکی مل رہی ہے بعد میں نہیں ملے گی سال میں برسات کا موسم ایک ہی بار آتا ہے۔ ایاز خاں اس وقت خاندان کی ایک غریب لڑکی سے عشق کرتا تھا۔ اس نے اکثر کلکتے میں اس کی تیمار داری کی تھی اور ہلکے پھلکے فلمی گانے بھی سنائے تھے، لیکن جب شادی کا سوال آیا تو اس نے دور اندیشی سے کام لے کر ایک ہرے بھرے جنگل کے مالک زمیندار کی بھتیجی سے شادی کر لی۔ زیورات اور جہیز میں بڑا سامان ملا۔ لیکن بعد میں معلوم ہوا کہ وہ لڑکی مجوب ہے۔ ایاز خان نے اپنی زبان سے تاسف کی آواز پیدا کرتے ہوئے کہا "یار میں تو مارا گیا۔ میں اس عورت سے بیزار ہوں کمبخت نکلی بھی تو مجوب نکلی۔ اور عقل تو بالکل نہیں۔ ہسٹریا کی مریض الگ۔ فیشن کا اتنا شوق ہے کہ ہر بار جب پیٹ پھولنے لگتا ہے، اسقاط کی دوا کھا لیتی ہے۔

کمر کی نزاکت کھونا نہیں چاہتی۔ مجرم کہیں کی ـــــــــــ " وہ دیر تک اسی طرح اپنی زبان موڑ کر اور ڈکار لے لے کر اپنی بیزاری کا اظہار کرتا رہا۔

اس نے شادی کے بعد اپنے باپ سے لڑائی مول لے لی۔ اس لڑائی میں اسے ماں سے محاذ مضبوط کرنے میں بڑی مدد ملی۔ اور آخر میں باپ نے کھیت بیچ کر اس کے حصے کا روپیہ اسے دے دیا۔ اس نے لوہے کا کاروبار شروع کر دیا۔ ہر قسم کے بکس اس کے کارخانے میں بنتے تھے۔ اس کے علاوہ اس کے کئی ٹرک چلتے تھے۔ ویسے وہ سرکاری نوکر پیشہ حلقے میں بہت ہردلعزیز تھا۔

طفیل کے دماغ میں ایاز کی زندگی کا تصور ذرا صاف ہو گیا تھا۔ اس کی سمجھ میں یہ بات بھی آگئی تھی کہ ایاز جو کبھی بالکل دُبلا پتلا سا نوجوان تھا اور جسے علی گڈھ میں طلبا معشوق کہتے تھے اتنا موٹا کیسے ہو گیا ہے۔ یہی ایاز یونیورسٹی کی زندگی میں موٹی موٹی مارکسزم کی کتابیں پڑھتا رہتا تھا اور لوگوں کو انقلاب کی تلقین کیا کرتا تھا۔ مفت میں بحث کر کے دوستوں کو اپنے آپ سے ناراض کر دیتا تھا اور پھر اپنے حلقے میں بیٹھ کر کہا کرتا تھا، " ذرا دیکھنا یہ سمجھتے ہیں اصول سے زیادہ مجھے اِن کی دوستی عزیز ہے۔ میں انقلاب کے لئے بڑی سے بڑی چیز کی قربانی دے سکتا ہوں " اس پر کوئی منچلا کہہ دیتا۔ " میاں یہ علی گڈھ یونیورسٹی ایک جزیرہ ہے۔ یہاں کوٹ پینٹ پہن کر گھومنا اور انقلابی تقریریں کرنا بہت آسان ہے۔ تمہارے ابا زمینداری سے دو سو روپے بھیج دیتے ہیں۔ پھر کیا ہے۔ یہاں سے نکل کر یہی جوش دکھاؤ تو ہم تمہیں انقلابی جان لیں گے۔" اس وقت ایاز کی آنکھیں غصے سے سُرخ ہو جاتیں اور لب خشک ہو کر تھرتھرانے لگتے۔ وہ میز پر ہاتھ پٹک کر کہتا۔ " دیکھنا ـــــــــــ میں موقع پرست نہیں ہوں "

ایاز نے ہنس کر بہت ہی درد کے ساتھ کہا " یار میری زندگی بہت تلخ ہے۔ خیر اب سو رہو۔ میں کل صبح ملونگا۔ ایں ؟"

" لیکن ذرا ٹھہرو تو ـــــــــــ میں بھی تمہیں کچھ اپنے بزنس کی داستان سنانا چاہتا ہوں۔ کچھ اپنی زندگی کا واقعہ ـــــــــــ "

" ارے چھوڑ بھی۔ تمہاری زندگی میں کوئی واقعہ ایسا نہیں ہوا ہے۔ تمہاری زندگی

میں کوئی نیلوفر نہیں آئی ہے اور تمہارا بزنس ــــــــــــ تو اس کے بارے میں مجھے سب معلوم ہے۔ مجھے تمہارے بارے میں بہت کچھ معلوم ہے۔ اچھا اب سو جاؤ۔ وقت برباد نہ کرو۔"

ایاز اٹھ کر اندر چلا گیا۔ طفیل ایک ہاتھ میں جن کی بوتل پکڑے ہوئے تھا اور دوسرے ہاتھ سے اپنا گال سہلا رہا تھا جیسے ایاز نے بھرپور تھپڑ جڑ دیا ہو۔ اس نے بوتل کو منھ سے لگا لیا اور ایک ایک قطرہ چوس گیا۔ اس نے بوتل زور سے پھینک دی۔ ٹائگر زور سے بھونکا اور دوڑ کر جن کی بوتل کو سونگھنے لگا۔

وہ میرے بارے میں بہت کچھ جانتا ہے۔ کُتے کا پلّہ میرے بارے میں سب کچھ جانتا ہے۔ وہ جانتا ہے کہ میں نے اسے ایک جھوٹی کہانی سنائی ہے کہ کوئی میرا سامان لے کر گاڑی سے اتر گیا ہے۔ وہ جانتا ہے کہ میں ایک زمانے سے ادھر ادھر چکر لگا رہا ہوں۔ کبھی اس شہر میں اور کبھی اُس شہر میں۔ جہاں ٹرین انسپکٹر پکڑ لیتا ہے وہاں سفر ختم ہو جاتا ہے اور پھر اس نئے شہر میں سر ٹکرا کر اپنا بغیر ٹکٹ سفر شروع کر دیتا ہوں۔ ابھی بھی میری آنکھوں میں اس ٹکٹ انسپکٹر کا بھیانک چہرہ گھوم رہا ہے جس نے مجھے یہاں زبردستی ٹرین سے اُتار دیا اور کھڑکی سے باہر تھوک کر کہا ,, جاؤ اس وقت تمہارا استارہ بلندی پر ہے۔ ورنہ میں تمہیں حوالات میں بند کرا دیتا۔ جاؤ فقیروں میں بتاشے بانٹو" (بتاشے کی اولاد چوٹ کرتا ہے۔ خیر کبھی تیری گردن بھی میرے ہاتھ آئے گی۔ دیکھا جائے گا۔ آج تیرا دن ہے تو عیش کر۔ کل میرا دن آئے گا میں تجھے جنت سے نکالوں گا۔ یہ تو خیر پھٹیچر سی کھڑکھڑ کرتی ہوئی گاڑی ہی ہے۔ سو روپلی تنخواہ کے ملتے ہیں اور یہ رعب دکھاتا ہے)۔ تو ایاز کو یہ معلوم ہے کتنی حقارت سے اُس نے اس وقت کہا ,, ارے چھوڑو بھی۔ تمہاری زندگی میں ایسا کوئی واقعہ نہیں ہوا ہے۔"

لیکن ایاز تمہیں کیا معلوم کہ میری زندگی میں ایسا واقعہ کیوں نہیں ہوا ہے۔ تم بہت کچھ جانتے ہو میرے بارے میں۔ لیکن ایک بات نہیں جانتے کہ میں اس بے ننگ و نام آوارگی پر کیوں اُتر آیا ہوں۔ اور نہ تمہیں یہ جاننے کی ضرورت ہے۔ تم ایک اچھے کاروباری ہو۔ تمہاری آغوش میں نیلوفر ہے۔ تمہارے پیٹ میں شراب ہے۔ شراب حرام کی ہو یا حلال کی نشہ تو اتنا ہی کرتی ہے۔ اور میں اب تم سے یہ بات نہیں کہوں گا کہ لکھنؤ میں میرا بزنس ہے۔ اس لئے کہ تم

جانتے ہو لکھنؤ میں میرا کوئی بزنس نہیں ہے ۔ وہاں بھی میں ریلوے مسافر خانے ہی میں سوتا ہوں میرا کوئی اپنا گھر نہیں ہے۔ میرا اپنا کوئی شہر نہیں ہے ۔میری اپنی کوئی زندگی نہیں ہے ۔میں ایک ڈھیلا ہوں ۔ جس کا جی چاہتا ہے ایک جگہ سے اٹھا کر دوسری جگہ پھینک دیتا ہے ۔ اچھی بات ہے ، اچھی بات ہے اب تم سے یہ سب نہیں کہونگا۔ اور اس کا کیا فائدہ ۔ کل تو پھر تمہارے گھر سے بھی چلے ہی جانا ہے ۔

وہ اٹھا اور جب غسل خانے سے واپس آنے لگا تو اس کے کانوں میں نیلی روشنی میں لپٹی ہوئی نیلوفر کی آواز برف کی سینکڑوں سوئیوں کی طرح اُتر گئی ۔ ”کسی باگڑ کو یہاں لے آئے ہو۔ بالکل جنگلی ہے ۔ وحشی ۔ بدتمیز ———— “ جیسے خواب میں بول رہی ہو اور اس کی آواز درمیان سے مُنھ میں دب کر رہ گئی ہو۔ غالباً ایاز نے اپنا منھ اس کے منھ پر رکھ دیا تھا ۔ وہ کہہ رہا تھا“ ”میری جان یہ نہ کہو۔ کاروبار میں ایسے آدمی کی تلاش تھی مجھے ۔قسمت سے مل گیا ہے ۔کام کا آدمی ہے۔ میری نیلو ———— میری نیلو ———— ہوں ہوں ہوں“ اس کی آواز سے ایسا معلوم ہو رہا تھا کہ اس کے منھ میں گوشت بھرا ہوا ہے جیسے بلی مرغی کو منھ میں دبا کر غرّا رہی ہو ۔

اس کے کان کھڑے ہو گئے اور ساتھ ہی وہ بھی وہیں دم سادھ کر کھڑا ہو گیا ۔لیکن جب اس کے بعد کوئی آواز نہ آئی اور نیلی روشنی بھی اندھیرے میں کھو گئی ، تو وہ دبے پاؤں اپنے بستر پر آیا اور لیٹ گیا ۔ٹائیگر اس کے تلوے کو چاٹ کر کسی اور طرف بھونکتا ہوا نکل گیا ۔ درختوں میں ہوا خاموش ہو گئی تھی جیسے کوئی پرندہ ڈر کر اپنے پر سمیٹ لے اور پتوں میں چھُپ جاتے ۔ یہ کہنا مشکل ہے کہ اس وقت طفیل جاگ رہا تھا یا سو رہا تھا۔ رات صبح کی طرف دوڑ رہی تھی اور چاروں طرف اندھیرا گہرا ہو گیا تھا ۔چاند زرد ہو گیا تھا اور دم توڑ رہا تھا ———— اس کا بے حس چہرہ اترتے ہوتے چاند کی طرف تھا۔ اس کی آنکھیں ضرور کھلی ہوئی تھیں اور رخسار آنسوؤں سے بھیگ رہے تھے ۔

صبح کے وقت چائے کی میز پر پیالیاں کھنک رہی تھیں ۔اس وقت طفیل کے چہرے پر افسردگی کی زردی چھائی ہوئی تھی ۔ پپوٹے بوجھل اور رسیتے ہوئے نظر آ رہے تھے ۔ وہ

بار بار چائے کی پیالی میں زور زور سے چمچے کو چلا رہا تھا۔ ایک گھونٹ پیتا تھا اور پھر چمچے کو گھمانے لگتا تھا۔ اسے اس کا احساس ہی نہیں تھا کہ اس نے شکر پیالی میں ڈالی ہی نہیں ہے۔ ایاز صبح کا اخبار دیکھ رہا تھا۔ اس کی آنکھوں کے سامنے تھا۔ آئے اگلا صفحہ تھا۔ وہ قرینے سے اپنی چائے کی چسکیاں بھر رہا تھا۔ اس وقت نیلوفر نہا کر آئی تھی۔ سفید ریشمی جمپر میں اس کا گورا بدن بہت ہی چکنا اور لپلپاتا ہوا محسوس ہو رہا تھا۔ جب وہ دودھ دان یا کچھ اور اٹھانے کے لئے ہاتھ بڑھاتی اور میز پر جھکتی تو اس کے لبوں کے خم کے ساتھ اس کے پورے جسم میں کتنے ادھ کھلے زاویئے بنتے اور ٹوٹ جاتے طفیل گوشت اور خون کی اس نرم اور شگفتہ قوس قزح سے بے خبر نہیں تھا جو ایک آن میں تھرکتی ہوئی اُبھرتی تھی اور پھر دوسرے آن میں ٹوٹ جاتی تھی۔ وہ اپنی کنکھیوں سے اس کے جسم کا سارا طلسم پی رہا تھا۔

"عورت ——— اس میں کتنا جلوہ ہے۔ اس میں کتنی پیاس ہے کتنی سفاکی ہے ——— اور میں کتنا بے بس ہوں۔ کتنا ذلیل ہوں ———"

ایاز نے اخبار کو دوسری طرف تہہ کرتے ہوئے کہا "بھئی طفیل میں تو آج ایک ہفتے کے لئے کلکتے جا رہا ہوں۔ کوشش تو کروں گا کہ میں وقت پر آجاؤں۔ لیکن شاید نہ آسکوں ——— خیر تم یہاں رہو گے۔ اپنا گھر ہے۔ میں آجاؤں تو پھر تم چلے جانا۔ آں؟"

طفیل اب اپنی رات کی طرح بھاری آنکھوں کو اوپر اٹھا کر نیلوفر کو گھور رہا تھا اور وہ آہستہ آہستہ اپنی پیالی سے رنگے ہوئے لب کو سینک رہی تھی۔ وہ خاموش رہا۔ صرف اس کے لب تڑپ رہے تھے اور اس کی انگلیوں میں تھرتھراتا ہوا چمچہ پھر ایک بار پیالی میں تیزی سے گھومنے لگا تھا۔

"ایک تکلیف دوں گا تمہیں۔ میرے کارخانے میں دوبے کام کی دیکھ بھال کرتا ہے۔ میرے غائبانے میں ذرا اس کی مدد کر دینا ——— آں۔

وہ یہاں آکر تم سے خود مل لے گا ———" اس نے طفیل کے شانے پر ہاتھ مارتے ہوئے کہا۔ وہ اس کے ہاتھ کے بوجھ سے دب گیا اور کیڑے کی طرح حقیر نظر آنے لگا۔ نیلوفر تو میں چلتا ہوں۔ ذرا میرے دوست کو سنبھالنا۔ تم دونوں بھی اب بے تکلف ہو جاؤ

یہ مٹی کے مادھو والی بات مجھے پسند نہیں ۔"

"ہلو مٹی کے مادھو ——— " نیلوفر نے اپنا دپ دپ کرتا ہوا نازک سا ہاتھ میز کے اوپر بڑھا دیا جیسے تلوار تڑپ کر میان سے نکل گئی ہو۔ طفیل سہم گیا لیکن دوسرے ہی لمحہ اس کا ہاتھ نیلوفر کے ہاتھ میں تھا، نرم جیسے ریشم، ہلکا جیسے پھول، ٹھنڈا جیسے شبنم، متحرک جیسے ماں کے پیٹ میں انسان کا روپ دھارن کرتا ہوا زندہ، گرم اور معصوم خون ۔

دونوں ہنس رہے تھے۔ طفیل کی آنکھوں کی رات، دن کی چاندنی میں ڈھل گئی تھی اور دھوپ کی طرح جگمگا رہی تھی نیلوفر کی آنکھیں غمگین تھیں اور لب وا تھے ۔

ایاز دونوں کو اسی طرح چھوڑ کر ایک تلخ مسکراہٹ کے ساتھ سگریٹ کی راکھ جھاڑتا ہوا اپنے بھاری بھر کم جسم کے ساتھ باہر چلا گیا ۔

"چیریو ——— "

"چیریو ——— "

"بائی بائی ——— "

"سی یو سون ——— "

اسی دن شام کے وقت دوبے وہاں پہنچ گیا۔ نیلوفر نے طفیل کو اس سے ملایا۔ دوبے نے اپنی بھینگی آنکھ کی ساری نحوستیں اس پر برساتے ہوئے اس سے ہاتھ ملایا اور اپنی بلغمی آواز میں بولا "طفیل صاحب مجھے آپ کے بارے میں ایاز صاحب بتا گئے ہیں۔ کل میں آپ کو کارخانے لے چلوں گا۔ آپ کے بزنس کے تجربوں سے ہمیں بڑی مدد ملے گی ——— "

"لیکن میں زیادہ دن تو یہاں رک نہیں سکتا۔ آپ شاید نہیں جانتے۔ میرا اپنا بزنس لکھنؤ میں ——— "

"ارے صاحب آپ کے بزنس کو کون مارے جائے گا۔ اس کا کیا بگڑ جائے گا۔ آخر آپ کے دوست کا بھی تو کچھ حق ہے آپ پر۔ ایں؟ مجھے سب کچھ بتا دیا ہے ایاز صاحب

نے آپ کے بزنس کے بارے میں ——— "، اس نے اپنی پوری خباثت کے ساتھ نیلوفر کی طرف دیکھا وہ جب نیلوفر کی طرف دیکھتا تو معلوم ہوتا طفیل کو دیکھ رہا ہے اور جب طفیل کو دیکھتا تو معلوم ہوتا کہ نیلوفر کو دیکھ رہا ہے۔ یعنی اس کی آنکھوں کے اشارے سے پورب پچھم کا اندازہ نہیں لگایا جاسکتا تھا۔

ایاز نے بزنس کے بارے میں سب کچھ بتا دیا تھا اس خیال سے ہی طفیل کے حلق میں کانٹے چبھنے لگے۔

دوبے اس کی آنکھوں میں بہت ہی حقیر اور ذلیل نظر آنے لگا۔ اس نے نیم کی طرح تلخ تھوک گھونٹتے ہوئے اور اپنی ایک آنکھ میچتے ہوئے اس کی طرف دیکھا اور نیلوفر کی طرف منھ پھیر لیا۔ جس کے چہرے کی سُرخی زردی میں بدل رہی تھی اور شام کی اداسی اس کی آنکھوں سے ٹپک رہی تھی۔

ہاں دوبے انہیں کل کارخانے ضرور لے جانا۔ یہ کام کے آدمی ہیں ——— "

نیلوفر نے خلش سے بھری ہوئی نظروں کے ساتھ طفیل کی طرف دیکھا اور اپنی سُرخ پالش زدہ انگلیوں کو میز پر بجانے لگیں جو ننھے ننھے سلگتے ہوئے ستاروں کی طرح اچھلتی ہوئی معلوم ہو رہی تھیں۔

دوبے کا چہرہ خشک تھا۔ ایک آنکھ تو بھینگی تھی اور دوسری میں دھول اُڑ رہی تھی۔ انگلیوں سے لے کر کہنیوں تک ہاتھ کی رگیں اُبھرتی چلی گئی تھیں۔ اس کی عمر تیس اور چالیس کے درمیان ہوگی۔ لیکن اس کے چہرے پر ایک بیمار سا ڈراؤنا کھردرا پن کھدا ہوا تھا۔ اس کی ہاف قمیض کے کالر ادھڑے ادھڑے سے تھے لیکن ایک کالی سی ٹائی بندھی ہوئی تھی جس کی چھوٹی سی گرہ ازار بند کی گرہ سے ملتی جلتی تھی۔

اس نے دانت نکال کر موسم کے بارے میں ایک دو باتیں کہیں اور پھر یہ کہہ کر چلا گیا کہ کل صبح وہ آکر خود طفیل کو کارخانے لے جائے گا۔ ابھی تو وہ کاروبار کے کام سے کسی وزیر کے ہیڈ کلرک سے ملنے جا رہا ہے۔

اس کے جانے کے بعد پانچ منٹ تک بلکہ شاید کچھ زیادہ ہی دیر تک طفیل اور نیلوفر

خاموش سے ایک دوسرے کو تکتے رہے ۔ اس وقت اس کے چہرے پر ایک مسکین سی سنجیدگی پیدا ہوگئی تھی ۔ اس کے ہونٹ مسکرا رہے تھے اور آنکھیں نفرت ،حقارت اور خشونت کی آگ میں جل رہی تھیں ۔

" یہ عورت بھی غضب کی عورت ہے ۔ آنکھیں ہنستی ہیں تو لب ان کی تردید کرتے ہیں اور جب لب پھول بنتے ہیں تو آنکھوں میں جہنم دہک اٹھتا ہے ـــــــــ کبھی خاموش بیٹھتی ہے تو معلوم ہوتا ہے کہ اس کے جسم کا ایک ایک زاویہ پکار رہا ہے ۔ ناچ رہا ہے ۔ اور کبھی اس کا جسم تھرک اٹھتا ہے تو معلوم ہوتا ہے کہ برف کے تودے کی طرح جمتی چلی جا رہی ہے ـــــــــ یہ کیسی عورت ہے ۔ بال ہمیوں کی طرح ترشوار کھے ہیں اور آنکھوں میں ہندوستان بھر کی عورتوں کی شرم بھر رکھی ہے ـــــــــ اور اس کا شوہر اس سے محبت نہیں کرتا بلکہ شاید نفرت کرتا ہے ۔ کیوں؟ اس لئے کہ یہ ایک محجوب عورت ہے ۔ اس لئے کہ یہ اپنے باپ کی لوٹ کے حصے سے محروم ہے ـــــــــ لیکن اس عورت میں بڑا جلوہ ہے ـــــــــ ایاز خان میرا امتحان لے رہا ہے ـــــــــ لیکن میں ایک شریف آدمی ـــــــــ "

" بھئی طفیل آج طبیعت بہت گھبرا رہی ہے ۔ کیوں نہ پکچر چلیں ـــــــــ ؟ "

رات کو دس بجے جب دونوں پکچر دیکھ کر واپس ہوئے تو طفیل کی آنکھوں میں نیند بھر رہی تھی لیکن نیلوفر کھانے کے بعد اسے اپنے کمرے میں لے گئی ۔ خود تو اپنے سائن کے گدے میں بستر پر دھنس گئی اور وہ آرام کرسی میں دفن ہو گیا ۔ بٹن دبا کر زرد چمکتی ہوئی روشنی کو اس نے نیلی روشنی میں بدل دیا ۔ روشنی بھی انسان کے جذبات کا رخ اسی طرح موڑتی ہے جس طرح ہوا کے دباؤ سے کشتی کے بادبان کشتی کا رخ بدل دیتے ہیں ۔ طفیل کے جسم میں سنسنی سی دوڑ گئی گذشتہ رات ہی وہ اس کمرے کے بارے میں عجیب عجیب باتیں سوچ رہا تھا ۔ کل رات یہ کمرہ ،اس کی نیلی روشنی ،نیلوفر کا قہقہہ ـــــــــ یہ سب پُراسرار معلوم ہوئے تھے ۔ آج یہ سب کل سے زیادہ پُراسرار ہو گئے تھے لیکن ساتھ ہی خطرناک بھی ۔ اور اسے لگا یہ اسرار صرف اس کی جرأت ،اس کی رندی ۔ اس کی وحشت کا انتظار کر رہا ہے ۔ نیلوفر نے ریڈیو کا سوئچ آن کر دیا ۔ اس میں سے بہت ہی دھیمی آواز میں سارنگی پر بسنت کی دُھن پھوٹ رہی تھی ۔

"طفیل تم بہت خاموش رہتے ہو۔ تم کچھ سوچتے رہتے ہو۔ کیا تمہیں میرا گھر پسند نہیں؟"

"ہاں ——— نہیں ——— ہاں ——— بہت پسند ہے۔ نہیں میں خاموش تو نہیں رہتا" وہ اور تیزی سے سگریٹ کے کش لگانے لگا۔ نیلی روشنی میں دھوئیں کے مرغولے سے اُڑتے بکھرتے رہے۔

"تم لکھنؤ میں کس چیز کا بزنس کرتے ہو؟"

وہ جانتا تھا کہ ایاز نے اسے سب کچھ بتا دیا ہے۔ لیکن اس نے جھوٹ پر چاندی کا ایک اور طبق لپیٹ دیا۔ "سائیکل اور کوئلے کا بزنس خاص بزنس ہے۔ ویسے اور بھی کئی چیزیں ہیں۔" وہ خود ہی اپنی ذہانت پر مسکرا دیا اور اپنی ختم ہوتی ہوئی سگریٹ سے اس نے دوسری سگریٹ سلگائی۔

"اچھا" نیلوفر نے کچھ اس انداز میں لیٹے لیٹے سنجیدگی سے سر ہلا کر کہا کہ طفیل جھنجھلا گیا۔ اسے پھر ایک بار یہ شبہ پیدا ہو گیا کہ معلوم ہوتا ہے رات اس نے محض یونہی اپنی طرف سے باتیں گھڑلی تھیں۔ ایاز نے کچھ کہا نہیں تھا۔ گنہ گار کا دل بڑا شکی ہو جاتا ہے ——— وہ پتوں کی کھڑکھڑاہٹ پر بھی چونک اُٹھتا ہے۔ وہ اپنی کرسی میں تازہ دم ہو کر آگے کو جھک گیا۔

"ایاز کا بزنس کس قسم کا ہے ———"

"ایاز کا بزنس؟ اس نے تمہیں سب بتا دیا ہوگا۔ اچھا بزنس ہے۔ وہ بہت مصروف رہتا ہے۔ آج یہاں کل وہاں۔ یہاں بھی رہتا ہے تو مصروف رہتا ہے۔ اتنا مصروف کہ وہ مشکل سے بات چیت کر پاتا ہے۔ بزنس بھی بزنس ہے۔ رات کو البتہ تھوڑی دیر کے لئے کلب چلا جاتا ہے۔ پینے پلانے سے بزنس کا بوجھ کچھ کم ہو جاتا ہے۔ تم تو خود ایک بزنس مین ہو۔ تمہیں تو اس کا گر معلوم ہی ہوگا ——— کافی پیو گے؟"

"نہیں۔ میں صرف جاڑے میں کافی پیتا ہوں" دیوار پر ٹنگی ہوئی فریم میں ایک تصویر پر اس کی نظریں جم کر رہ گئیں۔ دو چار دن کے بچّے کی تصویر تھی "یہ کس کی تصویر ہے؟"

"یہ ایاز کے بچّے کی تصویر ہے۔ ماں جنم دیتے ہی مر گئی۔ بچّہ ایک ہفتے کے بعد مر گیا ———"

"ماں ایک ہفتے کے بعد مرگئی ——— کیا ——— کیا ——— ؟" وہ اور جھک گیا۔

"اچھی تھی بیچاری ——— خوبصورت تھی، معصوم تھی، شریف تھی ——— ہم اسے صرف بیس روپے ماہانہ دیتے تھے۔ اس کا ایک اندھا باپ تھا۔ اب وہ صاحب مارکٹ کے سامنے بھیک مانگتا ہے ——— وہ اس بچے کا نانا ہے ——— "ابھی آدھی سگریٹ جلی تھی لیکن طفیل نے ایک اور سگریٹ جلالی۔

نیلوفر نے یہ سب کچھ بڑے اطمینان، نرمی اور بے پناہ سنجیدگی کے ساتھ کہا تھا۔ اس کے لب سخت اور افسردہ ہو گئے تھے۔ آنکھوں میں چراغ جل اٹھے تھے۔

"اب مجھے نیند آرہی ہے۔ میں جاکر سو جاؤں گا ——— اب پھر صبح ———" طفیل نے اپنا جملہ بھی پورا نہیں کیا اور باہر نکل گیا۔

"بھئی بچہ تمہیں پسند آیا۔ تمہارے ایاز کا بچہ ہے۔ تم تو اس کے چچا ہونا"؟ نیلوفر کا یہ جملہ باہر تک اس پر جھپٹتا رہا۔ وہ لیٹ گیا۔ اُٹھ بیٹھا۔ لان میں ٹہلنے لگا۔ چاندنی پھٹ پڑی تھی۔ اس کا دل زور زور سے دھڑک رہا تھا۔ ریڈیو سے اب گانے کی نرم آواز پھوٹ رہی تھی۔ اور اس کے ساتھ ساتھ ٹائیگر بڑی مستعدی سے ٹہل رہا تھا۔ طفیل نے اس کے سر کو جھک کر تھپتھپایا۔ کمرے کی نیلی روشنی بجھ گئی اور ایک گہرا سناٹا چھا گیا۔ صرف اس کے دل کی دھڑکن اس میں سراسیمگی اور جھنجلاہٹ پیدا کرتی رہی، اسے چونکاتی رہی۔

صبح کے وقت گرمی بہت تھی۔ اس بڑھ گئی تھی۔ پسینے سے کپڑے جسم پہ چپک رہے تھے۔ دوبے کے ساتھ طفیل کارخانے میں چکر لگا رہا تھا۔ یہ ایک دو منزلہ مکان تھا۔ اس میں کاریگر ننگے بدن، صرف لنگی اور دھوتی باندھے ہوئے، بکس بنانے کے مختلف کاموں میں لگے ہوئے تھے۔ کہیں پر رنگائی ہو رہی تھی۔ کہیں پر پڑیاں پیٹ کر برابر کی جا رہی تھی۔ کہیں بکس میں تالے لگائے جا رہے تھے۔ کہیں لوہے کے بڑے بڑے چادرے کاٹے جا رہے تھے۔ ایک اور طرف ایک بڑا سا گودام تھا جہاں سیمنٹ کے بوروں کا انبار لگا ہوا تھا۔ باہر تالاب

سے پاس درختوں کے سائے میں تین چار ٹرک کھڑے تھے۔ ان کے ڈرائیور ادیباسی عورتوں کو چھیڑ رہے تھے۔ وہ سڑک کے کنارے سے تالاب کی مٹی کاٹ رہی تھیں اور سڑک کے دو طرفہ کناروں پر پھیلا رہی تھیں۔ ان سب کے جسم جامن کی طرح سیاہ تھے۔ ان کے جسم کمر سے اوپر ننگے تھے۔ لیکن وہ اس طرح اپنے کام میں کھوئی ہوئی تھیں جیسے وہ یہ جانتی ہی نہ ہوں کہ وہ ننگی ہیں۔ ان کی شرم کپڑوں میں لپٹی ہوئی کمر تک پہنچ کر ختم ہو جاتی تھی۔ اس سے اوپر نکتہ والوں کے لئے، نیلوفروں اور ایازوں کے لئے کوئی بات ہو تو ہو، ان کے لئے کوئی بات نہ تھی۔ میلا پسینہ ان کی پشت اور گردن سے لے کر سخت سینوں پر بھی چمک رہا تھا۔ ان کے چٹان سے ترشے ہوئے جسم خموش کام کرنا جانتے تھے۔ ان چلتی پھرتی چٹانوں کو طفیل دوسری منزل کے دفتر والے کمرے سے دیکھتا۔ "یہ عورتیں بالکل پتھر کی معلوم ہوتی ہیں۔ ان کے اندر نہ جانے کتنی آگ ہے۔ پتھر جب پتھر سے ٹکراتا ہے ——"

"دیکھئے طفیل صاحب آپ اس درخواست پر دستخط کر دیجئے۔" دوبے نے کہا۔

"کیسی درخواست؟ ——"

"یہ درخواست جیپلا سیمنٹ ڈرکس کو جا رہی ہے —— ہاں سیمنٹ کے لئے —— ایاز صاحب نے کہا تھا ——"

طفیل نے بغیر کسی حجت کے اور درخواست پڑھے بغیر اس پر دستخط کر دیئے۔ "میں کہاں سے مینیجر بن گیا اس کارخانے کا۔ ہوں۔ عجیب بات ہے؟" اس نے یہ سوچتے ہوئے خود کو کرسی میں گرا دیا۔ پنکھے کی ہوا اسے ناگوار معلوم ہوئی۔ اس نے سگریٹ بھی پھینک دی۔ کھڑکی سے اب تک ٹرک کے پاس چند ڈرائیور آپس میں گپ کرتے ہوئے نظر آ رہے تھے۔ دو تین ادیباسی چھوکریاں اپنے ٹوکروں کے ساتھ ان کے پاس جا کر کھڑی ہو گئی تھیں اور وہ انہیں اپنی جھوٹی بیڑی پلا رہے تھے۔ اس نے اپنی آنکھیں بند کر لیں۔ اس کے کان میں کارخانے کے نچلے حصے سے لوہے کے ٹکرانے، پٹنے اور زنجیروں کے چھنکنے کی آوازیں آتی رہیں۔ اس کے پاس ہی میز پر دوبے کے ہاتھوں کے نیچے کاغذات کے پلندے احتجاج کر رہے تھے۔

شام تک دوبے طفیل کو ایک کاغذ کے بعد دوسرا کاغذ، ایک رجسٹر کے بعد دوسرا رجسٹر، ایک اکاؤنٹ کے بعد دوسرا اکاؤنٹ دکھاتا رہا۔ اس کی بھینگی آنکھوں میں جیسے دو مسکراتے ہوئے لب چپک گئے تھے۔ وہ مسکرا رہی تھیں اور اسے غصہ آ رہا تھا۔ اس نے غصے اور اکساہٹ میں دوپہر کا کھانا بھی نہیں کھایا تھا۔

جب شام کے جھٹپٹے میں ہر طرف ایک تھکن سی پھیل گئی تو دوبے نے کہا۔ "آپ کے ہاتھوں کاروبار چمک اٹھے گا۔ آپ تو واقعی بزنس جانتے ہیں۔"

چلتے وقت اس نے موٹر سائیکل کارخانے سے نکلوا کر اس کے حوالے کی اور بولا، "کل صبح تو وقت پر آجائیے گا نا۔ یہاں بہت کام پڑا ہے۔"

اور جب موٹر سائیکل کی مشین سانس بھر کر پھڑپھڑانے لگی تو وہ لپکا ہوا اس کے پاس آیا اور اپنی گردن سے میل چھڑاتے ہوئے بولا۔ طفیل صاحب اگر ایک سگریٹ ہو تو دے دیجئے۔"

طفیل نے ایک سگریٹ اس کے ہاتھ میں پھینکی اور اس کی موٹر سائیکل منڈلاتی ہوئی تالاب کے کنارے سڑک پر دوڑنے لگی۔ چیختی ہوئی ہوا کے دباؤ سے بچنے کے لئے اس نے اپنا منہ تالاب کی طرف پھیر لیا جس میں ننگ دھڑنگ ادیباسی عورتیں نہا رہی تھیں اور جلدی جلدی دن بھر کی محنت کی تھکن اور مٹی دھو رہی تھیں۔

ایک ہفتہ گذر گیا۔ لیکن ایاز نہیں آیا۔ طفیل کی طبیعت کچھ اکتانے لگی تھی اور کبھی اس کا جی چاہتا تھا کہ وہ نئے حالات میں ہمیشہ ہمیشہ کے لئے کھو کر رہ جائے۔ خزاں رسیدہ درخت میں اچانک پھل پھول آنے لگیں تو ایسے میں اس کے سائے سے نکل بھاگنا کہاں کی حماقت ہے۔ اس نے یہ حماقت نہیں کی۔ وہ تو اس درخت سے لپٹ کر سو جانا چاہتا تھا۔

ایک ہفتے میں اسے ایاز کے کاروبار کا سارا گُر معلوم ہو گیا تھا۔ دوبے نے آہستہ آہستہ اسے بھی کاروبار کی آہنی زنجیروں میں باندھ لیا تھا۔ وہ سمجھ رہا تھا لیکن مسحور انسان کی طرح سب کچھ کئے جا رہا تھا۔ بلیک مارکٹ میں زیادہ سے زیادہ مال کی کھپت ہوتی تھی۔

ایاز نے ددّبے کی مدد سے خاصا جال پھیلا رکھا تا۔ رات کے وقت دس بجے کے بعد اِن ٹرکوں میں زندگی پیدا ہو جاتی ہے جو دن بھر درختوں کے سائے میں پڑے رہتے تھے اور جن کے ڈرائیور ادیباسی عورتوں کے ننگے اور سیاہ کرٹیل جسموں سے لطف اٹھاتے رہتے تھے۔ یہ ٹرک نیچے لوہے کے چادرے اور سیمنٹ کی بوریاں رکھ لیتے تھے اور ان کے اوپر جنگل کی لکڑیاں اور بکس کی دو منزلہ اور سہ منزلہ عمارتیں کھڑی کر لیتے تھے۔ اور مختلف سنسان اور بے جان سڑکوں کے چکر لگا کہ وہ جنگل کی طرف سڑکوں پر نکل جاتے تھے۔ ہر رات کچھ ٹرک غلّوں سے لد کر واپس آتے تھے معلوم تھا کہ شہر سے چار چار پانچ پانچ میل کے فاصلے پر غلّے کی آمد و رفت کی روک تھام کے لئے چوکیاں تھیں لیکن یہ ٹرک روزانہ خیریت سے نکل جاتے تھے اور اطمینان سے شہر میں داخل ہو جاتے تھے۔ ایاز نے سرکاری حلقوں میں خاصا رسوخ پیدا کر لیا تھا۔ وہ اپنا کام نکالنے کے لئے بہت سے حربے ایجاد کر چکا تھا۔ اس کا آرٹ روز بروز ترقی کرتا ہوا آرٹ تھا۔

" ایاز خان بزنس میں بالکل مروت نہیں کرتے۔ وہ تو اُٹھتے ہوئے کاروباری ہیں۔ اسی لئے انہوں نے اس کو لکھنؤ سے بلایا ہے؟ "

" مجھے بلایا ہے؟ " اس نے قہر بھری نظروں سے ددّبے کو دیکھا۔

ددّبے نے اپنے سڑے ہوئے دانت نکال دیئے اور اس کی بھینگی آنکھ مسکراتی رہی۔

طفیل نے کہا ——— " میں اب واپس جا کر اپنا کاروبار ... "

ددّبے نے بات کاٹ کر کہا " اجی جناب کہاں کا کاروبار اور کہاں کا لکھنؤ ———

چھوڑیئے بھی ——— مجھے ایاز سب بتا چکے ہیں ——— "

طفیل بھناتا ہوا اٹھا اور تیز تیز قدموں سے نیچے اتر گیا اور موٹر سائیکل پر بیٹھ کر وہاں سے نکل گیا۔ وہ بے ارادہ شہر بھر کے چکر لگاتا رہا۔ اپنی وحشت اور ہیجان میں اس نے ایک رکشا والے کو ہلکا سا جھٹکا بھی لگا دیا۔ وہ اپنی زبان میں دیر تک اسے گالی دیتا رہا۔ اس وقت اس کے کان کے سیاہ بالے زور زور سے ہل رہے تھے۔

لیکن وہ اپنی دُھن میں اُڑا چلا جا رہا تھا ....

اس کے دماغ میں ددّبے کی بات گونج رہی تھی۔ پچھلے دن جب کارخانے کے

کاریگروں نے ایک ساتھ آ کر مزدوری بڑھانے کا مطالبہ کیا تھا تو طفیل اپنی ڈھل مل یقینی کے ساتھ اِدھر اُدھر ٹہلنے لگا تھا۔ لیکن ددّبے نے سمجھا بجھا کر انہیں ٹال دیا۔

"کیوں ددّبے یہاں صرف مسلمان کاریگر کیوں ہیں؟"

"یہاں ایک اور لوہے کا کاروباری ہے، ناگرمل۔ وہ صرف ہندو کاریگروں کو اپنے یہاں رکھتا ہے ــــــ لیکن کوئی بات نہیں ناگرمل اور آیا زخان میں یہ طے ہو گیا ہے۔ اس طرح نیچے بھاؤ پر مزدور مل جاتے ہیں ــــــ" اس نے پھر اپنے میلے دانتوں کا مظاہرہ کرتے ہوئے کہا تھا۔

اس وقت طفیل کی آنکھوں میں اس مزدور کا چہرہ اُبھر آیا تھا جو سب سے آخر میں کمرے سے باہر نکلا تھا۔ اس نے اپنی لنگی دہرا کر کمر میں کستے ہوئے کہا تھا، "تم ہمیشہ ہم لوگوں کو بیوقوف بناتے ہو۔ لیکن یہ کارخانہ ہمارے بل بوتے پر چل رہا ہے۔ ناگرمل لے گا نہیں ــــــ ورنہ ــــــ یہ کارخانہ ــــــ یہ ــــــ"، وہ اپنا غصہ اپنے سینے میں دبا کر باہر نکل گیا تھا۔

ددّبے نے طفیل کی طرف اپنا منہ بگاڑتے ہوئے دیکھا اور اپنی گردن سے میل چھڑاتے ہوئے بولا ــــــ "اس پر بھوت سوار ہو گیا ہے۔ روز سب کو بھڑکاتا رہتا ہے۔ اسے ٹھیک کرنا ہوگا۔ افسوس ہے سب سے تیز اور محنتی ــــــ لیکن ــــــ خیر ــــــ"

طفیل پورے شہر کا چکر لگا کے جب گھر پہنچا تو اس وقت ہلکی بوندا باندی کے بعد بادل پھٹ گئے تھے اور سورج ترچھا ہو کر آم کے درختوں سے جھانک رہا تھا۔ نیلوفر بنگلے سے باہر پھولوں کی کیاریوں کے پاس ننگے پاؤں بھیگی ہوئی گھاس پر آہستہ آہستہ ٹہل رہی تھی۔ اس وقت طفیل کو پہلی بار اس کے ہونٹ بے رنگ اور پھیکے سے نظر آئے۔ اسے ایسا معلوم ہوا کہ اس کے لبوں پر ایک غیر فطری کا فوری سپیدی سو رہی ہے۔ اس کی ساڑھی سفید تھی اور بلاؤز ہلکا فالسی۔

وہ کھڑی ہو گئی اور طفیل کا انتظار کرنے لگی۔

"کیوں آج بہت سویرے بھاگ آئے"، نیلوفر نے ایک پھول سے پانی کی بوندوں کو اڑاتے ہوئے کہا۔

"ہاں" وہ اس کے قریب آ گیا اور اس کے سفید پیروں کی چاندنی کو سبز بھیگی ہوئی گھاس میں چمکتے ہوئے دیکھ کر بولا "تم آج ننگے پاؤں کیوں ہو؟"

"ٹھنڈا ٹھنڈا اچھا لگتا ہے"، بے وجہ ضرورت سے زیادہ زور سے ہنس پڑی۔

"بھئی ایاز خان کا کوئی خط آیا ——— ؟ اب میں واپس جانا چاہتا ہوں"

طفیل نے بے پروائی اور ایک حد تک گھبراہٹ کے ساتھ کہا۔

"تم واپس جانا چاہتے ہو۔ میں تو سمجھ رہی تھی اب تم کبھی واپس نہیں جاؤ گے" اسوقت وہ نیا سوٹ اسے جکڑتا ہوا محسوس ہوا جو نیلوفر نے اپنی طرف سے بنوا کر اس کو بطور تحفہ پیش کیا تھا۔

"کیوں تم ایسا کیوں سمجھ رہی تھیں؟"

"یونہی ——— میرا مطلب ہے میں اب بھی سمجھتی ہوں تم کبھی واپس نہیں جاؤ گے"

دونوں باتیں کرتے ہوئے برآمدے میں آ گئے۔ شام کے جھٹپٹے میں طفیل اس کی آنکھوں کی مچھلیوں کو دیکھنے کی بیکار کوشش کر رہا تھا۔

"کل میری سالگرہ ہے۔ تم جلدی آ جاؤ گے"

دوسرے دن بارہ بجے دن تک وہ اپنے بستر سے اٹھا ہی نہیں۔ گھر میں ایک چہل پہل پھیلی ہوئی تھی۔ سالگرہ کی تیاری ہو رہی تھی۔ دوبے کا فون بھی آیا۔ لیکن اس نے کہہ دیا اس کی طبیعت بہت خراب ہے اور وہ بالکل باہر نکل نہیں سکتا۔ جب دوبے نے اصرار کیا تو اس نے چیخ کر کہا "شٹ اپ" اور ریسور رکھ دیا۔ صبح کی چائے نہیں پی، دوپہر کا کھانا نہیں کھایا۔ تین بجے سہ پہر نیلوفر نے آ کر اسے خود اٹھایا۔ "کیوں تمہیں سالگرہ کی خوشی نہیں؟"

"تمہاری سالگرہ ہے آج ——— اسی لئے اتنا لپ اسٹک لپیٹ لیا ہے؟"

"لپ اسٹک اپنے لبوں پر لگائی ہے۔ تمہیں کیوں تکلیف ہو رہی ہے۔"

"نہیں تکلیف نہیں ——— میں ایاز کے بارے میں سوچ رہا ہوں۔ میں نے آج تک کسی ایسے آدمی کے بارے میں نہیں سنا جو سگرٹ کی پھانکوں کو کبوتر کے لہو میں بھگو کر

چوستا ہوا۔

وہ فوراً مڑی اور وہاں سے چلی گئی۔ ایک ہوا کا جھونکا تھا جو دروازہ چیر کر نکل گیا۔
اس وقت طفیل کو بہت مزہ آیا۔ تکلیف پہنچانے میں اسے خاص لطف آتا تھا۔ نیلوفر کو جلانے میں یہ لطف دوگنا ہو جاتا تھا۔ لیکن دوسرے ہی لمحہ اس کے دل میں نیلوفر کے لئے رحم کا طوفان سا اُٹھنے لگتا تھا۔ اس نے تین چار منٹ کے بعد آپ ہی اپنی ہتھیلیوں کو پیٹ کر زور سے قہقہہ لگایا۔ اس کے ساتھ ہی اندر والے کمرے سے کسی چیز کے جھناکے سے گرنے اور ٹوٹنے کی آواز آئی۔

"وچلو ایک گلدستہ شہید ہوا۔ آئی بلا ٹلی ——"

غسل خانے میں بھی نہانے کے دوران میں کئی بار وہ ہنسا اور پانی کی لہریں اس کے جسم میں گدی گدی کرتی ہوئی محسوس ہوئیں۔ نہانے کے بعد کپڑے بدل کر بغیر چائے پئے ہوئے بنگلے سے نکل گیا جہاں میزیں قرینے سے لگی ہوئی تھیں اور رنگ برنگ کے قمقمے آہستہ آہستہ ڈوروں میں میں لٹکے ہوئے جھول رہے تھے۔ ملازموں نے صاف ستھرے کپڑے پہن رکھے تھے۔ اور پچھواڑے میں رہنے والے مالی اور دھوبی کے بچے دور ہی سے کھڑے محفل کی زینت دیکھ رہے تھے جسے مہمانوں کا انتظار تھا۔

رات کو دس بجے کے بعد وہ شراب کے نشے میں دھت واپس بنگلے پر پہنچا تو کوٹھی سے مہمان جا چکے تھے۔ صرف ایک بنگالی جوڑا الوداعی سلام کہہ رہا تھا۔ یہ تھا مکرجی بائیو کیمسٹ اور اس کی بیوی کا جوڑا۔ اس کے ذریعہ آیا زسرکاری لوگوں کے یہاں کھاد سپلائی کر کے ان کی خوشنودی حاصل کرتا تھا۔ جب وہ بھی چلے گئے تو نیلوفر اس کی طرف بغیر دیکھے ہوئے اندر چلی گئی۔ اس وقت فضا میں ایک شکست اور دلگیری سی پیدا ہو گئی تھی۔ ملازم جلدی جلدی چیزیں سمیٹ رہے تھے وہ تھوڑی دیر اپنے کمرے میں ٹہلتا رہا اور ایک سگریٹ کے بعد دوسری سگریٹ پیتا رہا۔ وہ اتنی تیزی سے سگریٹ پی رہا تھا کہ آدھی سگریٹ پوری طرح تمباکو جلائے بغیر انگارے کی طرح سُلگ اٹھتی تھی۔

رات بھاری ہو گئی۔ ہوا چوروں کی طرح کانا پھوسی کرتی رہی۔ خاموشی اس کی روح پر

مسلط ہونے لگی۔ وہ اٹھا اور آہستہ سے اپنے کمرے سے نکلا۔ آہستہ آہستہ پچھواڑے کی طرف گیا جہاں ملازمین، دھوبی اور رمالی کے ساتھ بیٹھے چلم پی رہے تھے اور مہمانوں کے لطیفے سُنا رہے تھے اور گالیاں بک بک کر ہنس رہے تھے۔ وہ واپس آیا اور سیدھا سنسناتا ہوا نیلوفر کے کمرے میں گھُس گیا۔ اس وقت وہ ایک بہت مہین سازر وکرتہ اور ریشمیں پاجامہ پہنے آئینے کے سامنے کھڑی تھی۔ اس کو دیکھتے ہی اس نے چمکتے ہوئے بلب کو گل کر دیا اور نیلی روشنی پُر اسرار سرگوشی کے ساتھ کمرے میں پھیل گئی۔ وہ اپنے گدیلے بستر پر لیٹ گئی۔ طفیل اپنی پتلون کی جیبوں میں ہاتھ ڈالے ہوئے اسے گھور رہا تھا۔ اس کے بال آگے کو جھک آئے تھے اور اس کے کھُلے ہوئے گریبان سے اس کا دھنسا ہوا سینہ متلاطم نظر آرہا تھا۔ نیلوفر بالکل بے حس اسی طرح لیٹی رہی۔ اس کا ایک ہاتھ اس کی پیشانی پر تھا، دوسرا زلفوں میں کھویا ہوا۔ اس کی آنکھیں کبھی بچے کی تصویر کا طواف کرتی تھیں اور کبھی طفیل کے وحشی برہم اور جذباتی چہرے کا۔

"تم اس کرسی پر بیٹھ جاؤ۔ تم بہت تھکے ہوئے معلوم ہوتے ہو۔"

"نہیں میں تھکا ہوا نہیں ہوں۔ میں نے کافی پی رکھی ہے۔" اس نے جھنجھلا کر اسی طرح اسے گھورتے ہوئے کہا۔

"پھر؟" اس نے ڈوبتی ہوئی سانس کے ساتھ پوچھا۔ لہجے میں بڑی حیرانی اور سراسیمگی تھی۔

وہ چیل کی طرح جھپٹا اور اس پر چھا گیا۔ اس کے بال نوچ لئے اور اس کے ہونٹ اتنے زور سے چُوم لئے کہ آواز سناٹے میں تالی کی طرح گونج گئی۔

"تم بہت بے ہودہ آدمی ہو۔ میں کوئی بازاری عورت نہیں ہوں۔ میں تمہارے دوست کی بیوی ہوں ——"

وہ کھڑا ہو گیا۔ اس نے رحم بھری نظروں سے نیلوفر کو دیکھا۔ اس کی نظریں بچے کی تصویر پر سے ہوتی ہوئی آئینے پر جم گئیں۔ اس نے اپنے ہونٹ کو آستین سے رگڑنا شروع کر دیا۔ وہ پھر جھکا اور اس نے اپنی آستین سے اس کے ہونٹ بھی رگڑ ڈالے۔ وہ تڑپتی رہی لیکن اس

اس کی گرفت سے نکل نہ سکی۔ وہ پھر اس کے لب چومنے کے لئے جھکا۔ لیکن قریب پہنچ کر وہ رک گیا۔ یکایک اٹھا اور اپنے کمرے میں آ کر بستر پر اوندھے منہ گر گیا اور زور زور سے سسکیاں بھر کر رونے لگا۔

باہر ہوا بھی سسکیاں بھر رہی تھی اور کتا بھونک رہا تھا اور پچھواڑے سے ملازمین کے قہقہوں کی آواز آ رہی تھی۔

تین ساڑھے تین مہینے گذر چکے تھے۔ نومبر کے مہینے میں ہی وہاں سردی سانسوں میں برف کے بلیڈوں کی طرح دوڑنے لگی تھی۔ طفیل مزے میں تھا۔ وہ اب لکھنؤ کے بزنس کی باتیں کرنا بھی چھوڑ چکا تھا۔ سگریٹ پینے میں اس نے اتنی شدت اختیار کر لی تھی کہ اس کی انگلیاں کتھئی ہو گئی تھیں اور دو انگلیوں کے ناخن تو بالکل حنائی سے نظر آتے تھے۔ اس بیچ میں کئی بار ایاز کارخانے کا پورا بوجھ اس پر چھوڑ کر کلکتے، بمبئی، اور دہلی کے چکر لگانے کے لئے چلا گیا۔ ہر بار وہ یہی کہہ کر جاتا تھا کہ وہ بزنس کے کام پر جا رہا ہے۔ لیکن طفیل کی آنکھیں اب ایاز کی زندگی کی گہرائیوں تک رسائی حاصل کر چکی تھیں۔ وہ جانتا تھا کہ وہ کلب میں محض تاش اور بلیرڈ کھیلنے نہیں جاتا۔ وہ وہاں اینگلو انڈین لڑکیوں اور سرکاری افسروں کی بیویوں سے فلرٹ کرنے جاتا ہے۔ وہ بلیک مارکیٹ سے حاصل کئے ہوئے روپے پانی کی طرح نت نئی عورتوں پر بہاتا ہے۔ وہ خطرات مول لے کر رات کے وقت ٹرکوں پر چیزوں کو ناجائز طریقے پر ایک جگہ سے دوسری جگہ بھجواتا ہے۔ اس نے اپنے بزنس کو کافی ٹھوس بنا لیا تھا۔ اس کا دوسر بس ناگرمل تھا جو اسی قسم کے بزنس میں ڈٹ کر اس کا مقابلہ کر رہا تھا اور اپنی چار سو بیسی سے اسے کبھی کبھی زوردار دھکا لگا دیتا تھا۔ لیکن یہ پٹھا بھی میدان میں ڈٹا ہوا تھا۔ اب اسے طفیل کی وجہ سے ذاتی خطرات سے بھی چھٹکارا مل گیا تھا۔ ایسی ساری تیاماتیں طفیل کے سر پر سے گذرتی تھیں اب وہ اور بے فکری سے کلب اور دعوتوں کی دلدل میں دھنستا چلا جا رہا تھا۔ کبھی کبھی تو وہ رات کے وقت بھی غائب رہتا۔ صبح کو آتا تو اس کے کپڑے ملے دلے ہوتے اور چہرے پر آوارگی کی پھٹکار برستی رہتی۔

آتے ہی وہ غسل کرتا اور کبھی کبھی طفیل اور نیلوفر کو ایک دوسرے سے قریب دیکھ کر کہتا ۔
"یار طفیل تم تو میرے لئے ابرِ رحمت بن گئے ہو جب سے تم نے آ کر میری ذمہ داریاں سنبھال لی ہیں میں اپنے کاروبار میں زیادہ فائدہ دیکھ رہا ہوں "
"ہاں لیکن کب تک میں تمہارے کاروبار کی خاطر یہاں پڑا رہوں گا۔ مجھے اپنے لئے بھی تو کچھ کرنا ہے "
"کیوں مجھ میں اور تم میں فرق کیا ہے ۔ میں تمہیں اپنا بھائی سمجھتا ہوں ۔ کیوں نیلوفر؟"
"اور نہیں تو کیا" نیلوفر جز بز ہو کر کہتی ۔
طفیل اکثر اس شام کے بارے میں سوچا کرتا جب وہ نیلوفر کے ساتھ ہنڈرو فال دیکھنے کے لئے گیا تھا۔ سرسبز پہاڑیوں کی بلندی سے چشمے کا ٹھنڈا پانی گھن گرج کے ساتھ گر رہا تھا۔ نیچے ترائی میں جنگلوں کے درمیان چھوٹے چھوٹے ادیباسی گاؤں تھے ۔ قریب ہی دوسری طرف ایک پتھر کے پاس ادیباسی عورت آنچل میں اپنے بچے کو پیٹھ پر لٹکائے لکڑی کا بوجھ سر پر رکھے ہوئے تیزی سے دامن کی طرف اترتی چلی جا رہی تھی جیسے کوئی چٹان لڑھک رہی ہو ۔
سورج کی ڈوبتی ہوئی سرخ کرنوں میں ان کی جیپ نیچے ایک ماچس کی ڈبیہ نظر آ رہی تھی ۔
نیلوفر نے بیٹھے بیٹھے اپنا سر اس کے سینے پر رکھ دیا۔ اسے ایسا معلوم ہوا ہنڈرو فال اس کے سینے سے پھوٹ رہا ہے اور اس کی رگوں میں دوڑ رہا ہے، گرج رہا ہے ۔
"نیلوفر تم میرے دوست کی بیوی ہو۔ تم کوئی بازاری عورت نہیں ہو "
"لیکن تم بھی کوئی بازاری آدمی نہیں ہو "
"میں تو ہوں ـــــــــ"
"نہیں نہیں، تم نہیں ہو ـــــــ تم نہیں ہو "
رات گئے جب دونوں پہاڑی سے اترے تو ڈرائیور جیپ میں بیٹھا انہیں گالیاں دے رہا تھا۔ وہ بیڑی پیتے جا رہا تھا اور اس کا دماغ بول رہا تھا ـــــــ "یہ سب شریف

بنتے ہیں۔ یہ کیسی شرافت ہے۔ ایک کی عورت دوسرے کی گود میں کھیلتی ہے۔ سب جانتے ہیں اور ایک دوسرے کو شراب پلاتے ہیں ـــــــ ان کی عورتیں بھی شراب کا گلاس ہیں۔"

اب اس وقت بھی تین ساڑھے تین مہینے بعد گیارہ بجے رات کو طفیل، نیلوفر کے ساتھ اس کے سائن کے گدے پر لیٹا ہوا تھا۔ ہر طرف سناٹا تھا۔ نیلی روشنی میں ہر چیز دھندلی سرگوشی کرتی ہوئی محسوس ہو رہی تھی۔ اونچی کھڑکی سے اندھیرے آسمان میں چنگاریاں اڑتی ہوئی نظر آ رہی تھیں۔ بنگلے کے پیچھے ملازم گپ کر رہے تھے۔

"یہ بہت بُرا ہوا"، طفیل نے نیلوفر کے سینے میں اپنا منھ چھپاتے ہوئے بہت ہی غمگین آواز میں کہا۔ "یہ بہت بُرا ہوا۔ یہ حرامکاری ہے ـــــــ"

"نہیں یہ حرام کاری نہیں ہے۔ میں تمہیں مار دوں گی طفیل بُری باتیں مُنھ سے کیوں نکالتے ہو۔ ایاز خود غرض ہے۔ آوارہ ہے۔ میں اس کے بچے کی ماں بننا نہیں چاہتی ـــــــ لیکن یہ بات دوسری ہے ـــــــ" اس نے طفیل کی گردن میں باہیں ڈال کر اس کی پیشانی چوم لی ـــــــ

کئی دن سے اس علاقے میں پولیس نے بڑی سختی شروع کر دی تھی۔ پرسوں رات ہی ایک ٹرک چاول اور سیمنٹ سے لدا ہوا شہر سے باہر نکل کر جنگل میں داخل ہوا تو ایک پولیس کی جیپ نے اس کا پیچھا کیا۔ ٹرک بہت تیز بھاگا۔ راستہ پہاڑی تھا۔ پیچ و خم بہت تنگ تھے۔ اس وقت طفیل بھی اسی ٹرک میں موجود تھا۔ ایک جگہ راستہ کاٹ کر ڈرائیور نے ٹرک کو روک دیا۔

"صاحب آپ یہاں اُتر کر پچھلی طرف نکل جائیے شہر کو جانے والی ٹرک مل جائے گی۔"

طفیل نے کہا، "اور تم؟"

"میری پروا نہ کیجئے۔ میں موت کو جل دے دوں۔ یہ سسری تو پولیس ہی ہے ـــــــ ہاہاہا" اس نے قہقہہ لگایا اور طفیل کو زبردستی ٹرک سے نیچے دھکیل دیا۔ طفیل اچک کر چٹان پر چڑھ گیا اور درختوں میں چھُپ گیا۔ اس نے پلٹ کر دیکھا۔ ڈرائیور تیزی سے اپنے ٹرک کو پیچھے

بھگا رہا تھا۔ اس نے ایک جھٹکے سے ٹرک کو پھر آگے گھمایا اور سانپ کی طرح بل کھاتی ہوئی سڑک پر بھاگنے لگا۔ طفیل مڑکر بھاگنے والا ہی تھا کہ جیپ تیزی سے ٹرک کے پیچھے جھپٹتی ہوئی نکل گئی۔ وہ مبہوت کھڑا ہوگیا۔ دوسرے ہی لمحہ ایک دھماکا ہوا۔ ٹرک چٹانوں سے ٹکراتا ہوا پہاڑی سے نیچے گرتا جارہا تھا۔ اس میں آگ لگ گئی تھی اور وہ چیختے ہوئے شعلوں کے ساتھ بہت نیچے ایک لپکتے ہوئے سرخ آنچل کی طرح اڑتا ہوا نظر آرہا تھا۔

جیپ پندرہ بیس منٹ کے بعد تیزی سے مڑی اور واپس شہر کی طرف دوڑنے لگی۔

تھوڑی دیر کے بعد آنکھوں میں آنسو لیئے ہوئے وہ پیدل اُلٹے راستے سے شہر کی طرف جارہا تھا۔

"طفیل تم سنبھلو۔ تمہارا دوست ایاز تمہارا دشمن ہے۔ بڑا تگڑم باز ہے۔ وہ تمہیں جال میں پھانس رہا ہے۔ اس کا کاروبار چلے گا نہیں۔ ناگر مل زیادہ دولت مند ہے۔ وہ اسے دبا دیگا۔ پولیس اس کے ساتھ ہے ——"

"تو کیا ہوا؟" اس نے نیلوفر کے سینے میں اپنا منھ رگڑتے ہوئے اسی طرح کہا۔

"تو کیا ہوا ——؟"

"تم خطرے میں ہو۔ بُری طرح پھنسو گے"

"میں کیوں پھنسوں گا ——"

"اسی لیئے تو کہتی ہوں یہاں سے بھاگ چلو۔ میں تمہارے ساتھ چلوں گی"

"میرے ساتھ —— نہیں یہ بہت بُرا ہوگا" پھر اس نے اپنا سر اُٹھا کر نیلوفر کی آنکھوں میں دیکھنا چاہا۔ لیکن ان میں کوئی وحشت نہ تھی۔ اس کے لب اس وقت بھنچے ہوئے تھے۔ اس لیئے اس کی آنکھیں ہنس رہی تھیں۔ اس کے لب سرد اور سفید تھے۔ اس نے ٹالنے کے لیئے پوچھا "نیلو تم اب لپ اسٹک کیوں نہیں لگاتیں۔؟"

"میں —— میں اس لیئے نہیں لگاتی کہ میں جانتی ہوں تم سنگترے کی پھانک کبوتر کے لہو میں ڈبو کر نہیں چوستے ——"

طفیل نے اپنے لب اس کے لب پر رکھ دیئے۔ اس وقت کھڑکی سے نومبر کی سرد

ہوا کے جھونکے شن شن کرتے ہوئے اندر آرہے تھے۔ نیلوفر نے اپنا ہاتھ بڑھا کر بڈ سوئچ دبا دیا۔

دیکھتے دیکھتے حالات بدل گئے تھے کئی مقدمے ایک ساتھ ایاز پر چلنے لگے تھے۔ ان سارے مقدموں میں کسی نہ کسی طرح طفیل بھی پھنس گیا تھا۔ اس کی سمجھ میں کچھ نہ آتا۔ ایاز کے وکیلوں کے اشارے پر وہ ناچ رہا تھا۔ کبھی کبھی جھنجھلا کر کہتا ———— "آخر میں یہ کیوں کہہ دوں۔ دوسرے کی لگائی ہوئی فصل میں کیوں کاٹوں"

"اس لئے کہ اس فصل سے تمہارا بھی پیٹ بھرتا رہا ہے" غصے سے طفیل کی آنکھیں نکل آئیں۔ لیکن وہ ایک بے بس فقیر کی طرح وکیل کے چہرے پر اپنی آنکھوں سے نفرت برسا کر خاموش ہوجاتا۔

وکیل اسے ابھی ابھی چھوڑ کر گیا تھا۔ اس نے بتایا تھا کہ ناگرمل نے پولیس کی مٹھی گرم کرکے ایاز کو بازار سے ختم کردینے کی ساری چالیں مکمل کر لی تھیں۔ ایاز نے بزنس کے تقاضوں کو پورا نہیں کیا تھا۔ وہ بساط کا نیا مہرہ تھا۔ وہ بُری طرح پٹ گیا تھا۔ اس کے بزنس کی چولیں جب ڈھیلی پڑنے لگیں اور اس پر مقدموں کا بار بہت پڑنے لگا تو وہ اور بے پروا ہو گیا۔ گھر سے غائب رہنے لگا۔ وہ اینگلو انڈین چھوکریوں میں زیادہ دلچسپی لینے لگا۔ ایسا معلوم ہوتا تھا کہ اس کو اپنی تباہی کا یقین ہو گیا تھا اور وہ ان چند لمحات کا پورا پورا فائدہ اٹھا لینا چاہتا تھا جو اس کی زندگی میں باقی رہ گئے تھے۔ وہ کارخانے میں آتا۔ دو چار کاغذات دیکھتا طفیل پر حکم جھاڑتا مزدوروں کو گالیاں دیتا۔ دوبے کو کبھی ہاتھ سے پکڑ کر جھنجھوڑ دیتا ———— "تم نے میرا معاملہ صاف کر دیا"

"کشتی جب ڈوبنے لگتی ہے تو مسافر ملاح سے اسی طرح بات کرتا ہے" دوبے اپنی گردن کو سہلاتے ہوئے اطمینان کے ساتھ کہتا۔

اسی دن ایاز نے طفیل سے بھی ذرا گرم ہو کر بات کی۔ "تم ہر وقت عیاشی میں لگے رہتے ہو میری دوستی اور شرافت کا اچھا بدلہ دیا ہے تم نے"

" ایاز میں دوستی کی وجہ سے تمہاری عزت کرتا ہوں۔ کوئی شخص بھی مجھ سے اس زبان میں بات کرے اور اپنی گردن سلامت لے کر سامنے سے چلا جائے، ایسا کبھی نہیں ہو سکتا۔" وہ اٹھ کھڑا ہوا اور اس نے ایاز کی ٹائی پکڑ لی، اور اسے اتنے زور سے جھٹکا دیا کہ وہ تلملا گیا اور لپک کر لپٹ گیا۔ "پیارے طفیل ______ میری جان ______ میرا دماغ خراب ہو رہا ہے۔ تم میری مصیبت جانتے ہو۔ تم میری جگہ ہوتے تو ______ " اس کی آنکھوں میں آنسو بھر آئے تھے۔ وہ وہاں سے نکلا اور زینے سے اپنی آنکھیں خشک کرتا اور اپنے لبوں پر ایک خباثت سے بھری مسکراہٹ اُبھار کر مزدوروں کو ڈانٹ بتاتا ہوا وہاں سے باہر چلا گیا۔

ابھی اس کی موٹر سائیکل کی آواز طفیل کے کانوں میں اچھی طرح مری بھی نہیں تھی کہ فون چیخنے لگا۔ اس نے اپنے بالوں کو ایک ہاتھ سے سہلاتے ہوئے کہا" ہلو ______ " اس کے کان میں باریک سی لوچدار آواز آئی۔ " ایاز اسپیکنگ ______ ؟ "

"ہاں"

" تم آئے کیوں نہیں ؟" انگریزی میں اسی نازک سی آواز نے پوچھا۔

" شٹ اپ یو بِچ ______ " اس کے کان میں ایک حیرت سے بھری ہوئی چیخ سنائی دی اور اس نے ریسیور رکھ دیا۔

اگلی صبح ایک مقدمے کا فیصلہ سنایا جانے والا تھا۔ طفیل کی آنکھوں میں زنجیریں اُبھر رہی تھیں۔ ان کی آواز میں کتنی اذیّت سے بھری ہوئی جھنکار تھی۔ وہ اپنے جسم سے سانپوں کو پکڑ پکڑ کر دُور پھینک رہا تھا۔ وہ ایک سانپ کو دُور پھینکتا تھا اور سو سانپ اس کے جسم سے، اس کی گردن سے، اس کی ٹانگوں سے لپٹ جاتے تھے۔

" کیا میں بھاگ جاؤں؟ بھاگ جاؤں تو ایاز میرا کیا کر سکتا ہے۔ وہ اپنے گناہوں کا زہریلا پھل مجھے کھلانا چاہتا ہے۔"

لیکن اس کے فوراً بعد اس کے خیالات کے شعلوں میں ایک پھول سا کھِل اُٹھا۔ وہ اب نیلوفر کے بغیر نہیں رہ سکتا تھا۔ یہ دوسری عورت تھی جس نے اس کے جسم کو شانتی دی تھی۔ اور اس کی روح میں گداز پیدا کیا تھا ______ ،

تین چار سال پہلے دسمبر کی برفیلی رات میں وہ راجدھانی کے اسٹیشن پر تیسرے درجے کے مسافر خانے میں ایک آوارہ اور گنجے کتے کی طرح ایک کونے میں پڑا ہوا تھا۔ سردی میں اس کا دم گھٹ رہا تھا۔ اس کے پاس ہی ایک بھکارن سوئی ہوئی تھی۔ وہ بغیر سوچے سمجھے اس کے کمبل میں گھس گیا تھا۔ اس بھکارن نے فوراً اسے اپنے بازوؤں میں جکڑ لیا تھا۔ پھر رات بھر وہ اس پھٹے ہوئے کمبل میں گرم ہوتا رہا تھا۔ اور صبح ہونے سے پہلے جب کوؤں نے پہلی بار آواز نکالی اور درختوں سے انجن کی سیٹی کے ساتھ چڑیاں پھڑ پھڑا کر اڑیں تو وہ چلتا بنا۔ اس نے بھکارن کا منھ بھی نہیں دیکھا۔ البتہ جب تھوڑی دیر کے بعد وہ ریلوے پُل پر بیٹھا ہوا تھا تو اس کی گردن پر جوئیں رینگتی ہوئی محسوس ہوئیں۔ اس کے بعد خالی پیٹ ہونے کے باوجود اسے ایسی متلی ہوئی کہ وہ غاغا کرتا ہوا اپنے منھ سے کھاری پانی اُگلنے لگا۔

لیکن اس وقت جب اسے اپنی زندگی میں داخل ہونے والی دوسری عورت نیلوفر کا خیال آیا تو وہ کانپ گیا۔ جس درخت کے سائے میں وہ زندگی کی چلچلاتی ہوئی دھوپ سے بچنے کے لئے بیٹھ گیا تھا اس میں آگ لگ گئی تھی ——— لیکن اب وہ اس درخت کو جلتا ہوا چھوڑ کر کیسے چلا جائے ——— کیسے چلا جائے ——— یہ تو بڑی بزدلی ——— بڑا کمینہ پن تھا ——— وہ بار بار ایک ہی بات سوچ رہا تھا۔

”ستارہ گردش میں ہے“ دوبے نے کمرے میں آتے ہوئے کہا۔

”کیوں کیا ہوا۔ ستارہ گردش میں ہے۔ کیوں گردش میں ہے۔ ٹوٹ کر گر کیوں نہیں جاتا؟“

دوبے نے کنکھیوں سے اس کی طرف دیکھا اور تجوری کی کنجی اپنی جیب میں رکھتے ہوئے بولا ”طفیل صاحب موج کیجئے اب ستارہ ٹوٹ کر گرنے والا ہے اور کل صبح ہاتھ میں ہتھکڑی ہوگی ——— اور ——— اور۔“

”کس کے ہاتھ میں ہوگی ہتھکڑی؟“

”آپ کے ——— سارے کام آپ کے دستخط سے ہوئے ہیں نا؟ گواہوں نے بھی تو آپ کا ہی نام ——— اچھا خیر چھوڑیئے جناب میں بنگلے پر گیا تھا“ اس نے ایک کالی سی

مسکراہٹ کو اپنے لبوں میں دفن کرتے ہوئے انتہائی گڑ داہٹ کے ساتھ کہا۔

"وہ نیلوفر صاحبہ آپ کا انتظار کر رہی تھیں۔ اُنہوں نے کہا تھا آپ کو فوراً بھیج دوں۔ میرا خیال ہے آپ فوراً اسے پیشتر چلے جائیے ——— " اس نے چٹکی بجائی۔

کارخانے کے مزدوروں نے پیچھے پڑ کر زور زور سے دھمکیاں دینا شروع کیں۔

ہماری محنت کوئی نالے کا پانی نہیں ہے۔

خون بہتا ہے خون۔

ہماری محنت کا پھل ملنا چاہیئے۔

ہمیں معلوم ہے اب یہ کارخانہ نہیں چل سکتا۔

یہ کارخانہ مرا ہوا گھوڑا ہے۔

مرے ہوئے گھوڑے پر سواری نہیں کی جاتی۔

ہمارے پیسے دے دو۔ ہماری محنت کا پھل۔

طفیل بھی جانتا تھا کہ اب کارخانہ بند ہو جائے گا۔ ایاز خان اب بھی اینگلو انڈین چھوکریوں اور شراب میں ڈوبا ہوا تھا۔ تجوری کی کنجی دوبے کے قبضے میں تھی۔ کل صبح مقدمے کا فیصلہ ہوگا۔ زنجیریں اسے پکار رہی ہیں۔ ان زنجیروں کا سلسلہ ماں کے پیٹ سے نیلوفر کی کٹی ہوئی بے نیاز زلفوں تک ہے۔ ان زنجیروں کا سلسلہ نیلوفر کی زلفوں سے قید خانے کی دیواروں تک ہے۔ یہ زنجیریں ہر جگہ ہیں۔ یہ زنجیریں پیٹ میں ہیں۔ یہ زنجیریں دماغ میں ہیں۔ یہ زنجیریں ہر جگہ ہیں۔ یہ زنجیریں دوستی میں ہیں، یہ زنجیریں جسم کی سپردگی میں ہیں اور یہ زنجیریں باہوں کے گداز میں ہیں اور آنکھوں کی بیزاری میں ہیں۔ ہاں یہ زنجیریں ہر جگہ ہیں، ہر طرف ہیں ——— کارخانے کے مزدوروں کی آوازیں اور تیز ہوگئیں۔ زنجیروں کی جھنکار اور تیز ہوگئی" دوبے اطمینان سے ٹہلتا رہا ——— زندگی میں پہلی بار طفیل آدمیوں کی آواز سے، ان کی سانسوں سے، ان کی قربت کے احساس سے ڈرنے لگا ——— ٹرک کے ڈرائیوروں کی آوازیں سب سے اونچی آ رہی تھیں۔

اسی طفیل کے بچنے کی وجہ سے ہمارا دوست ٹرک میں جل کر مر گیا۔

بڑا ایساٹیلہے اُلو کا پٹھا۔ چور ــــــ بے ایمان ــــــ کمینہ۔

طفیل ایک اندھے طوفان کی طرح اُٹھا اور پچھلے زینوں سے نیچے اُتر گیا۔ اور اسے محسوس بھی نہیں ہُوا کہ وہ تیز تیز چلنے کی بجائے سڑک کے کنارے کنارے دوڑ رہا ہے اور راہگیر اسے حیرت بھری نظروں سے دیکھ رہے ہیں۔ سر ہلا رہے ہیں اور اشارے کر رہے ہیں۔

شہر سے باہر وہ تالاب کے کنارے دس گیارہ بجے رات تک بیٹھا رہا۔ اونچے آسیبی درختوں میں ہوائیں چیختیں اور اس کے سینے میں برف سی جما دیتیں۔ صبح آئے گی اور اس کے لئے زنجیریں لائے گی ــــــ اس کے سوا اس کے دماغ میں اور دوسرا خیال نہیں تھا۔

وہ آدھی رات کے بعد پٹا ہوا، لڑکھڑاتا ہوا، گھٹا ہوا، بنگلے میں پہنچا تو ایاز خان کا ٹائیگر آکر اس کے پیروں سے لپٹ گیا۔ اس کتے کو اس کا انتظار تھا۔ وہ چپکے سے اپنے کمرے میں گیا۔ اس نے تحریر دار نیلگوں قمیص اور پاجامہ پہنا۔ اسے نیند نہ آئی۔ وہ لیچی اور آم کے درختوں کے سائے میں ہوا کے منہ زور طمانچوں کو جھیلتا ہوا ٹہلتا رہا۔ اس کا جسم لرز رہا تھا۔ لیکن اس کا جی کمرے میں جانے کے لئے تیار نہ تھا۔ غیر ارادی طور پر وہ کھڑکی کی نیلی روشنی کے پاس پہنچ گیا۔ وہ غسل خانے کے پاس چھوٹے سے اندھیرے برآمدے میں کھڑا ہو گیا۔ اسے معلوم تھا دوسری طرف نیلوفر کی چارپائی رکھی ہوئی ہے۔ وہ اس میں اپنی نزاکتوں اور بیزاریوں کے ساتھ لیٹی ہوئی ہے۔ اس کا ایک ہاتھ پیشانی پر رکھا ہوا ہے اور دوسرا تکئے کے نیچے دبا ہوا ہے۔ اس کی آنکھیں دیوار پر ایک چھوٹے سے ننھے بچے کی تصویر پر جمی ہوئی ہیں۔

اس نے اپنے کان دیوار سے لگا دیئے۔ زور زور سے سانس لینے کی اور سسکیاں بھرنے کی آواز آرہی تھی۔

"نہیں ایاز یہ بہت بڑا ظلم ہوگا۔ میں مرجاؤں گی۔ نہیں یہ نہیں ہوسکتا" نیلوفر کی آواز میں پہلی بار اتنی حقیر قسم کی پسپائی اسے سنائی دی۔ وہ چونک گیا۔ اس کا جی چاہا کہ دوڑ کر وہ اندر پہنچ جائے ــــــ اور اسے اپنے دونوں ہاتھوں میں اُٹھا کر فضا میں بلند کر دے ــــــ اور بلند، اور بلند ــــــ لیکن ــــــ ــــــ،

"دیکھو نیلوفر ــــــ صاف بات! زندگی بھر تم مجھے اور میں تمہیں دھوکا دیتا رہا ہوں

اور دونوں کو یہ معلوم ہے ــــــ تم ایک فلرٹ عورت ہو اور میں ایک آوارہ آدمی ہوں۔"

"تم آوارہ کہتے ہو"، نیلوفر کی آواز سسکیوں میں بھری ہوئی اُبھری۔

"ہاں ٹھیک ہے میں آوارہ کتا ہوں"، ایاز کی آواز میں شراب بول رہی تھی۔

"لیکن تمہیں ان دونوں میں سے ایک کو چُننا ہوگا ــــــ ایک طرف یہ دوا کی چھوٹی سی شیشی ہے اور دوسری طرف طفیل۔"

"نہیں ایاز یہ بہت بڑا ظلم ہوگا۔ مجھے ماں بننے دو ــــــ"

"تم پہلے بھی ماں بن سکتی تھیں۔ لیکن تم نہیں بنیں۔ تم چاہتی تھیں میں باپ نہ بنوں۔ ایں ــــــ یہ دوا کی شیشی تمہاری جگری سہیلی ہے۔ پہلے تم اسے لاتی تھیں، آج میں لایا ہوں" ــــــ ایاز کو ہچکی پر ہچکی آرہی تھی۔ طفیل کا حلق خشک ہو رہا تھا ــــــ "نہیں نیلوفر تمہیں دونوں میں سے ایک کو چُننا ہوگا۔ دونوں ہاتھ میں لڈو ــــــ یہ انصاف نہیں۔"

"لیکن تم تو باپ بن چکے ہو۔ وہ تصویر ــــــ"

"بدتمیز عورت ــــــ" ایاز خان کے طمانچوں کی آواز سے خاموش فضا میں تالیاں بج اٹھیں۔ "میں تمہارے طفیل کا خون کردوں گا۔ وہ کل جیل چلا جائے گا۔ دوستی کا اچھا پھل دیا ہے سُور نے ــــــ میں ــــــ میں"، نشے میں بھرائی ہوئی ہانپنے کی آواز اس کے سینے میں برف کا تودا بن کر جمتی جارہی تھی۔

"تو میں ایک باپ ــــــ" اس کے لب آہستہ آہستہ پھیلے جیسے زخم آہستہ آہستہ کھلتا ہے۔ دوسرے ہی لمحے اس کے لب بھنچ گئے۔ ایاز خان زور زور سے پکار رہا تھا۔ "طفیل ــــــ طفیل ــــــ" ایاز کی آواز طفیل کے کمرے کی طرف جارہی تھی۔ وہ اسی طرح دبکا کھڑا رہا۔ "طفیل ــــــ طفیل" وہ آہستہ سے دوسری طرف جھکا اور اور کھڑکی کے نیچے پردے کے کونے سے جھانک کر دیکھنے لگا۔ نیلوفر لیٹی ہوئی تھی خاموش آنکھیں کھلی ہوئی۔ گالوں پر آنسو چمک رہے تھے۔ نگاہیں تصویر پر جمی ہوئی تھیں۔ "طفیل ــــــ طفیل ــــــ" آواز ختم ہوگئی۔

نیلوفر اٹھی اور اس نے دوا کی شیشی اُٹھائی اور پی گئی اور پھر لیٹ گئی اور بچے کی تصویر کو گھورنے لگی۔ اس کی مسکراہٹ اس جواری کی مسکراہٹ تھی جو بازی میں سب کچھ لٹا کر، اپنی ساری متاع ہار کر، اپنی شکست کو چھپانے کے لئے اپنے حریف پر مسکراہٹ کی ٹھنڈی آگ برساتا ہے۔

ایاز کا دماغ خراب ہو گیا ہے۔ بڑی مچھلی چھوٹی مچھلی کو کھاتی ہے۔ مضبوط سانڈ کمزور سانڈ کو اپنے سینگوں پر اُٹھا کر اس کا پیٹ چاک کر دیتا ہے۔ میں دو سانڈوں کے درمیان کچلا جا رہا ہوں۔ ناگرمل اور ایاز۔ لیکن میں کچلا کیوں جاؤں؟ اس لئے کہ میں ایک آوارہ انسان ہوں۔ میرا کوئی گھر نہیں ہے میری کوئی ماں نہیں۔ کوئی بہن نہیں۔ میں دوسروں کی روٹی پر پلتا ہوں۔ دوسروں کی عورتوں کو حرامکاری سکھاتا ہوں۔ میری حرامکاری کے پھل کو مارنے کے لئے عورت دوا کی شیشی منھ سے لگا لیتی ہے، اور پھر بھی میں ذلیل اور کمینہ ہوں۔ ناگرمل اور ایاز اوپر اٹھتے رہتے ہیں۔ نیلوفر اوپر اٹھتی چلی جاتی ہے۔ اور میں گرتا چلا جاتا ہوں، گرتا چلا جاتا ہوں ــــــ میں کیا ہوں۔ ہوا میں اڑتی ہوئی قمیض ہوں، شاخ سے گرا ہوا گرد آلود پھول ہوں۔ خزاں کا زرد پتہ ہوں۔ سگریٹ کا دھواں ہوں ــــــ میں کیا ہوں ــــــ اور میں گر رہا ہوں ــــــ لیکن کیوں گر رہا ہوں۔ میرے راستے میں، ناگرمل، ایاز اور نیلوفر کیوں آ گئے ہیں ــــــ دوبے اپنی بھینگی آنکھوں کے ساتھ مجھ پر اپنا ذلیل زہر خند کیوں لنڈھا رہا ہے ــــــ کیوں ــــــ،

اس کا سارا بدن بخار سے جلنے لگا تھا۔ گیٹ پر زور سے آواز ہوئی۔ ایک ٹرک اور جیپ کھڑی تھی۔ کُتا بھونک رہا تھا۔ طفیل بے ارادہ احاطے کی پچھلی دیوار سے کود کر بے تحاشہ بھاگنے لگا۔

کوئی اسے پکار رہا تھا ــــــ "طفیل ــــــ طفیل ــــــ" یہ ایاز کی آواز تھی۔ یہ ناگرمل کی آواز تھی۔ یہ نیلوفر کی آواز تھی۔ یہ آواز دوبے کا قہقہہ تھی۔ اور اس قہقہے میں زنجیریں چیخ رہی تھیں۔ وہ اب کانسٹیبل کی چوکی سے بھی آگے نکل گیا تھا۔ وہ شب خوابی کے لباس میں بھاگا جا رہا تھا ــــــ اس کے کانوں میں ہوائیں چیخ رہی تھیں۔ آنکھوں میں آنسو بھر آئے تھے۔ لیکن وہ اس چڑھتی ہوئی پہاڑی سڑک پر دوڑتا چلا جا رہا تھا جو جنگل کی طرف مڑتی

تھی۔

ایک بار اور اس کے کانوں میں مختلف قسم کی آوازیں گونجنے لگیں۔ یہ آوازیں اُسے پکارتی رہیں۔ لیکن وہ اس وقت تک بھاگتا رہا جب تک کہ صبح کے دھندلکے میں سانس لیتے ہوئے جنگل تک نہ پہنچ گیا ـــــــ اور اس وقت تک اسے برابر یہ محسوس ہوتا رہا کہ وہ چڑھائی پر نہیں دوڑ رہا ہے بلکہ ڈھلان پر پہیوں کی طرح پھسلتا رہا ہے ـــــــ،

وہ ایک شیشم کے درخت سے پیٹھ لگا کر کھڑا ہوگیا اور گھنے جنگل کے اوپر بکھرتے ہوئے اندھیرے میں اس نے ہانپتے ہوئے خود اپنے دل پر ہاتھ رکھ کر پوچھا۔

"نہ جانے اس ڈھلان کی کوئی وادی بھی ہے یا نہیں۔ میں اس طرح کب تک دوڑتا رہوں گا۔ کب تک پھسلتا رہوں گا ـــــــ" دور پہاڑیوں سے ٹکرا کر اس کی آواز ٹوٹ گئی ـــــــ،

"نہ جانے اس ڈھلان کی کوئی وادی بھی ہے یا نہیں ـــــــ"

یہ اس کی اپنی آواز نہیں تھی۔ یہ تو پورے ایک جلوس کی آواز معلوم ہوتی تھی۔ اس کے کارخانے کے لوگوں کی آواز، ڈرائیوروں اور سڑک پر مٹی ڈالنے والی ادیباسی عورتوں کی آواز۔

وہ گھبرا کر چاروں طرف جنگل میں اِدھر اُدھر دیکھنے لگا۔

اس کے کانوں میں انجن کی گھنگھناہٹ سی آہستہ آہستہ اُبھرنے لگی ـــــ اس کے ساتھ ہی ایاز کی آواز آئی۔

"میری جان یہ نہ کہو۔ کاروبار میں ایسے آدمی کی تلاش تھی مجھے قسمت سے مل گیا ہے۔ کام کا آدمی ہے ـــــ میری نیلو ـــــ میری نیلو ـــــ ہوں ہوں ہوں"

اور اس کے بعد دوسری طرف سے نیلوفر کی آواز آرہی تھی۔

"ہاں دو تین انہیں کل کارخانے ضرور لے جانا۔ کام کے آدمی ہیں ـــــــ"

وہ ایک بار پھر جنگل کے درمیان کالی سڑک پر دوڑنے لگا۔ لیکن اب کے وہ واقعی ڈھلان میں اُتر رہا تھا۔

دھرتی کا بوجھ

چارپائی کی پائینتی کی رسی ڈھیلی ہوگئی تھی۔ کیوال مٹی کی کچی کوٹھری میں، عمر دراز، اس ڈھیلی ڈھالی چارپائی میں، ایک لاش کی طرح دھنس گیا تھا۔ اس کی جھریاں، لگتا تھا کہ سڑی ہوئی پیاز کے چھلکوں کی طرح تہہ بہ تہہ اُتر آئیں گی۔ آنکھیں زرد اور بے جان تھیں۔ موہنہ سوج گیا تھا۔ ہونٹ پھٹ گئے تھے۔ اس کے کلّوں اور سر پر چھوٹے چھوٹے بال اُگ آئے تھے جیسے چیونٹیوں نے تنڈوں کا جال سا بُن دیا ہو۔ کوٹھری میں کوئی روشن دان نہیں تھا۔ تھوڑی بہت روشنی دروازے سے آجاتی تھی جو آنگن میں کھلتا تھا۔ دروازہ عمر دراز کے منہ کی طرح کھُلا ہوا تھا چارپائی چھوٹی تھی اور اس کی ٹانگیں پائینتی کے باہر بندوق کے کندوں کی طرح نکلی ہوئی تھیں۔ فیل پا کی وجہ سے ان دونوں

موٹے کندوں کی کھردری اور سیاہ جلد پھٹ گئی تھی اور مکھیاں رطوبت چوس رہی تھیں، مکھیاں کبھی اُڑ کر اس کے چہرے پر جم جاتیں اور وہاں بھی بدمزہ ہو جاتیں تو دوبارہ بندوق کے کندوں پر آکر جم جاتیں اس کالی کوٹھری میں مکھیاں ہی اس کی واحد ہمدم تھیں۔ وہی گنگنا کر اُسے جگاتی تھیں وہی لوریاں دے کر اُسے سُلاتی تھیں۔

وہ دیر سے اپنی زرد کنبل کے پھول جیسی آنکھیں پلک جھپکائے بغیر، گھن لگی کھجور کی کڑیوں پر جمائے ہوئے تھا اور سورج کی ایک چمکتی ہوئی کرن اس کی پیشانی پر برمے کی طرح تھرک تھرک کر سوراخ کئے دے رہی تھی۔ اس کی گردن کچھ پسینے سے لاکھوں چیونٹیاں اپنی پیاس بجھا رہی تھیں اُس نے اپنا تھرتھراتا ہوا ہاتھ اٹھایا اور پیشانی پر جما دیا۔ لیکن برما تھا کہ اُسی طرح تھر کے چلا جارہا تھا اُس کی اُلٹی ہتھیلی کو چیرتا ہوا وہ اس کے دماغ کی تہہ تک پہنچ گیا تھا۔

غضب کی چلچلاتی ہوئی دوپہر تھی۔ اور اس پر اُس کی لہو کا پارہ تھا کہ چڑھتا ہی چلا جارہا تھا ——— اور وہ تھا کہ چپ چاپ گھن لگی کڑیوں کو جن سے تھوڑی دیر پر آٹا گرتا رہتا تھا، گھورے جارہا تھا۔

" ہونہہ ——— یہاں تو گھن برستا ہے۔ اللہ کی مار، اپنا کیا ہے نواب صاحب نے چھتری اٹھائی اور چل دئے موہنہ ہنار لنگی پھٹکارتے ہوئے ——— اور بھری کڑیل لاش چھوڑ دی سڑنے کو اور سڑاند مری ناک میں بسانے کو" وہ شلوکے کے بٹن کھول کر اپنے جڑواں بچوں کو دودھ پلاتے ہوئے اپنا منتر پڑھے جارہی تھی ——— بار بار وہی ایک منتر " ہائے میں مرگئی ہوتی۔ دونوں پاؤں قبر لٹک رہے ہیں پر چٹورپن کی فرمائش کوئی سنے، ——— دلہن میرا جی آج کھچڑی کھانے کو چاہ رہا ہے۔ مسور کی دال کی کھچڑی پکا دو۔ آلو کا بھرتا۔ املی اور پودینے کی چٹنی ——— اور بنگھے پر سے ایک چھٹانک گھی بھی منگوالو قسم خدا کی مرجاؤں گا اور دل کی دل میں رہ جائے گی ——— ہاں جی کیوں نہیں۔ بڑے آئے دل کی دل میں رکھنے والے غضب خدا کا ——— " " مجھ کرم جلی پر ہی زمانے کی بجلی ٹوٹنی تھی۔ یک نہ شد دو شد ——— ارے او جُگنو کے بچے ——— چٹورا کہیں کا۔ وہی کیوں اڑائے جارہا ہے۔ ہائے اللہ ——— منی ذرا دہ پوتڑا اپچکار کر۔ دہاں الگنی پر پھیلا دینا ——— ہوں

میں بھی آج بھگوکانہ ماروں تو میرے نام کا کتا پال لینا دوزخ میں ۔ نہیں میرے لال سوجا سوجا ۔ ارے دیکھ وہ آرہی ہیں کالی چیزیں ــــــ پانی پیوگے میرے لال ۔ سوجا اوں اوں "

وہ صبح سے اِن ہی باتوں کی رَٹ سن رہا تھا اُس کی بہو، باسط کی دلہن، برابر بڑبڑائے جارہی تھی۔ " دلہن تم عورت ہو یا مشین گن "۔ لیکن مشین گن پھر مشین گن ٹھہری ۔ وہ ایک رحمدل بڑھیا پڑوسن کی سٹھیائی ہوئی بات پر کیوں کان دھرتی ۔

دن ڈھلنے کو تھا ۔ عمر دراز کی کوٹھڑی میں کاجل سا بھرنے لگا ۔ اس کی آنکھوں سے کرٹیاں اُدھل ہوگئیں وہ دروازے سے باہر کی دُنیا کو جھانک کر دیکھنا چاہتا تھا ۔ لیکن اُس کی گردن نے مڑنے سے انکار کردیا ۔ اُس کی آنکھوں میں نیلا آنسو بھر آیا لیکن ڈھلک نہ سکا ۔ آنکھوں کے دونوں کناروں پر غلیظ سی جھاگ جمی ہوئی تھی ۔ اور اب مکھیاں اس کی ناک کو دہلی گیٹ کی طرح نہیں استعمال کررہی تھیں ۔

سوچنے کی ساری طاقت جو صبح سے خشک سوتا بنی ہوئی تھی اچانک فوارے کی طرح پھنکارنے لگی ــــــ آج سارا دن کٹ گیا ۔ مجھے دلہن نے کھچڑی بھی نہیں دی ۔ بڑھیا آئی تھی کتنی بوڑھی ہوگئی ہے ۔ اس کے جسم سے دہی اور گھی کی بُو آرہی ہے ۔ آخر تو گوالن ہے ۔ پوچھتی تھی " بڑے بابو دادا اور ٹھیک ہے کراؤ ۔ بھگوان رکھے تو را بیٹا کماوت ہے ۔ بھرا گھر ہے ۔ سب ہاتھوں ہاتھ لیں گے ۔ تم ٹھیک ہو جاؤ گے ۔ بھگوان کرے "۔ اور بڑھیا اپنی کمر پر دونوں ہاتھ رکھے اس کو دیکھتے ہوئے آہستہ آہستہ لرز رہی تھی ۔ کیا وہ افق پر سورج کے ڈوبنے کا منظر دیکھ رہی تھی اس کالی کوٹھڑی میں ؟ نہیں ایسا کیسے ہوسکتا ہے ۔ وہ خود اپنے ساتھ عمر دراز کے بچپن کی یادوں کا ایک پورا کارواں لے کر آئی تھی اور جب گئی تھی تو اپنے پیچھے دہی اور گھی کی خوشبو کا جادو جگا کر گئی تھی ۔

عمر دراز کی ناک کی حس آہستہ آہستہ مرتی چلی جارہی تھی ۔ اب وہ اپنی پیٹھ سے رستی ہوئی پیپ کی بدبو بھی نہ سونگھ سکتا تھا ۔ لیکن کھانے کی ہر چیز کی بھینی بھینی خوشبو پتہ نہیں کہاں سے اُس کے دماغ میں گھس کر چیونٹیوں کی طرح رینگتی رہتی تھی اور دماغ کے ساتوں طبق کو یاجوج ماجوج کی طرح چاٹتی رہتی تھی ۔ لیکن کتنے موٹے طبق تھے کہ یاجوج ماجوج کبھی کبھی تھک کر سو جاتے تھے لیکن ان کی موٹائی میں کوئی کمی نہ آتی تھی ۔

"آج بھی دلہن نے کھچڑی نہیں دی۔" ایک وہ تھی جو اُس کی رُوح کے تناؤ پر مات بجنے کا کام کر رہی تھی۔

کوئی پچھواڑے کی گلی میں مویشیوں کو گالیاں دیتا ہو ابھار رہا تھا۔ سرکاری جانور تھے اور اُن کے گوبر کے لئے دو چھوکرے لڑ پڑے تھے۔ عادت کے مطابق اُس کا جی چاہا کہ اُٹھے، جائے اور بیچ بچاؤ کر کے معاملہ رفع دفع کرا دے ——— "لڑتے کیوں ہو۔ گوبر بانٹ لو آدھا آدھا چلو چھٹی ہوئی۔"

وہ اٹھ نہ سکا۔ وہ اپنی چارپائی کے کابوس میں جکڑ کر رہ گیا تھا۔ اس کی بیماری کے اٹھائیس دن اس کے جسم کے جوڑ جوڑ میں "اٹھائیس کیلوں کی طرح کھبے ہوئے تھے۔ اِن کیلوں سے چھٹکارا کہاں۔ اندھیرا اتھا، بچوں کے رونے، جھگڑنے اور گالیاں بکنے کی آوازیں تھیں۔ اندھیرے کے ساتھ دھوئیں کے تلخ جھونکے اُس کی کوٹھری میں در آئے۔

"شاید دلہن نے چولھا جلایا ہے۔ کھچڑی، ہائے کھچڑی۔ بڑھیا ——— تو کہاں چلی گئی؟ تو سراپا گھی اور دہی ہے ——— گوالن ——— تو مجھے دیکھنے کیوں آئی؟ آئی تو صرف دہی اور گھی کی خوشبو کیوں لائی؟ دہی اور گھی کیوں نہ لائی؟ خالی خولی ہمدردی کس کام کی۔ ہمدردی کو مکھیاں بہت ہیں۔ لوگ ردی کھاتے ہیں، تو اِنہیں کھاتے"۔

"بکومت ——— میرا دماغ خراب ہو رہا ہے۔ آج اسکول انسپکٹر آیا تھا۔ نوکری کے لالے پڑے ہوئے ہیں۔ اور تم ہو کہ جونک کی طرح آتے ہی خون چوسنے لگتی ہو۔"

آنکھیں کیوں لال پیلی کرتے ہو۔ سنبھالو ان جونکوں کو۔ میں تو چلی جاؤں گی میکے۔ اللہ کا دیا بھیرے ماں باپ تمہارے دَر کے بھکاری نہیں ہیں ———"

"بکومت" باسط غصے میں پھر چلایا۔ "ابا کا کیا حال ہے؟"

عمر دراز کی آنکھیں دن بھر میں پہلی بار جھپکتی چلی گئیں۔ اندھیرے میں خاموشی کے ساتھ۔

"صبح سے مسور کی کھچڑی کی رٹ لگا رکھی ہے۔ دم ہی نہیں نکل چکتا بیچارے کا"

"آہستہ بولو سن لیں گے تو ان کا دل دُکھے گا۔ باسط بھی حیران تھا کہ آخر ابا ہڈی چمڑا ہو کر

کب تک جئے جائیں گے۔

عمر دراز کی پلکیں پھڑ پھڑ گئیں۔ اس کے سوچتے ہوئے گالوں پر نمکین پانی آہستہ آہستہ تیر رہا تھا۔ دو چوہے دوڑتے ہوئے اس کے جسم پر سے گذر گئے۔ وہ چونکا بھی نہیں۔ وہ اپنے بیٹے اور بہو کی بات سُن رہا تھا۔

"بھئی ابا کی کوٹھری میں ایک چراغ تو جلا دو۔"

"چراغ"؟

"ہاں ہاں ——— ابھی وہ گھر ہی میں ہیں۔ جب وہ قبر میں سو جائیں گے تو میں تم سے چراغ جلانے کو نہیں کہوں گا۔"

عمر دراز کو لگا کہ اس کا بیٹا فرشتہ ہے اور اس کے ہونٹوں سے پھول نہیں چراغ کی لویں ٹپک رہی ہیں اس کی کوٹھری میں ایک لمحے کو اجالا ہو گیا۔ جہاں اُجالا ہو جائے واقعی اسے قبر کون کہے گا۔ "ابھی میں گھر ہی میں ہوں ——— چراغ جلا دو"

مسجد سے عشا کی اذان کی آواز آئی لیکن کوٹھری میں چراغ نہ جلنا تھا نہ جلا۔ روشنی موت کی طرح اس سے گریزاں تھی۔

باسط اور اس کی بیوی میں رات گئے تک جھڑپ جاری رہی۔ دونوں کو پیسے کی تنگی اور بچوں کی بیماری کا گلہ تھا ——— "بیماری تو بیماری ——— ان کے تن بدن ڈھکنے کو موٹے جھوٹے کپڑے تک نہیں ہیں ———" باسط کی بیوی نے سسکیوں میں ڈوبے ہوئے کہا "پتہ نہیں میرے باپ نے جنم جنم کو کس کے سنگ باندھ دیا مجھے"

بس پھر کیا تھا۔ باسط کے دل کی چوٹ ہونہہ سے دھما کا بن کر نکل پڑی۔ "اف ——— کون سے گُن ہیں تم میں۔ کہاں کے سرخاب کے پر لگے ہیں۔ ذرا دیکھوں۔ شکل چڑیل کی اور مزاج پری کا۔ ہر سال بچہ دیئے جاتی ہو۔ تم نے تو میرا دیوالہ پٹوا دیا۔ ماں باپ سے جدا کرایا۔ تمہارے لئے میں نے بے ایمانیاں کیں۔ ہومیو پیتھی کا جھوٹا ڈاکٹر بن بیٹھا ——— ہونہہ"

ارے ذرا گلا کم پھاڑو۔ ورنہ گاؤں والوں نے سُن لیا تو دو چار آنے والے مریض بھی نہیں پھٹکیں گے تمہارے پاس۔"

بات عقل کی تھی، خاموشی سے سمجھوتا ہوگیا۔

"تم نے ابا کو کھچڑی کیوں نہ دی کھانے کو"۔

"ارے چھوڑو بھی ——— وہ تو بچوں کی طرح چاند کے لئے ٹھنکتے رہتے ہیں۔ تم اُن کی ہٹ پوری کرسکو تو کردیں تو نہیں کرتی"۔

"ابا اب زیادہ دن تھوڑے ہی ——— بس چند دن کی بات ہے ——— لیکن چالیس پچاس تو پھر بھی لیے ہوجائیں گے۔ کپڑا تو سونے کے بھاؤ بک رہا ہے"۔

"اجی آپ بھی کہاں کے حاتم ہیں۔ معمولی کپڑا خریدیں گے کفن کیسا ہی ہو۔ اللہ تو اعمال دیکھتا ہے۔ جیسا کروگے ویسا بھگتوگے ———"۔

"آہ بیچارے ———"

"ارے تم تو سونے لگیں ———"

"دیکھیے قسم خدا کی ——— ستائیے مت۔ روز روز کی جھلاہٹ"۔

عمر دراز کی آنکھوں میں پھر آنسو بھر آئے "میری آنکھوں کے تارے کتنے ناخوش اور دکھی ہیں۔ میں بھی ان پر بوجھ ہوں۔ میں مرجاؤں تو شاید، ان کا بوجھ ہلکا ہو۔ میں کیوں نہ کل کے بجائے آج ہی مرجاؤں۔ شاید میرے دل کے ٹکڑوں کو ذرا سکھ ملے ——— بیچارے میرے بچّے!"

عمر دراز کے کانوں میں جب ہلکی ہلکی سنسناہٹوں کی آواز آئی تو وہ سمجھ گیا کہ جنگلی بطخوں کے جھنڈ دکھن سے اڑکر اتری جھیل کی طرف جارہے تھے۔ وہ اٹھائیس دن سے یہی آواز سن رہا تھا، یہ انتیسویں صبح تھی جس کا آغاز جنگلی بطخوں کے پَروں کی سنسناہٹ سے ہو رہا تھا۔ اس وقت اٹھائیس دن کے بعد پہلی بار اس کا جی چاہا کہ وہ بھی جنگلی پرندہ ہوتا اور وہ بھی اس طرح دھندلی اور خاموش فضا میں پرواز کرتا۔ اس کا دل آہستہ سے اس کے جسم کو چھوڑ کر اڑا اور اوپر آسمان میں بلند ہوتا چلا گیا۔ برق رفتار جنگلی بطخوں کا یہ تعاقب اس وقت ختم ہوا جب دُور کے کھیتوں سے لوگوں کی ہانک اور پکار کی آواز آنے لگی۔

بار بار اس وقت اس کے دل میں ایک سانپ پھن پھلا کر جھومنے لگتا تھا ——— یہ پھن پھیل کر ایک کفن بن جاتا تھا ——— کیا یہ کفن چالیس پچاس روپے کو آئے گا۔ یہ کفن اس کی پوری

زندگی سے زیادہ قیمتی تھا ——— زیادہ سفید، زیادہ نیا، زیادہ پاکیزہ اور قابلِ قدر۔

اس کی زندگی جہاں سے شروع ہوئی تھی وہیں ختم ہو رہی تھی۔ اسی گاؤں میں۔ اسی گاؤں میں اس کی بیوی بھی تھی۔ اس کے اپنے دور اور نزدیک کے رشتہ دار بھی۔ خود اس کی بیوی اس کا مونہہ دیکھنے کی روادار نہ تھی۔ وہ کہتی تھی اسے عمر دراز سے سخت نفرت ہے۔ جب وہ یہ کہتی تھی تو مونہہ چھپاکر، کمرے میں بند ہوکر، دونوں ہتھیلیوں سے اپنے بھری بھرے سفید گالوں کو مل کر رو دیتی تھی۔ اس کی وجہ کیا تھی۔ یہ خود اسے بھی معلوم نہ تھا۔

تیس بتیس برس پہلے اسی گاؤں میں اس کے حُسن کے نام سے چراغ جل اٹھتے تھے چھوٹی موٹی خوب صورت لڑکی، پتلے ہونٹ، نازک نازک انگلیاں ——— اور جب اس کے کانوں میں کسی نے مونہہ ڈال کر کہا "بنّو ——— بیاہی جارہی ہو ——— اپنے چچا زاد بھائی کے ساتھ"، تو اس کا دل دھک سے ہوگیا اور گالوں پر سنہری سی سُرخی آگئی۔

شادی کی رات عمر دراز نے اس کے معطر گھونگھٹ کو اپنے بھدّے ہاتھوں سے اُلٹ کر، اس کا مہکتا ہوا سہرا اٹھایا تھا اور اس کی عرق عرق ٹھڈی کو چھو کر آنکھیں کھولنے کی التجا کرتے ہوئے اپنی جان کی قسم دی تھی تو اس کے گالوں کے چراغ کی لویں لپک کر اُس کی آنکھوں تک پہنچ گئی تھیں اور عمر دراز کا دل تہ و بالا ہوگیا تھا۔

عمر دراز اپنے بھائیوں بہنوں میں جم جنم کا احمق مشہور تھا۔ کتنی مشکل سے اس نے انٹرنس پاس کیا تھا۔ گاؤں میں اس کی دھاک ضرور جم گئی تھی اور اس کی بیوی کا دل قدرے ٹھنڈا ہوا تھا۔ وہ ابھی کمسن نوجوان تھا، مسیں بھیگ رہی تھیں اور اس کا جسم ایک بے ڈول جنگلی درخت کی طرح بڑھ رہا تھا۔ اس کی بیوی، بھائی، گاؤں والے، سب ہی اس کا مذاق اڑاتے۔ وہ ہنستا ——— یہ لوگوں کو کبھی نہ معلوم ہوسکا کہ وہ جان بوجھ کر ہنس رہا ہے یا محض بے وقوفی میں۔ اس کے دانت بہت بڑے تھے، باہر کو نکلے ہوئے، جیسے ہر گری پڑی چیز کو اٹھاکر وہ چبا ڈالے گا۔ ان ہی دنوں جبکہ وہ اپنی بیوی سے آنگن میں باتیں کرتا کرتا سو جاتا اور اس کی بیوی تارے گنتی رہتی، اس کو ایک چھوٹے سے گاؤں کی پوسٹ ماسٹری مل گئی۔ گاؤں والے دانت انگلی کاٹنے لگے۔ "لونڈا بڑا کائیاں نکلا۔ غضب خدا کا کیا اونچا ہاتھ مارا ہے۔ ڈاک بابو کی نوکری بڑے بڑوں کو نہیں ملتی

______ واہ بھائی مان گئے "۔

لیکن کچھ ہی دنوں بعد عمر دراز کے جیل جانے کی نوبت آگئی ۔ اس نے اندھے بھروسے کی کلہاڑی خود اپنے پاؤں پر ماردی تھی۔ اس نے ڈاک خانے کی کنجی ایک دوسرے ملازم کو دے دی اور خود چلا گیا بال کٹانے ۔ واپس آیا تو ڈاک خانے کی حجامت بھی ہو چکی تھی ۔ سرکاری روپیہ غائب تھا جیل کا پھاٹک اس کا انتظار کرنے لگا۔ وہ بہت گھبرایا، بہت رویا اور اس کے بڑے بڑے نکلے ہوئے دانت خود اس کی ہتھیلیوں میں پیوست ہو گئے ۔ اسے اپنی حماقت کا بالکل غم نہ تھا۔ نہ اُسے اس کا افسوس تھا کہ اتنی اچھی نوکری اس کے ہاتھ سے مچھلی کی طرح نکل گئی۔ اس کو اس کا افسوس تھا کہ ایک شریف آدمی نے جس پر اُسے اتنا بھروسہ تھا اس نے دغابازی کیوں کی ۔

" عمر دراز بھائی نوکری کرنے کے لئے عقل کی بھی ضرورت ہوتی ہے "

" عمر دراز بھائی آپ کو عقل کے میدان اور گھاس کے میدان کے سامنے کھڑا کر دیا جائے اور کہا جائے جس میں جی چاہے چلے جاؤ ______ تو آپ کس میں جائیں گے ؟ "

" ظاہر ہے جو بات گھاس کے میدان میں ہے وہ عقل کے میدان میں کہاں ______ کیوں عمر دراز بھائی " ، ایک تیسرا من چلا بول اٹھتا ۔

اِن باتوں کے علاوہ عمر دراز کو یہ بھی معلوم تھا کہ اس کے گھر کے تمام لوگ اِس سے ناخوش ہیں اور اس پر قہر کی بارش کرتے رہتے ہیں ۔ وہ لوگوں کی نگاہوں سے گھبرانے لگا خود اس کی بیوی اس کے پاس خاموش رہتی اور اس کی چھیڑ چھاڑ کے جواب میں بھی ہوں ہاں سے آگے نہ بڑھتی ۔ بالکل کچی، گیلی لکڑی جیسے چولھے میں ڈال دو تو دھویں کے سوا اور کچھ نہ حاصل ہو۔ گاؤں والوں کی زبان پر تالا کون ڈالتا ۔ اس کی ماں گھر والوں کو تو کوس پیٹ کر دبا لیتی تھی، لیکن باہر والوں پر کس کا زور تھا ۔

" عمر دراز کالا دیو اور بیچاری اس کی دلہن ______ جو ہی کی نازک ٹہنی ۔ جنم جنم کو روندی گئی بے چاری "

" لو گو سُنا کچھ ۔ عمر دراز کی دلہن کا جی کچا کچا رہنے لگا ہے ۔ ہائے بدنصیب جانے کون سا بچہ ہو گا "۔

" ایسے نکھٹو کے بچے کی ماں بننے سے تو کوکھ جلی ہی رہنا بہتر "
یہ سارے زہر میں بجھے ہوئے تیر اس کے جسم میں خاموشی سے پیوست ہوتے چلے گئے۔ جیسے دلدل میں سوئیاں دفن ہوتی چلی جائیں۔

جس دن باسط پیدا ہوا وہ خوشی میں پاگل ہو گیا۔ جو آتا بڑے بوڑھوں کو مبارک باد کہتا۔ گھر کی مامائیں تک ایک دوسرے کو مبارک باد کہہ رہی تھیں۔ مگر عمر دراز صرف خوش ہوئے جا رہا تھا۔ اسے کوئی مبارک باد نہیں کہہ رہا تھا۔ اسے اس کی پروا بھی نہیں تھی۔

اس کا دوسرا بھائی ڈاکٹر ہو گیا۔ لیکن وہ اسی طرح گاؤں میں پڑا رہا۔ اب اس کے بھائی کا موازنہ کر کے لوگ اس کی جان نکالے دے رہے تھے۔ اسے اپنے بھائی سے بڑی محبت تھی۔ اس کا سینہ فخر سے پھول گیا تھا وہ کہتا ——— " جلنے والے جلا کریں ——— میرا تیسرا بھائی بھی ڈاکٹر ہوگا، وکیل ہوگا، مجسٹریٹ ہوگا "

" اور تم ان سب کے چپراسی بن جانا "

لوگ قہقہے لگاتے، تاڑی پیتے اور اس کی خوب صورت بیوی کی بے رنگ اور بے جوڑ زندگی پر چپنے اتنے بڑے بڑے آنسو بہاتے جو نظر نہ آتے۔

رفتہ رفتہ عمر دراز کمرے سے نکل کر سائبان میں آیا، سائبان سے دروازے میں اور وہاں سے باہر کے سائبان میں۔ اب اس کا ڈیرا وہیں جما رہتا۔ جب کھانا بھیج دیا جاتا کھانا کھا لیتا۔ نہ بھیجا جاتا تو تسبیح او کلمات کا ورد کئے جاتا۔

دیکھتے دیکھتے ہر چیز بدل رہی تھی۔ اس کا بھائی ڈاکٹر تھا اور وہ اپنے کنبے کی الجھنوں اور پیشے کی مصروفیتوں میں اُلجھ کر رہ گیا تھا۔ چھوٹا بھائی بھی کمپونڈر بن گیا تھا۔ ماں روز بروز قبر سے قریب ہوتی جا رہی تھی۔ باسط بڑا ہو گیا تھا۔ باسط کے بعد کئی بچے اور ہوئے۔ لڑکیاں پیدا ہوئیں اور اللہ کو پیاری ہوئیں۔ البتہ دو لڑکے ——— زندہ رہ گئے تھے۔ اس کی بیوی کا حُسن گہن میں کھو تا رہا اور اب تو اس کی پیشانی پر بھی جھریاں پڑ گئی تھیں۔ آس پڑوس کے لوگ کہتے۔

" ہائے کمبخت کو دو جوڑی چوڑیاں لانے کی بھی توفیق نہیں ہوتی۔ بیوی کے ہاتھ نہ ہوئے ببول کی ٹہنیاں ہوئیں "

لیکن اب وہ قرآن کی تلاوت، مسجد کے چراغ اور اذان کے چکر میں کھویا ہوا تھا۔ اس کا کُرتا جو کبھی سیاہ ہوتا، کبھی مٹیالا، اس کے گھٹنوں سے نیچے تک لٹکا رہتا تھا۔ اس کا پاجامہ خاصا شرعی ہوگیا تھا۔ مگر اس کے سائز کی کوئی پابندی نہ تھی۔ چڑھا تو اٹنگ ہوگیا اور پھیلا تو غبارہ بن گیا۔ بیوی کو کبھی ترس آتا تو چپکے سے آتی اور اس کے کپڑوں میں پیوند لگا دیتی۔ عید بقرعید خاص طور پر اس کے کپڑوں میں پیوند وغیرہ لگ جاتے۔ ٹوپی تو اکثر نئی ہوتی جو چیت گاہ سے سجدہ گاہ تک اس کے سر کو ڈھک لیتی اور ہاں ایک آدھ پرانے کپڑے کا رومال بھی مل جاتا جس میں خس یا حنا کی خوشبو بھی بسا دی جاتی تھی ——— ساتھ روئی کا ایک معطر پھوہا بھی ملتا جو وہ اکثر اپنے کان کی سرنگ میں چھپا لیتا۔

اس کے سر کے بال کھچڑی ہوگئے تھے۔ اس کے کان کے گوشے دونوں طرف لٹک گئے تھے۔ اس کے دونوں پاؤں سُوجنے لگے تھے اور بائیں کان کے پاس ناسور زخم ہوگیا تھا اور سیر دن نیم کے پتوں کی پولٹیس کے باوجود اپنی جگہ پر جوں کا توں قائم تھا۔ اوپر اس کا منھ تو ننھا سا تھا مگر اس کے اندر ایک سیال سی آگ لگی رہتی تھی۔

اس نے اپنے ڈاکٹر بھائی کے یہاں بچوں کی تعلیم کا کام سنبھالنا چاہا لیکن کچھ نباہ نہ ہوسکا۔ اس کی بیوی اپنے گاؤں میں لڑکیوں کا مکتب لے کر بیٹھ گئی تھی اور اپنے شوہر کے حصّے کے کھیت کی آمدنی سے وہ اپنا اور بچوں کا پیٹ پال رہی تھی۔ بس وہ خود فاضل ہستی تھا۔

ایک روز کئی گاؤں کے چکر لگا کر وہ جب گھر آیا تو اسے کھانا نہیں ملا۔ اس نے مسجد میں نماز ادا کی اور زور زور سے درود اور الحمدللہ پڑھتے ہوئے باہر کی چوکی پر لوٹ لگانے لگا تاکہ لوگوں کو اس کے وجود کا احساس ہو اور اسے کھانا مل جائے۔ لیکن اس کی اُمید غلط ثابت ہوئی۔ آخر جب اس سے بھوک برداشت نہ ہوسکی تو اس نے اپنا لوٹا زور سے زمین پر پٹک دیا۔ پھر بھی گھر کا سناٹا دُور نہ ہوا۔ وہ اندر گیا اور بے تحاشا اپنی بیوی کو پیٹنے لگا۔

"خدا تم کو غارت کرے۔ تمہارا ناسُور تمہاری موت بنے۔"

ایک طرف کوسنے تھے اور دوسری طرف لات گھونسے۔ گھر کے سب لوگ سکتے میں تھے۔ بچے تھر تھر کانپ رہے تھے۔ کسی کو اُمید نہیں تھی کہ یہ ازلی احمق اتنی جرأت کرے گا۔ اس

سے پہلے بھی اسے بھوکا مارا گیا تھا۔ اس کی تذلیل کی گئی تھی، اسے ستایا گیا تھا لیکن اس کا جواب اس نے ایک دردناک خاموشی سے دیا تھا۔

"میں خون پسینہ ایک کرتی ہوں تو اپنا اور بچے کا پیٹ پالتی ہوں۔ تم کباب میں ہڈی کون ہو؟"

اس کی بیوی بپھر بھی رہی تھی اور رو بھی رہی تھی۔

"اور میرے کھیت کی آمدنی؟"

"شرم نہیں آتی ——— ان تینوں کو دنیا میں لائے ہو تو کیا وہ بس ہوا پانی پر زندہ رہیں گے ——— پگلے"

اس کا پاگل پن ختم ہو گیا۔ وہ باہر آ گیا۔ وضو کیا اور چاندنی رات میں باہر گھاس پر جائے نماز بچھا کر نفلیں ادا کرنے لگا۔

صبح وہ گاؤں سے غائب تھا۔

ایک ڈیڑھ مہینے تک تو لوگوں کو اس کا اتہ پتہ کچھ نہ چلا۔ پھر اس کی خبریں آنے لگیں۔ معلوم ہوتا اس گاؤں میں بڑے زمیندار کے پوتوں کو پڑھا رہا ہے۔ پھر خبر آئی وہ تو داروغہ صاحب کے گھر بچوں کی تربیت پر مامور ہے۔ اصطبل کے پاس پوری چھت پر اس کا قبضہ ہے دو روپے اور کھانا کپڑا اور مہینے میں صابن کی دو ٹکیاں کوئی کھیل مذاق نہیں۔ وہ ان ہی ٹکیوں سے نہاتا بھی اور کپڑے بھی دھوتا۔ اس کی ڈاڑھی لمبی ہو گئی تھی اور اب وہ اکثر بیکار وقتوں میں مراقبے میں چلا جاتا تھا۔ خدا سے لو لگا رہا تھا۔ تنہائی میں غیب کی باتیں بھی بکا کرتا تھا۔ ہاں ایک بات یہ ضرور ہوئی کہ ایک دن جب داروغہ صاحب نے غصے میں آ کر بہت زیادہ کھانے کا طعنہ دیا تو اس نے اپنا بستر لپیٹا اور نکل گیا۔ اس کا مطالبہ اتنا کم تھا کہ جلد ہی اسے ایک اور گاؤں میں ایک بڑے کاشتکار کے ہاں اس کے شریر نواسوں کی تربیت اور تعلیم کا کام مل گیا۔ پھر ایک جھونپڑا اس کے قبضے میں تھا، بچھانے کو پیال کا گدا تھا، ناریل کا حقہ تھا جس کی ایک چنگاری نے وہ گل کھلایا کہ وہ جھونپڑے سے نکل کر ایک درخت کی چھاؤں میں بیٹھ گیا۔ اس کے شاگرد دراصل اس کے استاد تھے اور وہ ان کا سلیم الطبع شاگرد۔ معاملہ خود بخود طے ہو گیا۔ وہ گھر سے اچھی اچھی باسی اور تازہ چیزیں اپنے دامن میں چرا کر لاتے اور اس کا منہ بھر دیتے۔

ایک زمانے تک وہ گھر نہیں لوٹا۔ البتہ اس کی تمام حرکتوں کی اطلاع اس کے گھر پہنچتی رہتی تھی جسے سُن کر گھر کے لوگوں کا سر شرم سے جھک جاتا تھا۔

جب باسط کی شادی طے ہوگئی تو اچانک ایک دن وہ اپنے گاؤں میں آدھمکا۔ لوگوں کو ایک تکلیف دہ حیرانی نے آدبوچا۔ کسی نے اس سے بات نہ کی۔ اس نے بھی کسی سے بات نہ کی اس نے صرف گاؤں کے چھوٹے سرکار کو جھک کر سلام کیا۔ کیونکہ ان کو سلام کرنے سے تو گھوڑے گدھے بھی انکار کرنے کی جرأت نہیں کر سکتے تھے۔

اندر میراثنیں گیت گا رہی تھی ــــــــ باہر برات تیار ہو چکی تھی۔ گھوڑے، ٹٹو، ڈولیاں ــــــ اور اس کے پیچھے من چلے جوانوں کا دل۔ کسی نے اس سے نہیں کہا کہ وہ پیدل کیوں کر جاسکے گا۔ وہ خوش تھا۔ کبھی وہ باسط کی ڈولی کے پاس آتا اور کبھی چھوٹے سرکار کے گھوڑے کے پاس جنہوں نے برات میں شرکت کر کے اس کو بلکہ اس کی سات پشت کو عزت بخشی تھی۔

تھوڑی دیر میں برات اس کی آنکھوں سے اوجھل ہوگئی۔ وہ ابھی پہاڑ کی چڑھائی تک پہنچا تھا اور برات اتار پر تیزی سے آگے بڑھ رہی تھی۔ سورج غصے میں سُرخ آگ برسا رہا تھا۔ صراحیاں، شربت گلاب اور گنگر یاں، ساری نعمتیں برات کے ساتھ تھیں۔ ٹھیک ہی تو کسی نے کہا تھا! "ارے عمر دراز بھائی کا کیا ہے وہ تو گاؤں گاؤں کے ہرکارے ہیں۔ انہیں سمدھیانے پہنچتے کیا دیر لگے گی"۔

واپسی پر دلہن کو دیکھنے کے بعد اس کمبخت نے کیا دیا۔ دو روپے کی بھی کوئی سُسُر کی رونمائی ہوتی ہے۔ اس کی خوب خبر لی گئی۔ کھانا کھاتے ہوئے اس پر تیر و نشتر کی بارش ہوئی۔ لیکن وہ اِن تیرو نشتر کا خیال کرتا تو ہاتھ سے خوانِ نعمت کھوتا۔ وہ آنکھ کا اندھا اور کان کا بہرا بن کر پلیٹیں اور کٹورے چاٹتا رہا۔

رات ہوئی تو طعنوں تشنوں کا سلسلہ جاری تھا۔

صبح ہوئی تو وہ گاؤں سے غائب تھا ــــــــ کسی کو کوئی فکر نہ ہوئی۔ بدن سے رینگتی ہوئی چیونٹی اتر جائے تو اس کا ماتم کون کرتا ہے۔

ایک سال بیتا، دو سال بیتے ـــــ کئی سال بیت گئے۔ عمر دراز کو زمین کھا گئی تھی یا آسمان کچھ سمجھ میں نہ آیا۔ لوگ بھول گئے سب کچھ۔ اس کی بیوی البتہ جب بھی موقع ملا اپنی مانگ میں سیندور ڈال کر اور سستی پھسپھسی چوڑیاں پہن کر عمر دراز کی زندگی کا اعلان کرتی رہی۔ ایک لمحے کو عورتیں اپنے دانتوں تلے ہزار دبائے نہ دبنے والی انگلیاں دبا لیتیں اور آنکھوں میں آنسو بھر کر کہتیں "نگوڑی ـــــ مانگ جلی ـــــ عورت کا دل ہی تو ہے ـــــ آس کے دھاگے میں پرو کر رکھتی ہے بیچاری، کیا کرے "

گاؤں ویران ہو چکا تھا۔ کچھ لوگ، جن کے دم خم سے گاؤں کی رونق تھی، اچانک اٹھ کر، گاؤں اور افق کے درمیان اُگ آنے والے ان دیکھے افق کے پیچھے کھو گئے تھے۔ ہاں چھوٹے سرکار کے کھیت، ان کا رعب داب سلامت تھا۔ عمر دراز کا مکتب بھی سلامت تھا۔ باسط اس سے الگ ہو گیا تھا۔ اس کا اپنا گھر تھا، بیوی اور آدھے درجن بچے۔ سلطان اور منان ـــــ عمر دراز کے جلائے ہوئے دو چراغ گاؤں کے اسکول میں پڑھ رہے تھے۔ عمر دراز کے حصے کے کھیت اور مکتب کی لنگڑے وار تنخواہ سے کام چل رہا تھا۔ علاج معالجے کی کوئی زیادہ فکر نہ تھی، باسط ابتدائی اسکول میں ماسٹر ہونے کے علاوہ ہومیوپیتھی کا ڈاکٹر ہو گیا تھا جو مریض کی تسکین کے لیے اس کے سر پر بھی اسٹیتھسکوپ رکھ کر دورانِ خون کا راز معلوم کر لیتا تھا۔

زندگی جس طرح کٹ سکتی ہے کٹ رہی تھی۔

عمر دراز کی بیوی دوپہر کے وقت برتن مانجھ کر اور اپنے چھوٹے بچے کا پاجامہ بیونت کر آنگن میں پپیتے کے پیڑ تلے ذرا اونگھنے لگی تھی کہ پوسٹ مین کی گرج دار آواز نے اسے چونکا دیا۔ ایک منی آرڈر تھا۔ عمر دراز نے بھیجا تھا اجمیر شریف سے۔ اس کی بیوی تھر تھر کانپ رہی تھی اجمیر شریف اس دنیا کی کسی جگہ کا نام ہے یا یہ بھی آسمان کے ساتویں طبق کا کوئی شہر ہے۔ اس منی آرڈر کے روپے ابھی خرچ بھی نہیں ہوئے تھے کہ ایک خط آیا۔ کسی اجنبی ہاتھ کا لکھا ہوا تھا۔

"عمر دراز صاحب بسترِ مرگ پر ہیں۔ اتنے دنوں بعد کہیں سے ان کا پتہ ملا ہے تو آپ کو اطلاع دے رہے ہیں۔ اللہ انہیں محفوظ رکھے۔ ان کا ناسور انہیں کھائے جا رہا ہے ـــــ"

جوں توں کر کے اس کی بیوی نے کچھ قرض لے کر، کچھ چیزیں بیچ کر، روپیہ فراہم کیا اور اپنے

بیٹے کو دیا۔ باسط نے روپیہ بھیجدیا اور روزانہ عمر دراز کا انتظار ہونے لگا۔ اس کی بیوی کی جھرّیاں اور لٹک آئیں اور آنکھیں اندر دھنس گئیں۔ ایک دن عمر دراز آہی گیا۔ گاؤں کے سب لوگ جمع ہو گئے۔ عورتوں نے بلائیں لیں اس کمزور ڈھانچے کی جس کی سیاہی پر زردی جھلی بھی چمکتی ہوئی معلوم ہوتی تھی۔ چند دن میں اس کی گردن کا ناسور بہنا بند ہو گیا۔ وہ اٹھ بیٹھا اور گاؤں کے چکر بھی لگانے لگا۔ کبھی اس گلی میں، کبھی اس گلی میں۔ خانقاہ کی بے فکر زندگی اور لنگر خانے کی کھچڑی نے اس میں ایک خوف ناک گرسنگی پیدا کر دی تھی۔ اب پھر گاؤں کی عورتیں اس سے بیزار ہونے لگیں ہر شخص عمر دراز کو دھتکارنے لگا۔ قصور اس کا تھا۔ ہمیشہ کھانے ناشتے کے وقت تاک کر آدھمکتا لوگوں کے گھر اور آنکھوں ہی آنکھوں میں اُن کے دسترخوان کا صفایا کر کے رکھ دیتا ——— اس کا مونہہ کھلتا اور بند ہوتا۔ اور کھانے کی ہر نعمت صاف ہو جاتی۔ اب پھر اس کے کان بند تھے۔ اس کی آنکھیں بند تھیں ——— صرف اس کے پیٹ کا مونہہ کھلا ہوا تھا۔ اس کا فیل پا جگہ جگہ سے پھٹنے لگا تھا۔ آنکھیں ہلدی کی طرح زرد اور داڑھی مونچھ جنگل کی جھاڑیاں نظر آتی تھیں عورتیں کہتیں: ”حد کر دی عمر دراز نے۔ ایسا زمانے کا ندیدہ تو نہ ہو کوئی“۔ شادی، بیاہ، ختنہ، گوشوارہ۔ کوئی تقریب ہو۔ دسترخوان کی ہڈیاں چوسنے اور جھوٹی پلیٹیں چاٹنے کا کام تو وہ عبادت کی طرح کرتا تھا۔ گاؤں والے جہاں اُس کو بلاتے، اس پر پھبتیاں کستے گالیاں بکتے، دھتکارتے وہاں اس پر مہربانی بھی کرتے۔ تمام کی تمام گلی سڑی چیزیں اُسے کھانے کو دے دیتے۔ اور وہ بھی کیسا مزے میں کھاتا کہ لوگ مارے گھبراہٹ اور شرمندگی کے مونہہ پھیر لیتے۔ وہ اپنے فیل پا کی وجہ سے بہت آہستہ آہستہ چلتا۔ عورتیں دیکھ کر بھاگتیں لوگ اس سے دامن بچاتے۔ کون جانے کچھ کھانے کو مانگ بیٹھے ہاں جب کبھی وہ گاؤں سے باہر کمہیروں، گوالوں یا کوئریوں کے گھروں کی طرف نکل جاتا اُس کی خوب آؤ بھگت ہوتی۔ دہی ملتا، چوڑا ملتا، گڑ ملتا، یہاں تک کہ تازہ ککڑیاں اور شکرقندیاں ملتیں۔ وہ اس وقت ان سے باتیں بھی کرتا لوگ اس کے چاروں طرف بیٹھ جاتے۔ وہ اُن کو اپنی اجمیر یاترا کی کہانی سُناتا۔ ”وہاں سب کی مرادیں بر آتی ہیں خواجہ کی درگاہ پر۔ منوں کھچڑی روز تقسیم ہوتی ہے۔ میں بالکل اچھا ہو گیا تھا۔ یکایک ناسور پھوٹ نکلا۔ مجھ سے کچھ گناہ ہو گیا تھا۔ میں نے ایک دن پہلے سوچا تھا کیوں نہ چلوں اپنے گاؤں ———

_____ یہ بات خواجہ کو بُری لگی _____ وہاں بڑا آرام تھا _____ "

شام کا وقت تھا وہ مغرب کی نماز پڑھ کر واپس آرہا تھا۔ آج نماز کی صف میں بھی کچھ لوگ اس سے دُور کھڑے تھے، ایک آدمی کی جگہ چھوڑ کر۔ اس کی گردن سے بدبو نکل رہی تھی۔ وہ اپنے آہستہ آہستہ قدم اٹھاتا ہوا گھر میں داخل ہوا۔ اس کی بیوی کے ہاتھ سے چراغ گر کر بجھ گیا۔ "تم اس گھر میں مت آؤ۔ میں تمہارا مونہہ دیکھنا نہیں چاہتی۔ تم پھر اجمیر چلے جاؤ"

"میں اجمیر نہیں جاؤں گا!" وہ اتنے زور سے چیخا کہ پیپتے کے پیڑ پر گھونسلے کی چڑیاں اُڑ کر چکر کاٹنے لگیں۔

بیوی سہم کر کھڑی ہو گئی۔

"میں آج سے تمہارا مونہہ نہیں دیکھوں گا!"

"میں بھی تمہارا مونہہ دیکھوں تو سُور کا گوشت کھاؤں" اس کی بیوی نے بھی تھرتھراتی ہوئی آواز میں کہا اور جب تھوڑی دیر میں اس نے دوبارہ گرے ہوئے چراغ کو جلایا تو اس کے مونہہ سے چیخ نکل گئی۔ لیکن یہ اس کا محض وہم تھا۔ عمر دراز تو وہاں سے نکل کر گلی میں کانپ رہا تھا۔

اس دن کے بعد وہ پھر دوبارہ اس گھر میں داخل نہیں ہوا۔

بڑے، بوڑھے، بچے سب اسے چڑاتے۔ "میں اجمیر نہیں جاؤں گا" وہ اس کورس سے بھاگتا مسجد میں پناہ لیتا لیکن بچوں کی فوج وہاں بھی اس کا سر کھانے کے لئے پہنچ جاتی۔ فیل پا کی وجہ سے وہ تیز نہیں بھاگ سکتا تھا۔ اس کے پیر سے کھڑاؤں نکل نکل کر آگے بھاگنے لگتی اور اس کے تلووں سے خون ٹپکنے لگتا۔

اِن دنوں وہ اپنا زیادہ وقت سرکاری ڈیوڑھی پر بتاتا۔ چھوٹے سرکار کے کتب خانے سے پُرانی کتابیں لے کر پڑھتا تھا۔ اپنے بھتیجے کی انگریزی کتابیں پڑھتا رہتا اور کبھی اس کے سامنے ہمہ تن سوال بن کر کھڑا ہو جاتا۔

"کیا ہے بڑے ابا" وہ اس سے زیادہ نہ پوچھتا اور اپنے چچا کو دیکھنے کے بجائے بہت دُور دیکھنے لگتا۔ وہ ایک چوّنی یا دُونی مانگتا اور اس کا بھتیجا اُسے اٹھنّی دے دیتا تو وہ گھبرا کر پیسے کو چھوڑ دیتا جیسے اس کی ہتھیلی پر کسی نے بچھو رکھ دیا ہو "نہیں مجھے بس دُونی دو۔ میں تو بیڑی خریدوں گا۔"

ایک دن دن بھر اُسے بچوں نے دوڑایا ۔تاڑی پیتے ہوئے بڑے بوڑھوں اور نوجوانوں نے اُسے بہت طعنے دیئے۔ ایک آدھ نے رحم کھاکر اُسے ہڈیاں چاٹنے کو بھی دیں۔ لیکن وہ اتنا بے دم تھا کہ اس سنہرے موقع کا فائدہ نہ اٹھا سکا۔ لوگوں نے تالیاں بجائیں۔ اس کی گردن کے ناسور سے خون اور پیپ نے بہہ بہہ کر اس کے کُرتے کے گریبان کو تر کر دیا۔ رات کے وقت وہ چھوٹے سرکار کے اصطبل کے پاس پیال میں گھُس کر سو گیا۔ صبح اٹھا تو اُس کی گردن ٹیڑھی ہو گئی تھی اور پاؤں کی انگلیاں پھٹ گئی تھیں۔

باسط کا دل اس دن بھر آیا۔ وہ اپنے باپ کو اپنے گھر لے آیا۔ اس کی بیوی نے چند دن اپنے سسُر کی خدمت جی جان سے کی۔ مگر جب اس نے دیکھا کہ وہ ہوا میں مُعلق ہے۔ نہ آسمان پر جاتا ہے اور نہ زمین پر آتا ہے تو اس کا دل اُلجھ کر رہ گیا۔ روتے ہوئے بچوں کی کمر پر اس نے جھنجھلا کر ہاتھ رسید کئے اور اپنا سر پکڑ کر بیٹھ گئی۔

اس کالی کوٹھری میں یہ اس کی اُنتیسویں صبح تھی اس کی آنکھیں آنسو سے بھر آئی تھیں۔"میری آنکھوں کے تارے کتنے ناخوش اور دُکھی ہیں . . . . "

باسط مونہہ اندھیرے اس کی کوٹھری میں آیا۔ "ابا آج کھچڑی کھائیں گے نا؟" اس نے کوئی جواب نہیں دیا۔ عام طور پر ایسے سوال پر عمر دراز کا پُورا جسم لرز اٹھتا تھا۔ لیکن اس وقت وہ خاموش پڑا ہوا تھا۔ باسط نے جھک کر اس کی آنکھوں میں دیکھا —— "اوہ آج جب کہ ہاتھ بالکل خالی ہے ـ"

"میرا کفن نہ خریدنا۔ بڑی گرانی ہے۔ ایسے ہی ڈال دینا مجھے قبر میں۔ خدا تو اعمال دیکھتا ہے"

باسط گھبرا کر باہر چلا آیا۔ اُس نے اپنی چھتری کونے میں کھڑی کر دی اور ٹوپی اتار کر رکھ دی "منو کی اماں آج کھچڑی ضرور پکا دو۔"

"اچھا"

"نہیں ابھی پکا دو" وہ خود بھی چوُلھے کے پاس بیٹھ گیا۔ جلدی جلدی دھوئیں میں کھچڑی تیار ہوئی۔

باسط ایک بڑے سے قاب میں کھچڑی لے کر کالی کوٹھری میں آیا۔ عمر دراز کی آنکھیں کھلی ہوئی تھیں۔ کھچڑی کی بھاپ اس کے چہرے اور باسط کے آنکھوں کے درمیان آہستہ آہستہ پگھل رہی تھی۔ باسط نے باپ کو جھنجھوڑ دیا۔ اور اس کی ناک میں سے دو تین مکھیاں اُڑ کر بھاگیں۔ بیٹے نے باپ

کی گردن میں ہاتھ ڈال کر اٹھایا اور بٹھادیا۔ اس کا ہاتھ خون اور پیپ سے لت پت ہوگیا اور باپ کی پیٹھ کی کھال چھلکی کی طرح اتر آئی۔ بیٹے نے گھبرا کر اپنا ہاتھ کھینچ لیا۔ عمر دراز چارپائی پر گرا اور اس کی زرد آنکھیں پھٹ سے بند ہوگئیں۔

سب ہی ماتم میں شریک تھے۔ عورتیں رو رو کر اس کی ساری زندگی کی یادوں کو دُہرا رہی تھیں، بچوں کا مونہہ اتنا سا نکل آیا تھا۔ اُن کا کھیل ختم ہوگیا تھا۔ دن ڈھلے جنازہ اُٹھا تو سارا گاؤں اس میں شریک تھا۔ نہ شریک تھا تو اس کا بھتیجا۔ اس نے خاموشی سے کہا تھا! "میں ان لوگوں کے ساتھ کھڑا ہوکر بڑے ابا کو الوداع نہیں کہوں گا جنہوں نے ان کی زندگی میں اُن سے جانوروں کا برتاؤ کیا ہے۔"

قبرستان میں ایک نئی قبر دھرتی کے نئے زخم کی طرح اُبھر آئی۔ اس کی بیوی نے کھنڈر میں چھپ کر گاؤں والوں کو خوش خوش واپس آتے ہوئے دیکھا جیسے ان سب کے دل پر سے پتھر کی سِل ہٹ گئی ہو۔ کھیتوں سے واپس آتے ہوئے کسان اپنے جانوروں کو چھوڑ کر اس کی قبر کے پاس آئے اور سر جھکا کر دیکھتے رہے۔

ڈوبتے ہوئے سورج کی چھاؤں میں کتنی خاموشی سے دھرتی ماں نے اپنے ایک ناقابلِ برداشت بچے کو اپنی چھاتی میں چھپالیا تھا۔

اپنے بیلوں کو ہانکتے ہوئے ایک نے دوسرے سے کہا۔

"دھرتی کا کلیجہ کتنا بڑا ہے"

www.ingramcontent.com/pod-product-compliance
Lightning Source LLC
LaVergne TN
LVHW010808051026
849532LV00007B/2479